CB060503

O livro de
Carlinhos Balzac

O livro de
Carlinhos Balzac

Novela de
Pedro Rogério Moreira

TOPBOOKS

Copyright © 2021 Pedro Rogério Couto Moreira

EDITOR
José Mario Pereira

EDITORA ASSISTENTE
Christine Ajuz

PRODUÇÃO
Mariangela Felix

FOTO DA CAPA
Brunno Dantas (*Rua da Quitanda*)

REVISÃO
Luciana Messeder

ARTE FINAL DA CAPA E DIAGRAMAÇÃO
Cláudia Gomes

Dados Internacionais de Catalogação na Publicação (CIP)
(Câmara Brasileira do Livro, SP, Brasil)

Moreira, Pedro Rogério
 O livro de Carlinhos Balzac / novela de Pedro Rogério Moreira.
-- Rio de Janeiro : Topbooks Editora, 2021.

 ISBN 978-65-5897-002-6

 1. Ficção brasileira I. Título

21-76057 CDD-B869.3

Índice para catalogação sistemático:
1. Ficção : Literatura brasileira B869.3
Cibele Maria Dias - Bibliotecária - CRB-8/9427

Todos os direitos reservados por
Topbooks Editora e Distribuidora de Livros Ltda
Rua Visconde de Inhaúma, 58/grupo 203 – Centro
Rio de Janeiro – CEP 20091-007
Telefones (21) 2233-8718 e 2383-1039
topbooks@com.br/www.topbooks.com.br
Estamos também no Facebook e Instagram

*Para
Jorge Guilherme Marcelo Pontes,
amigo desde aquele tempo;
Eduardo Almeida Reis,
grande escritor desde aquele tempo;
e para José Mario Pereira,
uma vida dedicada aos livros.*

O livro de
Carlinhos Balzac

Memórias secretas

por
Carlos Antônio Meirelles de Figueiredo Rocha

Gráfica Novo Progresso

Rio de Janeiro

Desde 1976

EXPEDIENTE:

Gráfica Novo Progresso, sucessora de Ao Prelo de Ouro

Digitação eletrônica:
Pirulito da Satã

Impressão:
Geraldinho do Prelo Neto

Ilustração da capa:
*Amadeu S. Pinto, sobre foto de Carlinhos Balzac
em sua época da Bolsa de Valores.*

Revisão do texto:
Vitório Magno

Prefácio

Pede-me a Gráfica Novo Progresso que faça, como de praxe, uma apresentação destas *Memórias secretas*, que estão sendo impressas sob os nossos auspícios. Cumpro a missão com prazer. Não porque me arvore em árbitro de Literatura, embora presida há quatro décadas um cenáculo de cultores das boas letras. Meu motivo para deitar as linhas que seguem é de outra ordem, aquela que emana do coração. Em primeiro lugar, porque a gráfica que dá vida a este livro e que me fez o convite para apresentá-lo aos leitores teve a vida preservada por obra do autor das *Memórias secretas*. Tive o privilégio de conviver com Carlos Antônio Meirelles de Figueiredo Rocha, o Carlinhos Balzac, autor e figura central da obra que o leitor irá desfolhar agora. Esse saudoso agitador, no bom sentido do termo, que desgraçadamente a pandemia levou, exerceu, de fato, sobre todos os que com ele interagiram no mercado financeiro carioca, um fascínio enorme, pela sua fulgurância, cavalheirismo e o espírito de corpo sadio que deve sempre haver numa comunidade ou reduzidamente numa guilda, como a do sindicato de nossa categoria.

Carlinhos Balzac compôs (ou pretendia fazê-lo, se a indesejada das gentes não viesse buscá-lo) uma espécie de viagem ao passado, em que volta e meia despeja as suas confissões mais recônditas sobre pessoas e acontecimentos em torno de sua vida no mercado financeiro carioca. Alguns leitores hão de fechar o livro às primeiras páginas, por considerar descabida a rude franqueza do autor. Respeite-se! Cada um com seu estômago literário.

Tendo a viúva decidido entregar a amigo dileto da família os originais das páginas de memórias romanceadas que o falecido Carlinhos Balzac andou escrevendo durante o período de distanciamento social causado pela Covid-19, cuidou o responsável deste inventário literário em preservar o conteúdo e, com isso, a intenção de quem o compôs, para o bem ou para o mal. Dá-nos, portanto, a conhecer o perfil humano do homem que deixou marcas indeléveis na geração que dos anos de 1970 a meados da década de 1990 trabalhou e viveu grande parte da vida, alegre ou triste, mas sempre agitada, no coração financeiro do Rio de Janeiro, do Obelisco à Praça Mauá, dos Arcos da Lapa à Praça XV. Não foi um erudito nem tinha a profundidade dos sábios, o nosso Carlinhos Balzac, porém, carregou ele afinidades com o personagem de Guy de Maupassant, o Bardon, narrador de *As sepulcrais*, aqui lembrado porque o autor pretendeu dar às suas memórias o título de *Obituários fluminenses* e só empós o denominou como vai a lume. Eis o retrato de Bardón: "Sem penetração séria, extraía de suas aventuras, de tudo o que via ou ouvia, anedotas de um romance ao mesmo tempo cômico e filosófico".

Registrando fatos acontecidos na sua roda e embora moldando-os aos seus próprios interesses, o espírito de Carlinhos Balzac, impresso na civilização que cavava a vida no centro velho do Rio de Janeiro do final do século XX, ressurge quase inteiro nas páginas adiante.

Registro, finalmente e com prazer, que trabalharam na produção deste livro, na gráfica Novo Progresso, um antigo funcionário de Ao Prelo de Ouro, o Pirulito, e um descendente de outro contemporâneo de Carlinhos Balzac na gerência da oficina, o neto de Geraldo do Prelo.

Sobre o mérito literário da obra inconclusa, dirão outros juízes qualificados. É o que tenho a dizer.

Daniel D'Arthez,
presidente do Círculo Literário
do Mercado Financeiro do Rio de Janeiro

I

"Este mundo talvez seja irremediavelmente mau. Em todo caso, divirto-me bastante nele".
Anatole France,
citado conforme o tio-padre.

– Carlinhos, como é que você veio parar aqui na corretora? – perguntou-me Dolores.

– Ah, são antigas ligações de minha família com a família do doutor Francisco – respondi.

– Ó! Coincidência! Eu também – tornou Dolores.

Esse diálogo ocorreu no final de março de 1968, no primeiro dia do meu primeiro emprego, na Corretora Maxim's DTVM. A partir daquela coincidência de destinos, exarada na surpresa dos dois interlocutores, reconstituirei as melhores lembranças do meu melhor amigo, aquele que hoje se encontra, sob a graça de Deus, em seu domicílio definitivo no Cemitério de São João Batista: o doutor Francisco José, com o tempo Francisco apenas.

Não era culto, tinha o conhecimento básico do bacharel em Economia, sabia que "o lucro é o perfume do capital" (repetia sempre), havia lido por obrigação curricular o Adam Smith, Marx, Samuelson, e disso se gabava; mas era humilde, o que às vezes é um traço de refinamento social. Flagrante de uma conversa nossa:

– Somente eu e dom Pedro II nascemos em Petrópolis – vangloriou-se, de pilhéria.

– Negativo, doutor Francisco; o imperador tinha um palácio lá, mas nasceu em São Cristóvão.

– Viu só? É por isso que lhe pago bem!

Permitia-se essas jocosidades só na intimidade. Publicamente era tímido, avesso a exibições, delicado no trato por temor de que sua estatura social magoasse alguém. Não foi à festa dos trinta anos de formatura por esse pudor excessivo, traço do seu humanismo.

– Esses eventos são cruéis – disse-me. – Você só encontra quem venceu. Os perdedores fogem da festa. Para mim é doloroso verificar quem ficou para trás e não saber como ajudá-lo. Ou nem ao menos como encontrá-lo, pois o vencido se esconde.

Vinte e dois anos separavam nossas idades. Hoje isso não é nada, mas quando o conheci nos anos de fartura na segunda metade da década de 1960, a diferença era enorme: eu com dezenove, o doutor Francisco, quarentão. Ele milionário, eu estudante do segundo ano de Engenharia. Fazia dois anos me mudara de Campos, onde residira na casa de meus avós maternos. Vim para o Rio, onde já se encontravam meus pais há doze anos; ambos transferidos, ele, do Instituto do Açúcar e do Álcool, promovido a chefe da estatística; ela, professora, colocada à disposição pela Secretaria da Educação do Estado do Rio à sua similar no Estado da Guanabara e depois integrada àquela com a fusão das duas unidades federativas. Minha mãe foi indicada para ensinar numa das melhores escolas públicas da cidade e do Brasil: o Colégio Estadual André Maurois. Tudo isso com a bênção política do meu tio-padre.

Eu precisava trabalhar para ao menos pagar a faculdade. Não éramos ricos, mas vivíamos com conforto. Meus pais ganhavam o suficiente para termos uma boa casa própria, antiga, em Botafogo, e, caso eu não arranjasse emprego, eles continuariam a me dar dinheiro para isso e para aquilo. Eu tinha uma irmã mais nova que não dava despesa, futura antropóloga. Vivia enfurnada no Museu do Índio, ali na rua das Palmeiras, perto do sobrado em que funcionava a LC Barreto Produções Cinematográficas. Um dia fui buscar a Naná no Museu e ela me apontou para um grupo de cineastas e foi me dizendo: aquele é o Gláuber Rocha, o outro o Cacá Diegues, filho do patrono dos antropólogos, o célebre professor Manuel Diegues; e aquele é fulano de tal etc. Todos faziam filmes que só meus pais e a Anette (falarei dela daqui a pouco) apreciavam. Eu achava os filmes do Cinema Novo bem aborrecidos, porque não tinham som audível nem os enredos eram trepidantes, como as fitas do americano John Sturges, ou que espelhassem a vida urbana brasileira, como *Os boas-vidas* de Fellini espelhavam a italiana. Esse filme, aliás, me lembrava muito minha infância e juventude em Campos. Mas, aí, já é outro obituário a ser escrito. Eu teria de falar sobre o poeta Penafiel, tio do meu fraterno amigo Vitório Magno, de quem pretendo só falar bem neste volume. O Penafiel era um boa-vida de marca maior. Engabelava o pai com poesia, e tirou tudo do rico industrial do açúcar. Dizia ao velho: "Preciso alcançar as musas", e se instalou de armas e bagagens na pensão de Madame Dadá para atingir a meta. Enriquecido de prazeres, alcançou a França aos vinte e três de idade, como se fosse *Um grande homem da província em Paris* (Balzac). Deixou o livro *Alma dum poeta desterrado*. Quando eu criança ia ao salão do Olegário para fazer o corte "Príncipe Danilo", ouvia o barbeiro recitar o soneto "A Campos, minha terra tão distante!"

Foi o tio-padre quem me arranjou o emprego na corretora. Ele "tinha antigas relações de família com o doutor Francisco", assim resumiu para o sobrinho-neto o grau de sua relação com o homem que me acolheria. O laconismo do tio-padre sempre foi algo misterioso para mim. Nunca explicitou o conhecimento dessas raízes fluminenses. O mistério eu o ampliei, por minha conta e risco, numa tarde em que o tio-padre, lá na rua Hans Staden, contava para meus pais um caso antigo que envolvia amor, ódio, dinheiro e política no norte do Estado do Rio, e ouvi, do meu quarto, ele dizer assim, vagamente:

– A terra foi desbravada, mas a história permanece em segredo.

O fato é que o doutor Francisco José fez muito mais do que me dar um emprego: fez-me beneficiário do Milagre Econômico iniciado no fim dos anos 1960 e prolongado pela década de 1970.

Meu batismo na corretora, porém, não teve água e sal, foi tinto de sangue. Eu deveria estar na rua Sete de Setembro às nove horas do dia 29 de março de 1968, mas só cheguei às onze e tanto, com a camisa suada e pingos de sangue na manga esquerda do paletó. Meu ônibus Copacabana-Estrada de Ferro, via Túnel Velho, empacou num grande engarrafamento antes de chegar ao Obelisco. Desembarquei para ir a pé até ao meu destino, como fizeram os demais passageiros. Uma multidão ocupava toda a avenida Rio Branco. Levava o caixão do estudante Edson Luís, morto na véspera pela PM, mas isso só fui saber na corretora. Eu ia boiando como um graveto na enxurrada, estacando aqui e ali conforme a massa humana parava ou andava. Na verdade, nunca fui de me meter em política estudantil. Até tinha simpatia pela oposição, em consonância com o pensamento de meus pais, críticos dos militares. Mas nunca gostei de multidões. Considero-me democrata, mas até hoje não abandonei a ojeriza às massas. Minha mãe, professora de História no curso ginasial, dizia que eu padecia "do mal da classe dominante do Brasil". Quando ia ao Maracanã, ela me dava dinheiro para comprar cadeira numerada.

– Vai, príncipe!

Por algum tempo esse foi o meu apelido familiar.

Então o pressuroso estudante em busca do emprego nadava contra a corrente na avenida Rio Branco, naquela que foi a primeira das grandes manifestações populares que agitaram o Rio de Janeiro em 1968 e que culminaram na Passeata dos Cem Mil, três meses depois.

Na altura da Biblioteca Nacional, os soldados distribuíram muita pancada com cassetete e um senhor que ia ao meu lado na mesma direção contrária foi atingido na orelha. Ele tombou para a direita e sua cabeça ensanguentada roçou a manga esquerda do paletó xadrez que minha mãe havia comprado na Ducal para eu aparecer bem vestido no primeiro dia de trabalho, pois o doutor Francisco José, disse ela, era "muito elegante"*. O ferido se recompôs logo e gritou para mim:

– Obrigado! Corra também!

Foi o que fiz, como pude. No quarteirão seguinte, ziguezagueando em meio à massa que ocupava a largura da rua e das calçadas, trombei com uma moça míope que vinha em sentido contrário. Ela, como eu (percebi depois), não estava ali na condição de manifestante, mas ia em direção ao trabalho, talvez um escritório. Deixou cair a bolsa e um livro. Abaixei-me para ajudá-la, ela pegou a bolsa e eu o livro, um livro de capa verde intitulado *Cidade dos anjos*, de autoria de uma escritora de nome Madame Delly. A mocinha

---

* Lembrei-me, agora, ao reler esse obituário, que a primeira providência de Balzac ao introduzir um personagem era descrevê-lo fisicamente. Farei melhor: economizo palavras e remeto o leitor ao Google para clicar em "Cary Grant". É o Francisco José sem tirar nem pôr.

míope de saia azul e rabo de cavalo agradeceu a gentileza e continuou sua caminhada para a Cinelândia, e eu prossegui a minha, para a rua Sete de Setembro. Consegui chegar com duas horas de atraso no primeiro dia de trabalho. Nada aconteceu na corretora, porque o doutor Francisco, devido aos tumultos no centro da cidade, ainda se encontrava em casa. Dolores, secretária dele, sabia de antemão que eu iria procurar o patrão, de modo que, gentilmente, me instalou na sala de visitas e me deixou bem à vontade. Parecia até que eu era uma grande figura. Dali telefonei para o Vitório no Sud Américain, e falamos sobre a agitação nas ruas. Ele dava vivas aos manifestantes, mas em voz baixa, colado no bocal do telefone, para o pessoal do banco francês não ouvir. Vitório é outro que me tem como alienado político. Fomos colegas de escola primária e no Ginásio Estadual, mas não me libertei de seu jugo quando Vitório escolheu Direito e eu Engenharia. Me oprimiu muito com suas gozações de que podia ler Balzac no original enquanto eu só conseguia ler "no idioma dos bugres". E olhe que somos como irmãos, até aniversariamos no mesmo dia.

Tendo o relógio marcado catorze horas, falei com a secretária Dolores que ia tomar um cafezinho e desci à rua. Qual cafezinho! Entrei na Livraria Civilização Brasileira. Um vendedor de idade aproximou-se, percebi que era calejado no ofício. Indaguei-lhe de uma escritora chamada Madame Delly e ele levou-me a uma estante no fundo da loja.

— São romances populares — explicou, fazendo um gesto com a mão direita na direção de uma extensa coleção de livros de capas figurativas coloridas. — Por serem populares ficam nessas estantes distintas das dos romancistas estrangeiros cultos, lá na frente – completou.

Retirei da estante um exemplar do livro que caiu na calçada da Rio Branco e folheei-o.

– Vendem bem? Conheci agora uma leitora dessa escritora.

– Vendem, sim. Madame Delly ou simplesmente M. Delly – explicou o didático vendedor – não é uma escritora, mas um pseudônimo. Os autores são na verdade dois irmãos franceses, Frederic e Jeanne Marie la Rosiére. Já morreram, e estavam muito ricos ao se despedirem da vida – o vendedor riu.

E depois:

– Você tem de fazer trabalho para a Faculdade de Letras?

– Não, estudo Engenharia, é só curiosidade.

– Se quiser confirmação do que lhe disse sobre Madame Delly, pode olhar ali na *Grande Enciclopédia Larousse* – e me apontou para uma estante pequena onde se encontravam em repouso os dezesseis volumes da obra clássica de consultas daquela época, o nosso Google do século XX.

– Não é necessário. Vou levar esse *Cidade dos anjos*. Embrulha para presente, por favor.

Com a proximidade de nossos locais de trabalho, tornei-me freguês do seu Ricardo, pela sua simpatia, lhaneza e vasto conhecimento de livros obtido por meio de capas e orelhas mais do que pelo miolo, método afinal adotado pelo autor destas memórias. Aliás, penso em dar a elas o título de

Obituários fluminenses. É machadiano, não? Vou pegar de surpresa o Vitório, metido a ser machadiano!

Ao deixar a livraria, nem procurei mais o cafezinho, com medo de o doutor Francisco chegar na minha ausência. Mas ele só foi aparecer quase no final do expediente. E quando me apresentei perguntou logo pelo tio-padre, se andava bem de saúde, e isso e mais aquilo, e instou-me a convidar o meu parente a visitar a corretora quando o padre desejasse.

Prosseguiu na conversa sobre minha família:

– E sua mãe, está bem?

– Bem, obrigado.

– Seu pai?

– O velho Marcial vai bem, obrigado.

– Aquilo é um gozador de marca maior!

– Verdade. Sempre irônico.

– Não os vejo há bastante tempo. A senhora sua mãe, com todo o respeito, era muito bonita, uma Susan Hayward de *My foolish heart*.

– Até hoje, doutor Francisco, até hoje ela é bonita, modéstia à parte.

(Eu sabia quem era Susan Hayward, mas só quando contei em casa a opinião do doutor Francisco é que minha mãe me mostrou uma foto em que ela aparece com o rosto colado ao da atriz americana num cartaz daquele filme, aqui intitulado *Meu maior amor*, à porta de um cinema de Campos, 1951.)

O doutor Francisco disse mais, da sua alegria de contratar-me e que tudo ia dar certo, e em seguida mudou de assunto. Falou com seu jeito sereno:

– Sobre essa baderna aí na Rio Branco... Você está aprovando?

Respondi:

– Mataram um estudante. Covardia, né, doutor?

– É verdade, covardia. Mas você tem envolvimento com essas manifestações contra a Revolução?

Percebi de imediato o objetivo da pesquisa de opinião e me preveni:

– A política econômica do governo é correta, né, doutor Francisco?

– É a correta, sim... O chato são esses abusos policiais... Mas não entre no meio dos protestos, ouviu?

– Sim, doutor Francisco, claro.

Ele deslocou-se para o janelão do escritório, olhou para baixo e comentou:

– Não vê esse caso aí do nosso vizinho, o dono da Civilização Brasileira? Preso bestamente outro dia...

Concordei, mas não sabia de que caso se tratava. Meu pensamento nos últimos tempos estava concentrado na procura de um emprego e na novidade da faculdade. De modo que passava batido pelo jornal lido pelo meu pai (o *Correio da Manhã*) e pelo *Repórter Esso* da TV Tupi, "o primeiro a dar as últimas". Só fui saber do caso referido pelo meu patrão à noite, na faculdade, por meio de minha colega

Anette, que acompanhava com vivo interesse o movimento político e era muito opiniática. Isso certamente afastava o interesse amoroso dos colegas, como que obscurecia o seu encantamento físico, amorenado da piscina do Clube Federal do Leblon, pernas grossas, ancas de dançarina que a confundiriam com a cigana de Prosper Mérimée que enfeitiçou Bizet. Cito outro francês porque não me ocorre nada parecido em Balzac. Mas Anette não era cigana, era judia de origem francesa. Dos vinte e dois colegas homens, só eu insistia em me entreter com Anette, mas não nos uniam a política nem as letras, e sim as suas pernas deliciosas (isso é Balzac). Em vão. Para ela, o Carlinhos era um "alienado político" – o termo da moda. Anette lia muita filosofia, e os alienados, não podendo ganhar-lhe as coxas exuberantes, deram-lhe o apelido de "suvaco ilustrado". Porém, não foi para a ativista Anette* que eu dei de presente o romance adquirido na loja da Civilização Brasileira. Ela, que foi um pontinho na foto da multidão da avenida Rio Branco que eu vi no dia seguinte nos jornais, certamente acharia que o seu colega ou fazia graça ou a insultava.

---

* Anette Sejour Steiner foi presa dois anos depois, apanhou da polícia e por um milagre não foi estuprada. O pai mandou-a para a casa dos avós, "em" França. Formou-se engenheira de produção e dirige ou dirigiu o *terroir* da família em Avignon. Apareceu na Globo num documentário sobre o engarrafamento de vinhos que levam o rótulo uniformizado de Châteauneuf-du-Pape mas são de diferentes vinícolas; desgraçadamente, o infeliz cinegrafista só a enquadrou em plano médio, de modo que não pude rever as pernas tão decantadas na PUC dos anos sessenta. Porém, na televisão ela falou um francês de dar água na boca de Balzac.

Dei o romance de Delly para a secretária do doutor Francisco José, a simpática e exuberante Dolores, que aniversariava naquele 29 de março. Graças aos meus ouvidos enxeridos, escutei uma negra gorda sorridente que servia água e café anunciar o natalício a um grupo de funcionários. E dei-o também em retribuição à acolhida que recebi de Dolores no primeiro dia de trabalho, incluindo aí o misto-quente e o suco de laranja que ela mandou a negra gorda e simpática, a dona Maria do cafezinho, preparar para mim.

Dolores e dona Maria ficaram minhas amigas para sempre. No começo, Dolores dividiu comigo o trabalho de assistência ao doutor Francisco. Um mês depois, recebi tarefas relacionadas diretamente com os grandes clientes e a execução de providências de cunho particular. O doutor Francisco passou a apreciar o desempenho do novo funcionário e delegou-me novas tarefas executivas. Dolores, a quem eu e a Maria do café passamos a chamar de Mamãe Dolores, nome da personagem generosa de uma telenovela de grande sucesso, *O direito de nascer*, um dia me avisou com um contentamento comovente:

– O homem está preparando você para coisas muito altas.

De fato, o doutor Francisco me diferenciava dos demais funcionários da corretora. Ao transferir-me para o pregão da Bolsa, me premiava com mais assiduidade, pedindo que me calasse sobre os prêmios para não provocar ciúmes. Essa premiação nem vinha registrada no contracheque; eu a recebia em dólar ou em cruzeiro no caixa da Casa Piano e era debitada na conta corrente da corretora. Depois que me viram descer do automóvel dele numa manhã, começou a correr a boataria de que eu era filho ilegítimo do doutor Francisco, me contou a dona Maria do cafezinho. Essa amava o doutor Francisco e passou a me amar também por conta da nossa amizade comum a Mamãe Dolores. Quando um gozador repetiu para dona Maria o zum-zum maledicente, dona Maria respondeu:

– O doutor Francisco aprontou foi com a sua mãe, seu mentiroso descarado!

Dolores morreu de rir.

Houve um tempo em que pegava mesmo carona no carro dele. Estimulado (e pago) pelo patrão, eu fazia de manhã cedinho um curso de inglês na rua Barata Ribeiro e ele propôs que, coincidindo a saída da aula com a saída dele de casa no Bairro Peixoto, eu ficasse esperto na esquina de Figueiredo Magalhães para pegar a carona. Difícil era saber se ele vinha no Landau preto ou no Mercedes azul. Ainda bem que o chofer Ronaldo me via na calçada. Outras vezes, se saíssemos tarde da corretora, pegava carona na volta. Ele me deixava na calçada da Sears de Botafogo, onde então eu embarcava num ônibus circular para a faculdade na Gávea. Não tardou muito para o patrão me "emprestar" um Gordini vermelho que andava encostado em sua fazenda de Itaperuna. O emprestar aparece entre aspas porque foi o verbo utilizado por ele para não me melindrar com um "fica com o carro velho". Francisco, de fato, era uma alma cuidadosa com quem amava. Mas certamente o que pretendeu foi me resgatar "à desgraçada classe dos pedestres", como disse Balzac do jovem escritor Luciano de Rubempré de *Um grande homem da província em Paris*. Ou então Francisco

José, previdente, quis me ver na condução de um carro para não se sentir triste como o empertigado Pachequinho*. Esse Pachequinho sentia-se "pesaroso ao ver andando a pé um homem que já passou dos trinta". Mas eu estava longe dos trinta.

Perdoe-me o leitor desse obituário as minhas citações livrescas; ando lendo bastante nos últimos meses para amenizar o déficit social causado pela pandemia do Covid-19; e tenho a necessidade de desovar, como desovei lá na corretora muita ação ao portador. Na verdade, as citações livrescas são para atazanar a vida de meu fraterno amigo Vitório Magno, egoísta demais, acha que só ele pode sufocar o semelhante com o seu arsenal de citações.

Prosseguindo: apreciei deveras o endereço da corretora, especialmente pela proximidade com a loja da Civiliza-

---

* Pachequinho é criação do escritor mineiro Eduardo Frieiro (1899-1992) em seu *Novo diário* (1986). Frieiro foi autor de um jamais conhecido *Diário de um homem secreto*, do qual fez picadinho sem publicá-lo; e do clássico romance sexista *O cabo das tormentas* (1936). Vitório me provocava: "Esse romance previu o advento de Francisco José!". Mais erudição: Humberto de Campos (1886-1934) foi outro escritor de fama que destruiu seu diário, mas, arrependido, deixou-nos o *Diário secreto* (escrito nas décadas de 20-30, mas só publicado nos anos 1950, causando enorme escândalo principalmente no Rio de Janeiro). O avô de Francisco José, o primeiro Boavista bilionário, se dava com Humberto de Campos e outros redatores de *O Imparcial*, como Bastos Tigre, de quem Francisco herdara livros autografados para o avô; àquele jornal o comendador Boavista dava a primazia da publicação dos anúncios de sua firma de comércio exterior.

ção Brasileira, uma das mais importantes editoras do Brasil. Toda semana dava uma passada por lá e ia conversar com o seu Ricardo. Uma vez cheguei a matar aula para assistir à tarde de autógrafos de um rapaz de Niterói, Sylvan Paezzo, pouco mais velho do que eu, que escrevera um romance ambientado em Copacabana, *Diário de um transviado*. Fiquei impressionado, porque achava que no século XX todo escritor tinha de ter idade para escrever um romance, não era como na época de Balzac, quando Luciano de Rubempré, aos dezoito anos, já tinha dois originais na gaveta. Ora, que ingenuidade! Os jornais falaram muito bem de Paezzo. Depois eu li que ele foi escrever novelas para a televisão.

De outra vez, levei o tio-padre à livraria, pois ele estava interessado em adquirir o romance *Pilatos*, de Carlos Heitor Cony, no dia do lançamento. Tio-padre já lera do mesmo autor o *Informação ao crucificado* e, apesar de não concordar com a tese do novelista (não me perguntem detalhes), considerou o livro muito bom. Pelo fato de Cony ter sido seminarista, induzi o tio-padre ao erro de achar que o *Pilatos* fosse uma ficção baseada na figura histórica do homem que podia ter salvo o Cristo e lavou as mãos, embora a mulher dele o tenha advertido para o mal que ia praticar. Mulher é sempre danada para essas coisas, adivinha longe. Descobrimos o engano na tarde de autógrafos, e rimos um pouco da minha ignorância, mas o tio-padre comprou o livro e o escritor o dedicou e até conversou por dois ou três minutos com um padre setentão que cruzara a baía da Guanabara para conhecê-lo. Percebi que o romancista se impressionou com aquele homem alto de batina preta e bom conversador. Doutor Francisco também estava presente, mas passou o tempo todo conversando com o dono da editora, o doutor Ênio Silveira, sobre economia e finanças e uma tal linha de crédito do BNDE para a cultura.

Aprendi tudo de Bolsa com o doutor Francisco. Primeiro, como secretário pessoal, depois como operador de pregão. Não fui o principal operador de sua corretora, mas o seu queridinho. Dizia-se:

– O Carlinhos é o *enfant-gâté* do Francisco José.

Inveja pura.

Admirei a fortaleza de propósitos do meu patrão na crise da Bolsa de 1971 em diante, quando ele soube superar a desvalorização de 70% nos papéis negociados. Apelidaram-no Chico Águia. Permaneceu de pé, olhando com seus olhos castanhos esverdeados de águia, lá dos píncaros, muitas corretoras fecharem as portas e seus donos voltarem a andar de fusquinha em vez de desfilar de LTD e Mercedes-Benz. E admirava também a sua coragem moral. Um exemplo me ocorre: em meio a um infausto acontecimento para a Bolsa do Rio, causado pela ladroagem de uns espertalhões cariocas e paulistas, Francisco José, ao passar diante da mesa de dois solertes financistas, trauteou bem alto para eles o trecho do tango famoso de Discépolo, o "Cambalache", na boa tradução de Vitório Magno, quando este era interventor na caderneta de poupança que faliu fraudulentamente no merengue do mercado financeiro. Francisco imitava o vozeirão de Nélson Gonçalves, cantor da versão brasileira da música imortalizada por Gardel; mas, naquele dia, meu patrão alterou o pronome, de "nós" para "vocês", e cantou no restaurante do Clube Naval da avenida Rio Branco:

– "Vivemos metidos num lodaçal, e nessa lama vocês todos se lambuzam".

Bons tempos em que Francisco José era o Chico Águia e o mercado entoava a partitura ditada pelo meu patrão e amigo, isto é, dobrava-se diante dele. Aqueles que escutaram o "Cambalache" não tiveram coragem de reagir. O bravo banqueiro ainda arrematou, com a delicadeza de um *punch* do notável boxeador Primo Carnera homenageado no tango de Discépolo:

– Vocês não têm classe nem para roubar!

Doze anos depois de subir ao oitavo andar do prédio da rua Sete de Setembro, fui estimulado (e financiado a fundo perdido) pelo próprio Francisco a deixá-lo para que tivesse o meu próprio negócio, uma excelente representação de seguros. Anos depois, deu-me o presente definitivo: o Educandário Robespierre, um supermercado do ensino, pois oferecemos lá o segundo grau completo, o preparatório para vestibular, intensivo para o ingresso na carreira militar e curso de madureza, o artigo 99.

Podia escrever aqui: o patrão me deu carta de alforria. Mas o recurso proverbial seria injusto. Nunca fui escravo dele. Ganhei dinheiro na Bolsa e ganhei a amizade e alta consideração do doutor Francisco. Tudo isso – a afeição e o dinheiro – afastaram-me da Engenharia. Não foi planejado, aconteceu naturalmente. As variadas formas de amor e o dinheiro – mostram os personagens de Balzac – dão o norte às individualidades e às nações. Comigo não seria diferente. Ainda mais com um estímulo forte dado involuntariamente por meu pai, o velho Marcial da Rocha. Engenheiro mecânico com curso de especialização em construção ferroviária feito na Inglaterra, primeiro lugar em concurso para sua especialidade na Central do Brasil, foi de desilusão em desilusão assistindo à morte das ferrovias brasileiras. Não suportando a carga dramática que representava em sua carreira a extinção paulatina e deliberada das linhas de trem nos Estados do Rio, Minas e São Paulo, abandonou a Central e conseguiu o lugar no Instituto do Açúcar e do Álcool. De modo que o velho Marcial via pesaroso o filho seguir a carreira que o fez infeliz. Por isso e muito mais pelos outros motivos oferecidos pela generosidade do meu patrão, tornei-me profissional no setor financeiro. Frequentava o palacete do patrão no Bairro Peixoto, me entretinha com sua família e ouvia suas histórias mais íntimas. Conheci a passeio a Europa e os Estados Unidos pelo seu bolso. Fomos ao longínquo Japão na esteira da visita do presidente Geisel para mostrar aos japoneses que tínhamos ótimas ações na Bolsa do Rio. Fui seu biombo em muitas ocasiões de perigo para o seu primeiro casamento – eu era solteiro, e assumi, como meus, os casos dele com cada mulher bonita que ele arrumava, duas delas por sinal muito escandalosas tanto para posar para a *Playboy* como para tentar arrancar-lhe dinheiro. Uma delas me tentava muito. Doutor Francisco percebeu e me cutucou:

– Pode ir. Você vai adorar. Pegue quatrocentos dólares com o Zeca da Casa Piano e mande debitar na conta corrente; ponha o dinheiro num envelope bonito, sapeque gotas de perfume francês e deposite-o silenciosamente na bolsa dela.

Com esse consentimento, saí duas vezes com a moça. Doutor Francisco me orientou a levá-la ao motel da avenida Niemeyer e depois a jantar na Fiorentina do Leme, onde tiramos retrato para o dono pregar na parede, pois a moça tinha alguma fama. Dias depois, ela me telefonou muito brava, contando que o doutor Francisco não queria nunca mais vê-la porque ela o traíra comigo. E que eu ia ser demitido da corretora. Matei a charada na hora: só podia ser um ardil do doutor Francisco. Lamentei para a moça a nossa má sorte e fui falar com o patrão.

E ele:

–Você não imagina como aquela fotografia salvou meu casamento e meu patrimônio. Jantei ontem na Fiorentina com a Vanessa só para ela ver a foto e afastar a dúvida. Você a conhece: foi uma ginástica fazê-la aceitar o convite para ir a um restaurante sem *pedigree*. E depois, outro trabalho difícil para combinar com o Perdigão para ele chegar à nossa mesa e dizer: "Olha só quem está ali na foto com a fulana! O Carlinhos!".

Francisco José, que não era de gargalhar, deu uma gostosa risada e me beijou na face. Era assim o Chico Águia.

Houve uma interrupção em nossa comunicação diária por causa de dois eventos: ele separou-se da mulher e eu, já no ramo de seguros, tinha de fazer seguidas viagens para atender clientes do interior do Estado do Rio, de São Paulo, Minas e até donos de garimpos na Amazônia que faziam seguro de seus teco-tecos. Mas Francisco José jamais deixou de telefonar, duas, três, quatro vezes por semana e, inevitavelmente, no dia do meu aniversário (e eu esqueci algumas vezes do dele!). Outras vezes telefonava para me alertar que, se alguém me interpelasse a respeito, era para responder que se encontrava comigo, "não esqueça, ouviu?". Ouvia, claro, nunca o deixei na chuva e no sereno.

Ele mesmo gostava de preparar a mais rica cesta de Natal para enviar aos amigos. A minha, tenho certeza, era a mais rica e deliciosa. Enviava outra para os meus pais, com um cartão cavalheiresco endereçado à minha mãe.

Ah, no meu aniversário, invariavelmente me saudava assim:

– Um dia você ainda me alcança!

Quando eu já o chamava de Francisco (a pedido dele), uma filha lhe morreu bestamente de infecção hospitalar e ele entrou em profunda depressão. Eu passava os fins de semana em sua companhia. Ficou o ano inteiro sem ir à corretora. Como a má sorte não galopa sozinha, ele caiu do cavalo na fazenda de Itaperuna, onde se refugiava da realidade, fraturou a perna e ficou mais um ano impedido de trabalhar. Passava os dias no Bairro Peixoto, em silêncio; só falava comigo; até o dia em que recebeu a visita de uma bela jovem de vinte e seis anos, que havia estagiado na contabilidade da corretora. Andréia bateu na porta e foi entrando. Escrevi um fato literal e um símbolo da magia feminina. Casaram-se e foram passar a lua de mel em cassinos dos Estados Unidos (o Francisco era doido por jogo). O casamento causou briga na família, a irmã de Francisco não aprovou o mano mais novo casar-se com uma "fulaninha de Cascadura" e as outras duas filhas dele, quase da mesma idade de Andréia, recusavam-se também a aceitar a nova esposa do pai. Só o Chico Neto, menino, apoiou o pai.

Francisco, feliz da vida, passou mais seis meses sem ir ao escritório, flanando na Europa. O sócio, o Perdigão, há muito já se aproveitava da ausência dele para roubar. Transferia para a corretora de um compadre, chamado Cacciola, os melhores negócios que deveria fazer na corretora da qual era sócio minoritário. Quando Francisco deu fé, era tarde. A situação piorou, pois coincidiu com o *crash* de 1989. Um delegado da Polícia Federal dissera-lhe que o Perdigão estava no rolo do investidor Naji Nahas, responsabilizado pela queda da Bolsa carioca. Francisco passou adiante a corretora na bacia das almas, vendeu a casa de Cabo Frio, vendeu parte da fazenda, tudo para tapar os buracos. Teve que abandonar a mansão manuelina do Bairro Peixoto para enfrentar a crise. Ele adorava a casa, herdada do pai. Mas a propriedade, felizmente, entrou na armação de um empreendimento imobiliário em sociedade com um cliente antigo da corretora, o construtor Sérgio Dourado, e acabou rendendo ao Francisco bons frutos três anos depois de o arranha-céu haver tapado a montanha. Francisco atraía dinheiro.

No entanto, naquela emergência da mudança radical em sua vida faustosa, um dia ele me pediu um dinheiro emprestado. Foi na semana em que um juiz apressadinho decretou o bloqueio de seus bens. Francisco José precisava de trinta mil dólares. Levei-lhe cinquenta, total que eu tinha disponível. Ele explicou que aquela quantia se destinava a pagar adiantado o aluguel de alguns meses do apartamento em que se instalara com Andréia na rua Miguel Lemos esquina de avenida Atlântica. Dois meses adiante, na mesa do Le Bec Fin, anunciou as seguintes fortunas: havia recuperado judicialmente a fábrica de laticínios de Itaperuna; fora convidado por um antigo cliente da corretora, que ficara rico pelo tino comercial de Francisco, a participar como sócio da maior distribuidora de produtos farmacêuticos do País; não entraria com um tostão e seria nomeado vice-presidente de finanças com um salário de marajá; terceiro, e o mais importante, fora informado por um amigo do Banco Central que a carta patente do banco de investimentos que solicitara ia finalmente ser aprovada.

– Amigo garçom, por favor! Abra outra garrafa de *champagne*!

Foi uma das raras vezes, num almoço, que cada um de nós bebeu uma garrafa inteira, pois ele sempre foi comedido com bebidas e eu tornei-me seu aluno nessa doutrina, contrária à de Baco.

Ora, de todos esses fatos, o que restou para mim foi uma dúvida: o pedido de empréstimo pessoal foi um teste para verificar o grau da minha solidariedade? Esse teste pode acontecer entre dois amigos. Raciocinei: jamais sua ex-esposa, dona Vanessa, lhe daria as costas num momento de dificuldade financeira. Eles se tratavam civilizadamente, de modo que não representaria para Francisco um *capitis diminutio* pedir-lhe dinheiro. Além disso, ela tinha um sentimento quase extinto nos dias de hoje pela banalização do casamento e da procriação irresponsável: aquele respeito antigo das esposas pelo pai dos seus filhos e vice-versa. E finalmente dona Vanessa é herdeira de imensa fortuna.

Nunca tentei tirar em pratos limpos o empréstimo esdrúxulo. Nossa amizade estava acima de qualquer dúvida. Resgatou ele o empréstimo de maneira formal? Nunca lhe cobrei. Por que haveria? Ele jamais me deixara de bolso vazio. Deu-me a primeira oportunidade como cidadão produtivo, com o emprego na corretora de valores; comprou para mim uma corretora de seguros; ganhei-lhe de presente três automóveis. Avanço no tempo: me deu um emprego no seu banco, depois a sociedade majoritária no Educandário Robespierre e, para concluir, pagaria dois terços da minha atual casa do Jardim Botânico. Não é uma coisa de pai para filho?

Os três anúncios felizes feitos por Francisco José no Bec Fin se concretizaram. Ele montou o banco de investimentos, um sucesso que resiste ao tempo, hoje incorporado à *holding* de dona Vanessa porque os filhos foram os herdeiros.

Volto no tempo. Na metade dos anos noventa chegou a minha hora de sofrimento moral: fali na bolha da nascente economia digital. Uma loucura me bateu, vendi a representação de seguros, onde retirava meus quarenta mil dólares por mês, e investi quase tudo num *site* de novidades comestíveis, roupas, remédios e brinquedos extravagantes para gatos e cachorros. Dentro desse cafarnaum do mundo *pet*, eu metia no meio da tela do computador historietas mirabolantes sobre animais, escritas por dois jornalistas que me cobravam uma fortuna pelas crônicas. Não sobrevivi dois anos, a concorrência profissionalizada me derrotou. Francisco José ficou fulo de raiva comigo e me levou para o banco.

Meu antigo patrão e agora de novo patrão trocara Copacabana pelo Leblon, num imenso apartamento de frente para o mar, vivia feliz com a segunda esposa, ele já com sessenta nas costas, ela no auge de sua jovem beleza. Andréia, sempre muito altiva, independente, fez questão de continuar no emprego; era dedicada, ganhava promoções pelo seu descortino. Até hoje é uma sessentona do tipo *mignon*, tostada de praia, simpática, inteligente sem ser culta. Fiquei ao lado dela no São João Batista. Continua trabalhando na corretora que décadas atrás competira com a de Francisco em importância no mercado. É vice-presidente não sei de quê. O presidente é o filho do fundador da corretora, mais jovem uns dez anos do que Andréia. Francisco só conhecia o Argeu de vista, devotava-lhe ojeriza pelo fato de ser o Argeu amigo do Perdigão e do Cacciola.

E eu, naquela época em que Francisco se recuperou financeiramente? Vivi às expensas do meu fraterno amigo, e nas horas vagas rezava para que me restituíssem os dólares que me roubaram na falência criminosa da Casa Piano para montar, de novo, meu próprio negócio. Nunca vi um tostão furado da Casa Piano. Francisco, quando ouvia um pio meu sobre o prejuízo (eu piava pouco, pois tinha consciência da minha burrice em acreditar, primeiro, na Casa Piano, depois, em *site* de cachorros), dizia:

– Eu te avisei, eu te avisei.

Avisou mesmo, por isso era o Chico Águia.

Solidário com a minha desdita comercial, acolheu-me no banco com um baita salário.

– Para você comprar seus livros! – me disse.

Durante quatro anos recebi esse alívio do Francisco José, até eu me aprumar, outra vez com a ajuda dele: entrei como sócio no Educandário Robespierre. Na época em que ele me tirou do aperto, desejava prestar-lhe um serviço qualquer no banco para justificar a remuneração gorda que recebia, ficar em paz com a minha dignidade, poder entrar no elevador de rosto empinado para os demais funcionários. Francisco me disse:

– Seu trabalho é me ouvir, comprar os livros de que gosta e depois me contar a história deles.

Destinou-me uma saleta no fim do corredor do andar da presidência no belo edifício de Botafogo. Eu batucava no computador, para repórteres que faziam a cobertura do setor financeiro, cenários econômicos possíveis ou apenas imaginários, para meter o nome do banco e o do Francisco no meio das letrinhas. Era o meu melhor trabalho. Uma vez escrevi um pequeno discurso para o Francisco pronunciar diante do ministro numa reunião aberta do Conselho Monetário. Deu primeira página nos jornais! E com foto do Chico Águia deitando o verbo que saíra da minha cabeça.

Francisco era um tipo que externava com graça a sua generosidade. Não lia, mas apreciava saber das histórias que eu lhe contava sobre os enredos dos romances. Quando eu já estava no banco, comprei a um idoso ambulante que expunha livros usados no meio da avenida Rio Branco a coleção completa *A comédia humana* muito bem preservada, igual à do meu avô materno em Campos. Até então eu tinha muitos romances e novelas de Balzac em edições esparsas. Foi uma pechincha, os dezessete volumes encadernados, com notas ricas de Paulo Rónai. Quando contei ao Francisco, ele me deu parabéns (não entendi se era gozação) e lamentou o fato de o vendedor não fornecer nota fiscal, pois ele poderia mandar o banco me ressarcir.

Por aquele tempo eu já não trabalhava mais no centro da cidade, mas mantivera meus contatos com prestadores de serviços, como alfaiate e camiseiro que me vestiram nos bons momentos dos anos setenta. Sou muito afeiçoado a esses oficiais do ramo que sabem de cor as medidas do nosso corpo. Então, estando eu batendo perna na avenida Rio Branco, vindo de provar um terno de seda italiana creme no Rabelo da rua Gonçalves Dias, topei com o ambulante que me vendera o Balzac. A sua livraria permanecia esparramada na antiga plataforma de madeira, dessas comuns de se ver nas feiras livres do Rio. Esclareceu o senhor Viriato – pois este era (ou é) o seu nome – que o estrado integrava a barraca de sua falecida esposa na feira de São Cristóvão. Uma simpatia, o seu Viriato. Aparentava uns setenta anos, mas me disse estar na casa dos cinquenta. O Viriato integrava (ou integra, há muito não tenho notícias dele) uma seita que eu chamo de aristocracia espiritual do proletariado. Seu avô foi porteiro do prédio do jornal *A Rua*, no tempo de Adão e Eva; seu pai, caixeiro da extinta Livraria Quaresma da rua do Ouvidor e depois encadernador de livros no Catete. O pai o encaminhou na vida, entregando-o aos cuidados de um amigo chamado Gomes. Apreciando eu a sua conversa (esqueci-me completamente de pedir o recibo do Balzac), Viriato puxou um tamborete para me sentar diante dele e prosseguimos por quase uma hora a conversa sobre os tempos em que seguiu a trilha do pai. Labutava no balcão de uma livraria que já é morta, na rua Buenos Aires. Mas a sua ligação amorosa aos livros continuou pelos tempos.

– Quem se chama Viriato em homenagem ao escritor Viriato Corrêa, chefe do meu avô no jornal, e trabalhou com livros na mocidade, fica marcado pelo resto da vida – disse-me com um traço de emoção sincera.

Contou-me que sua diversão de viúvo era acompanhar em casa a novela *Éramos seis*, levada ao ar pelo SBT no correr daquele ano de 1996, porque ela mexeu no fundo das recordações do caixeiro, ou como se diz hoje, balconista. Viriato vendeu muitos exemplares do livro da escritora paulista Maria José Dupré, ou Sra. Leandro Dupré, ou ainda Madame Dupré, outros nomes literários pelos quais tornou-se famosa pela autoria do romance que deu origem à novela da televisão. A obra vendeu milhares de cópias desde sua publicação em 1942, e Viriato ajudou a forjar o sucesso.

Foi o primeiro emprego do rapazola Viriato, esse da livraria, em 1961, com carteira assinada, salário-mínimo oficial do menor de idade que ele era, CR$ 5.936,00, acrescidos de 1% sobre as vendas mensais. De modo assim aquele romance brasileiro, um *best-seller* permanente, acrescentou ao bolso do rapazola alguns cruzeiros empregados na sua manutenção e na ajuda aos pais.

O seu Viriato, entusiasmado com o meu interesse na sua vida, pegou de um bornal feito de papel de padaria guardado sob o estrado de madeira, desembrulhou-o e – pimba! – exibiu a prova provada do que dizia. Era, disse ele, o seu encantamento naquela altura da vida em que tinha pouco mais de cinquenta anos: a Carteira de Trabalho do Menor, emitida na data de 5 de abril de 1962, governo João Goulart. Passei-lhe os olhos, enquanto ele atendia a uma compradora. É uma curiosa peça social. Há duas páginas dedicadas à legislação sobre os locais proibidos ao trabalho do menor. Este não poderia trabalhar em matadouros, em pedreiras, em subterrâneos, em esgotos, em locais poeirentos e naqueles em que se produzem elementos químicos os mais diversos. É extensa a lista de proibições para preservar a saúde da garotada trabalhadora. No entanto, não há menção a casas de espetáculos, nem ao menos ao teatro rebolado, onde, por suposto, qualquer menino podia ser faxineiro dos camarins das vedetes e se extasiar com as coxas de fora que mexiam com nossa imaginação e mexiam com outros mecanismos físicos. Inexistia no rol do então Ministério do Trabalho e Previdência Social qualquer proibição de cunho moral ao menor trabalhador. Não sei se é assim até hoje; tomara que seja ou tomara que não denunciem a lacuna à besta quadrada do atual ministro da Educação e da estapafúrdia ministra da Família. De sorte que o Viriato pôde trabalhar numa enorme e vistosa livraria onde a pornografia, a obscenidade, o erotismo ou que nome queiram dar a essas manifestações do espírito campeavam soltas nas prateleiras de todas as livrarias do Rio. A estante desses livros era a predileta do meu novo amigo. O gerente o flagrou inúmeras vezes agachado, fingindo arrumação de livros na estante dos ditos romances fortes, mas na verdade lendo escondido um trecho de trepidante ação de um romance considerado pornográfico.

As páginas licenciosas lidas à sorrelfa pelo balconista menor de idade eram de autoria da inesquecível Cassandra Rios. Ou era *Carne em delírio* ou *Tara*, disse-me Viriato. Só pelos títulos já conquistava leitor e leitora. Para a juventude de ambos os sexos era pedagogia pura, pois a trama ensinava-lhes como beijar a orelha, como tratar a anatomia humana sob os lençóis.

– Mas, aí – disse-me, rindo, o Viriato – aparecia o meu chefe. "Vai trabalhar, seu sacaneta!", ralhava o gerente comigo. Obediente, eu recolhia o livro à estante, retornava ao meu posto de trabalho, no balcão, e de lá via o seu Gomes folheando as páginas que haviam regalado os meus sentidos mais primitivos. Que narrativa a de Cassandra Rios! Que força criadora! Que vontade de conhecer a escritora! – disse-me, emocionado, o Viriato.

Um momento inesquecível de ternura pelo livro, a hora que passei junto ao seu Viriato na avenida Rio Branco, quase esquina da minha amada rua Sete de Setembro, onde, nos velhos tempos, pontificava o seu Ricardo na Livraria Civilização Brasileira.

Para extrair de Viriato mais alguma matéria-prima daquela existência nobre, e tendo de voltar ao centro no dia seguinte para a prova final do terno de seda creme italiana, marquei novo encontro na quitanda de livros da Rio Branco, prevenindo o meu novo amigo de que tomaríamos um café na Confeitaria Colombo. Ele trouxe a filha para vigiar a livraria na sua curta ausência. Eu tomei um *milk-shake* e ele preferiu café com leite e um pãozinho francês. Ao final, quando nos despedíamos na Gonçalves Dias – olha a deusa Sorte! – passou por nós o Jofre Brandão, meu conterrâneo de Campos, então desembargador do Tribunal de Alçada. Também professor de Direito Constitucional, ele dirige (ou dirigia) na rua México um estabelecimento que prepara candidatos para concursos na magistratura. Deu-me na telha, sem combinação com o senhor Viriato, de dizer a sua excelência que o homem a quem eu o apresentava (Viriato trajava decentemente camisa de manga comprida e gravata, tendo o paletó seguro nos braços), tinha experiência em tarefas práticas relacionadas a livros e bibliotecas. Ora, vejam só! O Brandão buscava, por aqueles dias, alguém que pudesse tocar o almoxarifado de apostilas do curso. Foi pá e pum. O seu Viriato ganhou o posto de trabalho. Todo fim de ano me ligava, agradecido. Parou de telefonar, preciso averiguar se ainda vive.

Ainda bem que naquela época eu estava jejuno da leitura de Humberto de Campos, o Balzac do jornalismo brasileiro. Do contrário, minha língua poderia coçar e eu contar ao Viriato que o patrono da sua onomástica podia ser bom escritor de temas históricos (Vitório sabia de cor uma adorável página e a recitava no ginásio de Campos), mas era invejoso. É o que relata Humberto de Campos em seu *Diário secreto*: Viriato Corrêa tomou-lhe uma ideia literária que o notável jornalista, seu conterrâneo do Maranhão, lhe revelara, por ingenuidade. Viriato saiu na frente dele com um livro de contos exatamente sobre o tema histórico desvelado, *Os descobridores*.

Humberto de Campos falava muito mal dos outros e fazia vista grossa àquela *boutade* de procedência francesa segundo a qual se todos soubessem o que uns falam dos outros, não haveria quatro amigos neste mundo*. Seja como for, a inveja campeia no mundo. Não veem o Vitório? Inveja-me demais da conta! Em Campos, vivia me seguindo à sorrelfa, na livraria Ao Livro Verde (uma das mais antigas do Brasil), para saber qual romance de aventura da coleção Terramarear da Companhia Editora Nacional eu comprara para o meu deleite.

Uma desgraça, a inveja!

---

* É de Pascal, informou-me o Vitório se expressando em francês. E, invejoso do livro que escrevo, me espicaçou: "Você só lê Balzac porque o Paulo Rónai o traduziu para o idioma dos goitacases. Veja se não me escreve cachorro com x!".

II

Francisco José amou deveras dona Vanessa.

A mais bela festa que a cidade do Rio de Janeiro jamais viu no século XX foi a oferecida pelo amado de Vanessa na ocasião de um aniversário dela. Aconteceu em 1976, pois é desse ano o aparecimento de *Chão de ferro*, livro de Pedro Nava, avistado por mim na manhã em que fui alugar um *summer* na tradicional Casa Rolla, no bairro da Glória, para me apresentar bem grã-fino no banquete de Vanessa. O escritor se deixava fotografar no canteiro central bem arborizado da avenida diante do prédio em que residia. No outro dia, saiu no *Jornal do Brasil* a louvação à nova obra do memorialista. Ninguém ia imaginar que na década seguinte Pedro Nava se abraçaria a uma daquelas árvores para se matar com um tiro na cabeça.

Escrevi que o Rio jamais viu aquela festa, pois dela não houve publicidade e a apenas quarenta e oito convidados foi concedido o privilégio da visão mirífica, além de alguns músicos e da bateria de *maîtres*, garçons e açafatas trajados com uma elegância de maravilhar Balzac. O cenário: a portentosa Gare Barão de Mauá da antiga Estrada de Ferro Leopoldina, uma das mais bonitas, senão a mais elegante, construção comercial da cidade.

Já estava a estação, sita diante do Canal do Mangue, parcialmente desativada. O marido de dona Vanessa a alugou. Pela manhã e à tarde ocorreram os preparativos estafantes de uma pequena multidão de serviçais desse *métier*, e à noite deu-se o banquete cuja descrição merecia a pena de ganso de Honoré de Balzac.

Os pouquíssimos trens que dali partiriam e chegariam foram cancelados ou desviados para a Gare de Dom Pedro II. A festa custou ao meu patrão uma fortuna, e prestígio empenhado às autoridades ferroviárias. A justificativa foi a de aluguel para o *set* de um longa-metragem do produtor carioca Herbert Richers, da Atlântida Cinematográfica. Boa mentira, em nome do Amor e realizada com a delicadeza de espírito de Francisco José.

O comendador, pai de Francisco, era amigo do português Chianca de Garcia, afamado no Brasil e em Portugal pelas suas encenações de luz, cor, som e sombras. Era um gênio dessa forma de arte, exibida ao público carioca em espetáculos aplaudidos no Cassino da Urca e depois na TV Tupi. A ele coube a *mise-en-scène* na plataforma da estação. Foi seu par no trabalho de magia um cenógrafo do Teatro Municipal. A Barão de Mauá, de estilo edwardiano, fruto da prancheta do arquiteto escocês Robert Prentice, foi transformada naquela noite numa Gare du Nord – desculpem a licença poética, cometida para acomodar aqui o meu Balzac e sua amada Paris.

O imenso chão da plataforma, que recebera os sapatos chiques de outrora e naquele tempo os calçados da plebe dos subúrbios, foi lavado e enxaguado das impurezas humanas que o pisoteavam diuturnamente. Parecia um imenso roseiral. Não! Mais que isso: um jardim francês, já que Francisco José, o exagerado de amor, adquirira toda a produção do Mercado das Flores da rua do Rosário. O perfume edênico inebriava as almas que adentravam aquele paraíso cenográfico criado por delicadas mãos de artista.

Nos trilhos, Chianca de Garcia foi buscar no museu da Central do Brasil uma composição ferroviária formada de uma famosa locomotiva a vapor dos velhos tempos e cinco vagões de passageiros da mesma idade, pintados para a ocasião e deslumbrantemente iluminados por dentro, com luzes dançantes, e por fora recebiam o luzeiro esplendoroso de enormes holofotes cinematográficos. Compunha a encenação uma orquestra de piano, violinos e poucos metais, a fim de que a música atingisse a perfeição da delicadeza sonora que encanta os ouvidos sentimentais.

Os convidados? Exclusivamente as famílias do casal, dois ou três embaixadores europeus que ainda não se haviam mudado para Brasília e o mesmo número de financistas europeus que mantinham negócios com a *holding* de dona Vanessa, e duas amigas de infância da aniversariante. Ah, um industrialista abrilhantou o banquete da Gare Barão de Mauá: Baby Pignatari, um autêntico Mauá do século XX pelo seu empreendedorismo. Na época, ele negociava a venda de sua mina de cobre na Bahia para a *holding* da família de dona Vanessa, negócio que não foi levado à frente. Infelizmente, o notável ítalo-brasileiro, falecido uns três anos após o banquete na mocidade de seus sessenta anos, entraria para a história pelo seu lado de *playboy* romântico – diziam até que teve um namoro com dona Vanessa, o que não creio por motivo que não vem ao caso; seria um novo obituário.

Na plataforma da estação só faltou Balzac para aplaudir. Mas eu me sentava lá, pimpão no *summer* da Casa Rolla, com o tio-padre, de *clergyman* (primeira e única vez que o vestiu, pois só usava batina), um diante do outro, tendo na cabeceira o seu amigo comendador. Ao tio-padre, na condição de celebrante do casório de Vanessa, foi concedida a distinção de usar da palavra no momento do brinde, único orador, tendo ele riscado com palavras de ouro, entremeadas do surdo resfolegar da locomotiva, uma curta, erudita e profunda homilia.

Lá muito distante, na outra extremidade da comprida mesa do banquete, iluminada a candelabros de prata e finissimamente ataviada, a bela dona Vanessa, uma Sissi, ao lado de um radiante Francisco José.

Não demorou mais de um ano e já estavam separados, como numa novela de Balzac.

No dia seguinte, quando fui devolver o *summer*, o balconista da Casa Rolla notou na manga uma mácula de fuligem da portentosa locomotiva Zezé Leone, a que enobreceu o banquete de Vanessa.

III

Francisco José e eu passamos os últimos anos nos vendo nas terças e sextas-feiras, ao almoço, em restaurantes, e no domingo em sua casa. Eu já estava na direção do colégio e dava aulas de Matemática I. No tempo do banco, esses compromissos gastronômicos representavam para mim um pouco da desejada prestação de trabalho, já que havia dias em que eu não botava o pé no escritório e Francisco José não me via. Passei a me realizar naqueles almoços do ponto de vista da dignidade, porque tinha oportunidade de encenar alguma coisa parecida com consultoria.

Depois que me aprumei no Educandário Robespierre, os almoços simbolizavam, na culinária e no vinho, a amizade pura, doce, fraterna. Francisco me contava casos do banco e da indústria farmacêutica da qual não se afastara, invariavelmente envolvendo suas relações pessoais com outros diretores (ele ainda guardava receios com a humanidade devido ao caso do sócio que lhe roubou na corretora); pedia a minha opinião, recolhia sugestões de investimentos, "desde que não seja na Casa Piano", pilheriava. A Casa Piano, não canso de dizer, faliu fraudulentamente levando muitos amigos do Francisco para o buraco; não quiseram ouvi-lo, Francisco previu tudo. Mas esse é tema para outro obituário.

Nos últimos tempos, falava-lhe das minhas alegrias como professor no cursinho para vestibular do Educandário Robespierre, sobre as mulheres que entraram para o mercado financeiro e estão tendo sucesso, são mais sagazes do que nós; falávamos também, inevitavelmente, sobre o Mensalão, traições políticas, as coisas da moda. A partir de certo almoço, porém, ele passou a me revelar cenas da sua vida privada. O gosto de Andréia por roupas (que ele achava exagerado), um certo desleixo na gerência doméstica, a irritação das filhas com a segunda esposa do pai, coisas bem sérias para os ouvidos de um amigo. Só o Chico Neto não falava mal da Andréia, pois já vivia na Europa.

Numa sexta-feira, para desanuviar as lamentações, contei-lhe que *Cenas da vida privada* era o subtítulo de alguns contos e novelas de Balzac. E que o escritor se esmerou em descrever os temperamentos humanos diante do amor. Francisco até se interessou pelo tema novo na mesa do Satyricon e pediu-me que lhe emprestasse um tomo da minha coleção para conhecer o pensamento de Balzac. Na sexta seguinte, levei-lhe o que contém *A mulher de trinta anos*, pois aquele homem vitorioso nos negócios, mas descuidado com as leituras, citara o romance célebre do francês, o único de que ele sabia o título.

– Você trouxe logo esse que só tem sacanagem? – disse Francisco.

Acompanhei o riso do meu amigo, mas ministrei-lhe uma lição tal e qual a Anette "suvaco ilustrado" da faculdade teria feito:

– Não tem sacanagem alguma, Francisco, isso é uma tolice espalhada pelo mundo inteiro. Sequer tem uma cena forte. É um livro que fala da psicologia feminina. Não só da dita mulher de trinta anos, a Júlia, que, por acaso, não fizera trinta anos... Você vai ler sobre a reação de outras mulheres diante sobretudo do amor – e fui folheando o livro: – Augusta, do *Romeiral*, a senhora Beauséant, de *A mulher abandonada*, Honorina, Beatriz e outras que aparecem em *Gobseck*...

Acho que Francisco nunca abriu o livro, apesar de me dizer que o estava lendo. Nos nossos almoços posteriores não desdobrei o assunto para evitar constrangimentos. Jamais me devolveu o livro, minha coleção está desfalcada do volume III.

Mais uns almoços adiante, dessa vez no Monte Carlo (que já é obituário), encontrei-o tristonho, caladão, não deu um pio sobre os assuntos de sua predileção: o trabalho no banco, a indústria farmacêutica, o Botafogo, a roubalheira no governo e, é claro, as mulheres deliciosas, mola mestra de sua existência. A muito custo consegui retirar do fundo de sua alma um suspiro, e este dizia respeito a uma única mulher:

– Acho que a Andréia está me traindo.

Despistei o meu susto, desviando o olhar para o peixe ao forno com molho de ervas e vinho branco que dividíamos. Em seguida, dei uma golada na taça de champanha. Francisco quebrou o silêncio pesado:

– Você não fala nada, cara?

Como me mantivesse em silêncio, olhando para o peixe, garfando-o e o levando à boca sem fitar o Francisco, partiu dele, novamente, a provocação para eu entrar no tema:

– E aí? É para me dar conselhos que eu lhe paguei a vida inteira! – e abriu um sorriso de simpatia.

Aquele estado de espírito aparentemente humorado do Francisco animou-me a respondê-lo. Saí pela tangente. Disse-lhe que considerava imprudência amigo dar conselho a amigo sobre as coisas do amor. E levei para a galhofa, contando um caso inventado na hora de que meu avô perdera um amigo porque ajudou a xingar a esposa do outro, num dia em que esse amigo lhe contara que era traído; mas depois disso o casal fez as pazes e quem ficou mal na história foi meu avô pela manifesta solidariedade ao traído, ou, se quiserem, pela irada manifestação contra a traidora.

Francisco não riu. Resolvi então introduzir um tema que o seduzia, por conhecer as personagens envolvidas, e que era o Mensalão. Ele dera dinheiro para a campanha do Lula (dera também para a de José Serra). Eu lhe disse no Monte Carlo:

– Mensalão, propinoduto ou que nome se dê à corrupção como método de governar, não é invenção da política brasileira. Dessa, nosso amigo Lula escapou.

– Quem inventou então?

Gostei da pergunta, pois me deu a chance de pagar o almoço com as minhas leituras de livros herdados do tio-padre. Quisera muito que o fraterno amigo Vitório estivesse à nossa mesa, para se apequenar diante da minha cultura histórica.

– Parece – comecei o discurso – que a França, sempre surpreendente nas humanidades, deteria modernamente a primazia desse formidável impulsionador das atividades políticas no formato sistêmico. E a divulgação do escândalo, no século XVIII, produziu em Paris um impacto tão devastador quanto o que tiveram no Brasil as delações dos envolvidos nesse caso do Mensalão.

– Quem lhe disse isso, ô Balzac?

– Um velho livro de autoria de Henri Robert. Ele foi da Academia Francesa e presidiu a Ordem dos Advogados de seu país na década de 1910. Intitula-se *Os grandes processos da História*. O autor dedica dramáticas páginas aos derradeiros dias do reinado de Luís XVI.

– Estou ouvindo.

– Em abril de 1792, quase dois anos e meio após a Queda da Bastilha, surgiu o primeiro aviso do cansaço do povo. O rei e Maria Antonieta cederam à pressão popular e se mudaram do fausto de Versalhes para o Louvre. Aos olhos de hoje pode parecer trocar seis por meia dúzia, mas, para os parisienses, era o retorno do rei ao seio do povo. Ali tinham vivido os reis anteriores. Em Paris estava a gestão dos graves problemas que infelicitavam a França. Os cidadãos parisienses, esgotados pela fome, entendiam que o seu soberano, deixando Versalhes e permanecendo perto deles, lhes demonstraria solidariedade na miséria impressionante em que a crise econômica mergulhara a capital. Exigiram a presença do rei e a obtiveram, pela força.

– Continua, não estou mais pensando na Andréia – disse Francisco, de chacota.

– A mudança de endereço, em outubro de 1791, não revogou a falta de pão nem criou mais empregos, mas produziu uma aparente trégua na pressão das ruas. Maria Antonieta, tão xingada pelo populacho, chegou a receber delegações de mulheres atarantadas pela penúria. Por um momento, as mulheres pobres esqueceram o passado e se ajoelharam diante da rainha que detestavam. Aglomerações de desempregados se postavam diante do palácio para exigir que o rei aparecesse na sacada de seu quarto para eles o saudarem como o seu legítimo soberano.

– Maria Antonieta era igualzinha a Andréia – interrompeu-me Francisco. – Só pensa em comprar roupa e sapato. Mas e o rei, apareceu?

– Claro! Mas a trégua durou pouco. A derrocada final foi a divulgação, pelos jornalistas panfletários, do chamado *Livro Vermelho*. Delatava nome por nome os beneficiários do mensalão de Luís XVI; e as quantias que cada um mamava nas tetas generosas do governo. Eram as pensões que o falido Tesouro francês pagava, secretamente, aos fidalgos, cortesãos, cortesãs, magistrados, militares, padres, amigas de Maria Antonieta.

– Então teve a mesma repercussão da publicação das matérias da *Veja* e do *Globo* sobre o Mensalão do Lula! – comentou Francisco.

Puxa, como eu adoraria ver a cara de espanto do Vitório diante de conversação tão elevada, ele que muito zombava do intelecto de Francisco José.

Retomei o fio da meada:

– A mesma mecânica ocorrida na França se repetiu aqui no Brasil. O panfleto francês informava que o mensalão já durava quinze anos! O escritor Henri Robert informa que montava a 250 milhões de libras. Não importa saber a conversão em moeda de hoje, só a informação de que eram "milhões" já dá uma ideia da montanha de dinheiro.

– E a reação do povo?

– Henri Robert calcula em 120 mil o número de desempregados em Paris e cercanias. Imagine como ficaram enfurecidos ao lerem nos muros das ruas a relação dos apadrinhados do poder e das vultosas quantias. A divulgação da lista, em abril de 1792, ocorreu no pior momento para Luís XVI. Poucos dias antes, os panfletários haviam denunciado um plano secreto para a fuga do rei e da rainha, a pretexto de passarem o verão em Saint-Cloud. Desde então, os milhares de desempregados e suas mulheres montaram guarda nos portões das Tulherias e exigiam sempre, aos gritos, e armados de paus e ferramentas rústicas, a presença do rei e da rainha no balcão do palácio, não mais para os saudarem, mas sim para se certificarem de que não haviam fugido da esfomeada Paris.

– E fugiram?

– Não fugiram. O rei e a rainha, num rasgo de honradez tardia e de coragem pessoal, se apresentaram na madrugada do dia 11 de agosto à Assembleia, no mesmo momento em que a turba enfurecida realizava o assalto ao palácio real. Os soberanos imaginavam que, no recinto da Assembleia, estariam a salvo. Engano. A casa do povo entregou-os ao povo e dois dias depois os reis partiriam para a penitenciária com o sugestivo nome de Prisão do Templo. Aguardaram lá, até o ano seguinte, quando conheceram o funcionamento de outra odiosa invenção francesa: a guilhotina.

Francisco José me interrompeu:

– Lembro-me de minha mãe ensinando aos filhos em Petrópolis: "A Revolução Francesa foi infame com a Igreja, pois mataram muitos padres!". Ela dizia também: "Coitada da Maria Antonieta!".

Concluí:

– Pois é, amigo. O lamento de sua mãe não teria sentido na China, segundo uma anedota, dita verídica, espalhada por Henry Kissinger. Em visita a Pequim na época do degelo da Guerra Fria, anos 1970, ele pediu ao mandachuva chinês Chu En-Lai que comentasse determinado fato da revolução de Mao Tsé-Tung, ocorrida havia apenas trinta anos. O dirigente comunista respondeu ao secretário de Estado: "Lamento não poder dar-lhe uma resposta, pois ainda estamos estudando a Revolução Francesa".

Ouvindo esse final apoteótico, meu fraterno amigo Vitório sairia da mesa para ir ao toalete, só para não elogiar minha memória. Entrementes, meu interlocutor Francisco José prestou atenção na narrativa do seu favorito, mas enganou-me todo o tempo. A guilhotinada nos reis da França não o fizera esquecer o desgosto por Andréia. Esse era o seu patíbulo. E voltou à carga:

— Tenho certeza de que Andréia está me traindo.

Aí resolvi botar os pingos nos is.

— Como é que você sabe?

— Não nasci ontem, está me traindo com o chefe dela.

Francisco aprovou o meu interesse pela sua confissão.

— A suspeita é baseada em quais fatos?

— Ela continua fazendo muito serão, chega tarde em casa, viaja muito a São Paulo e a Brasília, viagem tipo bate e volta no mesmo dia ou no dia seguinte. Nem se interessou quando eu propus uma viagem a Nova York.

Tentei desqualificar a denúncia, voltando à galhofa:

— A Andréia então faz viagens do tipo daquelas que você fazia no tempo em que era casado com a Vanessa, né, mestre?

(Uma breve apresentação de dona Vanessa: é culta e era bem bonita, a única mulher a se formar economista na turma dela, três anos depois da de Francisco. De ilustre família do carvão de Santa Catarina, que migrou para a indústria petroquímica, hoje uma gigante do setor. Nunca precisou do dinheiro do marido, pois o dela é imenso.)

Francisco não aprovou minha disfarçada censura sobre as traições domésticas e quis me dar uma aula sobre a matéria.

— Eu nunca, juro por Deus, nunca descurei do zelo pela minha família, pela nossa casa, pela atenção à Vanessa. Pode perguntar a ela.

— Não entendi. Você acabou de dizer que a esposa pode trair, mas não pode abandonar a economia doméstica. É isso?

— Não! Expressei-me mal — disse ele, um pouco envergonhado.

O almoço terminou no *poire* gelado e no meu comentário de despedida na calçada da rua:

— Francisco, esqueça isso. É um pouco de ciúme seu. Você não gosta do chefe dela porque ele é amigo do Perdigão; não aprova que Andréia trabalhe fora e está inseguro com a diferença de idades. Vai superar essa fase.

Na verdade, passei a compartilhar a dúvida do meu amigo sobre o caráter da esposa, mas jamais faria essa confissão a ele. O motivo encontrava-se no passado, num cubículo de um antigo prédio da rua da Quitanda. Um dia, talvez, eu venha a contar o caso.

Nos três ou quatro almoços seguintes não se falou no caso. As conversas giravam ainda sobre o Mensalão e safadezas políticas. Até que num almoço em que dividíamos o mesmo peixe levado ao forno em papel laminado ao molho de ervas e vinho branco com batatas, tomates e cebolas, o Francisco disse bruscamente, num silêncio entre as garfadas mútuas:

— Você acha que eu devo perdoar a Andréia?

— Perdoá-la? De quê?

— Ora, de quê! Dos chifres.

– Puxa, Francisco! De novo?

– De novo. Eu sei que ela me trai.

Cruzei os talheres. Não havia mais peixe no prato. Derramei na taça o saldo da garrafa do vinho e falei:

– Sua angústia me lembra o Balzac. Li na novela *Honorina* uma tese provocativa, a de que não é irreparável a desonra de uma jovem esposa que trai.

– Lá vem você de novo com esse Balzac!

No entanto, o depreciador se interessou:

– Como assim?

Fui chulo:

– Se existe amor verdadeiro no casal – ou tesão do marido na esposa – a traidora merece o perdão do traído.

Francisco respondeu bem rápido:

– Não é o nosso caso. Ela não me ama.

– Como você sabe?

– Se me amasse, não ia sair com aquele canalha.

– Ora, voltamos então ao ponto de partida. Achei que você havia superado a suspeita ao me propor a hipótese do perdão.

– É... Foi devaneio meu.

Depois voltou à carga, com alguma fúria, mas em voz baixa para apenas o confidente ouvir:

– Ela me trai toda semana!

Silêncio na mesa. Francisco fixou os olhos em algum ponto à sua esquerda. Eu olhei para o outro lado. E até avistei o escritor Millôr Fernandes almoçando com amigos. Depois falei:

– Pelo amor de Deus, Francisco, como é que você sabe disso?

Ele me encarou com os dois olhos castanhos esverdeados tingidos do vermelho por duas lágrimas:

– Eu sei! Quando ela chega tarde em casa, depois de me beijar e desculpar-se pelo serão no escritório, morde o lábio inferior com seus dentinhos brancos.

Passei a mão pelos cabelos e fiz uma cara de incrédulo.

– Amigo! É subjetivo demais o que me conta. Olha: está ali na mesa dos fundos o Millôr Fernandes, que é um fino ironista. Se você contar para o Millôr o fundamento da sua suspeita, ele vai escrever uma anedota e tanto.

Ele nem olhou para a mesa do escritor. Reafirmou que Andréia mordia o lábio inferior com os dentes superiores brancos. E demonstrou como era o trejeito, imitando o que Andréia fazia.

– É o sinal da traição – disse.

Ato contínuo, pediu ao garçom que lhe trouxesse a conta, não disse uma palavra até chegarmos à porta do seu carro. O chofer veio abri-la, ele entrou, fechou a porta, desceu o vidro da janela, botou a cara para fora e me disse com desdém:

– Esse seu Balzac é um tolo!

Não houve almoços nas duas ou três semanas seguintes, porque Francisco viajou para Madri, para visitar o filho

Chico Neto, e levou Andréia (ou ela aceitou ir, não sei). Numa quarta-feira (sei que foi numa quarta, porque três funcionários do Educandário Robespierre do qual sou sócio e professor ganharam o bolão da Mega acumulada), o Francisco me telefonou para dizer que haviam chegado na véspera e convidou-me para jantar naquele mesmo dia. O convite era uma novidade em nosso convívio. Há muitos anos sempre existiram só os almoços de terça e sexta-feira e os de domingo na casa dele. E o restaurante escolhido não era mais os da sua lista de preferidos, era outro, perto de sua casa. Quando cheguei ao Garcia & Rodrigues, meu fraterno amigo já se encontrava bebendo champanha. Na mesa, havia serviço para três.

– Andréia vem jantar conosco – disse.

E engatou o assunto chato do Mensalão, traições políticas, Lula, PSDB etc. De vez em quando ele olhava o relógio. Passou a olhá-lo mais vezes, com mínima diferença entre uma e outra visadas. Estava impaciente, se mexia na cadeira. Vi que a insatisfação era séria quando ele reclamou ao *maître* da fraqueza do ar-refrigerado. Este sempre foi um sinal de mau humor do meu amigo. De repente explodiu:

– Nunca vi coisa igual: a Andréia sempre atrasada! E já no primeiro dia da volta de nossa viagem!

A ira do Francisco até me beneficiou, porque ele parou de falar sobre aquele negócio enjoado de Mensalão, Mensalão, Mensalão. Bebemos a champanha e o garçom abria a segunda garrafa (fato raríssimo) quando Andréia chegou. Beijou a mim, em primeiro lugar, com efusão; depois beijou o marido na testa, pois ele não teve a delicadeza de se levantar para recebê-la (comportamento raríssimo no Francisco, sempre gentil com a humanidade em geral). Ela pediu desculpas pelo atraso, a culpa foi de uma ligação de Nova York de última hora. Depositou a bolsa na cadeira vazia e disse-nos que ia ao toalete. Ato contínuo, mordeu o lábio inferior com os dentinhos brancos e seguiu adiante. Francisco acompanhou-a com olhar de desprezo; meneou a cabeça, enrugou a testa e disse-me:

– Você viu o sinal, né? Agora você acredita em mim?

Francisco José só se separou de Andréia no dia em que fomos levar seu corpo ao São João Batista. Era um jequitibá, esse meu amigo. Carregava oitenta e nove anos nas costas. E até aos oitenta e oito ainda tinha seus encontros secretos num apartamento que mantinha em sigilo no Leme. É claro que o ninho de seus prazeres foi uma surpresa ao abrir-se o inventário.

No cemitério, as duas filhas de Francisco ficaram longe de Andréia, acho que nem chegaram a se falar. Dona Vanessa (o ex-marido a chamava pelas costas de "condessa") cumprimentou com formalidade respeitosa a sucessora, mas depois permaneceu ao lado das filhas. Chico Neto, herdeiro da elegância física e da refinada educação social do pai, veio a jato da Europa e ficou ao lado da madrasta no velório e no sepultamento.

Ignoro se o filho sabia da suspeita do pai sobre Andréia. E nunca saberei.

Eu fiquei no meu canto, aos pés do féretro.

IV

Ao tempo em que trabalhei no mercado financeiro, fui também pretenso dono de uma gráfica, igualmente por obra e graça do saudoso doutor Francisco José.

– "Doutor de champanhotas e de anedotas" – corrigia meu patrão, repetindo uma frase dos versos de um samba afamado dos anos 1950, que bulia com os novos-ricos. Depois de formado em Economia, o pai quisera enviar o filho para o doutorado numa universidade dos Estados Unidos, mas a alegria da mocidade e o namoro com a bela Vanessa falaram mais alto.

Certo dia, ao voltar da Bolsa (era no tempo da crise), o doutor Francisco me convocou à sua sala. Encontrei-o na versão "doutor de champanhotas", brincalhão, o que não condizia com o momento. O pregão estivera péssimo naquele dia e imaginei que fosse essa a razão de convocar-me, pois no correr da manhã ouvira dele, pelo fone da linha direta da corretora para os meus ouvidos, comentários ácidos sobre a situação. Entre uma e outra ordem de compra e de venda, o doutor Francisco reclamara uma intervenção imediata do governo para conter a bola de neve. Mas o motivo da convocação era outro. Sorridente, ele me apresentou ao doutor Esmeralda, José Esmeralda dos anzóis carapuça, um cliente especial que merecia tratamento especial, alertara-me o patrão. Tratava-se de um usineiro de açúcar, pecuarista e investidor, e, o mais importante, disse o doutor Francisco, "de família amiga do seu tio-padre". Ora, sendo amigo do meu tio-padre já podia ser considerado meu amigo. Entretanto, tal não ocorreu: senti uma repulsa no primeiro instante em que vi o doutor Esmeralda.

O cliente usava um anel de brilhante no dedo mindinho esquerdo e já contara ao doutor Francisco a história que o levara à corretora. O doutor Francisco a repetiu para mim, com algumas interrupções do interessado, no intuito de ajuntar adereços, mas completamente dispensáveis ao entendimento do caso. Enfim: eis que havia um primo pobre e problemático, o pai lhe passara o negócio que fora do avô; o problemático primo bebia e dava-se também às mulheres; já era pobre e empobreceu mais, e a solução era a venda do negócio: uma editora de livros didáticos. E como eu já manifestava, há tempos, o desejo de ter um negócio, a oportunidade surgira, disse o meu patrão com um largo sorriso de marotice.

E, como se fosse a cereja do bolo, aliás, duas cerejas, meu patrão acrescentou que eu não precisaria deixar a corretora. Faria só um bom investimento adquirindo a editora. Eles tinham lá um gerente muito bom.

A segunda cereja:

– Além disso, você gosta de livros – e aí o doutor Francisco deu a segunda boa risada.

Ora, a sugestão (não foi uma ordem) do meu patrão tinha um peso significativo, haveria de ser atendida, pelo muito que eu já lhe devia. Diria melhor: foi uma insinuação do doutor Francisco, como veremos. Assim que o doutor Esmeralda deu por encerrada a reunião e nós o conduzimos ao elevador, meu patrão entrelaçou seu braço direito no meu braço esquerdo e me levou de volta ao seu escritório. Fechou a porta, desentrelaçou-se do seu pupilo e foi abrindo o coração:

– Olha, esse Esmeralda é um chato de galochas. E é doutor de champanhotas também. Mas temos ganhado um bom dinheiro com ele. De modo que vamos atendê-lo e eu só posso fazer isso por meio de você. Desde já fique tranquilo. Você não despenderá dinheiro algum. Eu lhe fornecerei o necessário para a compra e depois arranco do Esmeralda o ressarcimento. O caso é que ele precisa atender a um apelo de família para resolver o caso do primo.

Respondi:

– Tudo bem, doutor, farei um levantamento da situação na editora e lhe darei o resultado. Fique também o senhor tranquilo da minha parte. Daqui não sai...

E o doutor Francisco me interrompeu:

– Não sai um pio!

Deu a terceira boa risada daquele dia, ele que nunca gargalhava, não era espalhafatoso como seu sócio minoritário, o Perdigão, cujas bufonarias varavam as paredes e eram ouvidas no elevador. Doutor Francisco aproveitou para me contar o que outro cliente da corretora e seu amigo, o importante editor de livros Ênio Silveira, dissera de mim. Eu atendia o doutor Ênio e às vezes conversava com ele fora do trabalho. Certa tarde, na Livraria Civilização Brasileira, encontrando-me casualmente com o editor, mimoseara--lhe com um exemplar do número 2 da recém-lançada revista bimestral do Sindicato das Corretoras, na qual estampava-se um artigo de minha autoria, o único que escrevi na vida. Era sobre a história das bolsas de valores. Desprezei as antigualhas greco-romanas e comecei o texto a partir do final da centúria dos 1400, com o senhor Van der Burse da cidade belga de Bruges. Com o intuito de me informar para me exibir, visitei o tio-padre em Niterói a fim de consultar uma coleção que ele muito prezava, da qual falei no capítulo anterior, *Os grandes processos da História*, do francês Henri Robert. Vampirizei alguns trechos cabeludíssimos sobre a Bolsa de Paris. E acabei cometendo uma gafe corporativista ao mencionar o escândalo dos títulos da construção do Canal do Panamá, que enlameou a Bolsa de Paris, alguns congressistas e até o presidente da República, com direito a tiros e suicídio. Não era necessário expor a instituição, censurou-me polidamente pelo telefone o presidente do Sindicato. De outro lado, porém, rendeu-me dividendos a fugaz notoriedade de publicista. O doutor Ênio, homem educadíssimo e admirável incentivador dos moços, num dia de visita à corretora (estava se aconselhando sobre um financiamento do BNDE) teve a bondade de dizer ao meu patrão, assim que deixei os dois a sós:

– Francisco, esse rapaz pode ser o seu Augusto Frederico Schmidt. Ele entende da arte de ganhar dinheiro e gosta de literatura.

O doutor Francisco, ao me contar o elogio ao seu funcionário, falou com tanta naturalidade o nome do poeta Schmidt que qualquer um pensaria que o meu patrão fosse um financista dado às letras, como o próprio Schmidt. Mas, no mesmo instante em que contou o caso, ele me perguntou:

– Quem foi mesmo esse Schmidt?

Doutor Francisco podia ser falho na cultura geral, mas era humilde no aprendizado e de boa memória. Contei-lhe quem tinha sido Schmidt.

– Ah, claro que sei quem é! – disse. – Meu pai teve negócios com ele. O velho vendia banha de porco para o supermercado Disco, cujo dono era esse Schmidt. Só não o sabia poeta.

– E tinha uma editora, como o doutor Ênio.

Retornei para minha baia no grande salão dos corretores com uma pulga atrás da orelha: ora, por que o doutor Francisco não ofereceu essa editora do parente do doutor Esmeralda diretamente ao doutor Ênio Silveira? E com uma certeza ao lado da pulga: tem coelho nesse mato. E também com uma suspeita: é rabo de saia.

Na mesma tarde fui inteirar-me do negócio proposto, visitando o que me foi dito ser uma editora. Para quem gosta de andar a pé, como eu, sua localização – a rua do Senado – não era longe da corretora (essa facilidade o doutor Francisco desconhecia, caso contrário a teria enfatizado para mim). Sua fachada de dez metros de largura deve ter sido imponente nos primeiros anos de existência do prédio: três entradas de três metros de altura e em arcos de pedra chã que adornavam portas de madeira quase da mesma altura dos arcos. A visão remetia imediatamente o visitante a priscas eras. Naquela época, uma referência de velhice para a juventude carioca era Rui Barbosa. Ao apreciar da calçada aquela fachada com a inscrição lá no alto, entre ramos de café –1888 – eu disse para mim mesmo:

– Rui Barbosa cruzou essas portas.

As entradas dos cantos permaneciam fechadas, por motivo de segurança, só a do meio se abria para uma espécie de peristilo que antecedia um balcão de madeira com vitrine embaixo, para atender a clientela. Do balcão tinha-se a visão de profundidade do interior: avançava cinquenta metros, nos quais se dispunha o maquinário de impressão. Na verdade, não era uma editora propriamente dita; era uma gráfica modesta que já imprimira livros, até romances, mas muito antigamente. Nos últimos anos fizera a impressão de livros didáticos para a Prefeitura, e o sr. Armando Neto, o parente problemático do doutor Esmeralda, ganhara um bom dinheiro aceitando um entendimento inescrupuloso proposto por quem encomendara a edição. Em vez de vinte mil exemplares, imprimiu dois mil e recebeu pela tiragem mentirosa. Fez muitos negócios do tipo. Todas essas intimidades negociais me foram reveladas pelo sr. Genésio sem eu perguntar patavina ao gerente. Era um homem de mais de setenta anos, alto e magro, parecia um Dom Quixote, com barbicha, porém não cultivada, mas devido ao desleixo pessoal. Uma chaminé para fumar, um Hollywood atrás do outro. Ele botou para fora as patifarias porque não "aguentava mais a desordem mental, ética e comercial" do sr. Armando Neto, disse-me. O objetivo dele era ajudar na venda da gráfica para receber seus direitos trabalhistas e ir embora para a casa da filha em Maricá. Mas eu podia ficar tranquilo quanto à gerência, porque ele andava há anos preparando o Geraldo do Prelo para seu sucessor. O Geraldo do Prelo era um negro retinto, magro e alto como um Dom Quixote africano. Além do Geraldo, havia vinte e três funcionários. Os mais próximos do sr. Genésio eram o Alcindo, linotipista aposentado da *Tribuna da Imprensa*, um rapazola chamado Pirulito, um faz-tudo – limpava, consertava, entregava, fazia cobrança e sabia tirar no prelo também. Ele e o sr. Geraldo do Prelo estavam aprendendo a lidar com uma novidade que decretaria de vez a morte da imprensa de Gutemberg: a composição a frio. Esse Pirulito, rapazote negro de cativante simpatia, diziam ser filho de Madame Satã com uma prostituta, mas ele chamava de pai um lavador de automóveis que fazia ponto na rua do Lavradio defronte à Loja Maçônica. Esse pobre homem, visto sempre nervosamente agitado com um pano na mão, mesmo se não estivesse lavando carro, tinha um rádio de pilha marca Admiral que pendurava numa árvore e permanecia sintonizado na Rádio Relógio Federal. Só conversava com os proprietários dos carros, assim mesmo com ligeireza. Se algum transeunte lhe dirigisse a palavra, pedia-lhe silêncio com o polegar nos lábios e apontava para o rádio. O mundo, para ele, resumia-se às informações encadeadas e sonolentas da Rádio Relógio Federal, como a lhe marcar as horas da vida e da morte, na voz sensual da locutora Íris Lettieri:

— Ao terceiro sinal, a hora certa do relógio atômico do Observatório Nacional do Rio de Janeiro. Tim, tim, tim. São onze horas, dezoito minutos, trinta e dois segundos na cidade do Rio de Janeiro.

E entrava no ar o locutor:

— Você sabia? A maior árvore do mundo é a sequoia, que pode medir cento e dez metros de altura. Indigestão? Dor de cabeça? Tome Alka-Seltzer. Alívio imediato. O Ministério do Interior informou...

Voltemos à gráfica.

O quadro funcional próximo ao sr. Genésio terminava com uma mocinha, Maria Elisa, que atendia clientes no balcão vitrine. Essa mocinha, uma belezura, tinha sido admitida por conveniência. Numa batida do Corpo de Bombeiros em toda a extensão da rua, foram registradas inúmeras infrações à lei de prevenção a incêndios naquele casario do tempo em que Machado de Assis já havia escrito *Relíquias de casa velha*, segundo me afiançou o fraterno amigo Vitório, o maior especialista em Machado do Brasil. Para não pagar multa e se modernizar ("dinheiro atirado fora", dissera o sr. Armando Neto, *apud* Genésio), o mentecapto preferiu engabelar o sargento chefe da inspeção e contratou-lhe a filha. Coincidência machadiana: a mocinha Maria Elisa morava com os pais no bairro onde nascera o escritor, o Morro do Livramento. Ela nem gastava com condução para o trabalho, só consumia o solado das suas sandalinhas vermelhas. De olho naqueles pezinhos delicados, eu um dia comprei-lhe três pares de cores diferentes num comércio da Senhor dos Passos. Maria Elisa foi ao céu e quando voltou não tirou os olhos mais de mim.

Havia, por derradeiro, na humanidade da gráfica, um quadro extra: dois vendedores que não eram fichados, não tinham salário, ganhavam pela corretagem. Saíam à cata de clientes com mostruários dos tipos de cartões, cartazes, folhetos etc. Os da gráfica os tratavam como "os músicos", ou "a dupla", porque um se chamava Ernesto e o outro Nazaré. Eles moravam no Balança Mas Não Cai, e a primeira coisa que diziam a alguém que os conhecesse era desdizer a má fama do edifício da avenida Presidente Vargas na esquina da rua de Santana. Um perguntava e o outro respondia, como fazia antigamente uma dupla famosa de comediantes do rádio:

– Tem prostituta? – perguntava Ernesto.

– Tem – respondia Nazaré.

– Tem rufião?

– Tem.

– Tem ladrão?

– Deve ter. Igual a qualquer prédio de Copacabana – concluía Nazaré.

Eram boas pessoas, humildes, honestas e expeditas.

Fiquei confuso quando o sr. Genésio me esclareceu que Ao Prelo de Ouro sempre foi muito mais uma tipografia do que uma gráfica. Ele então explicou. Foi-se o tempo em que livros eram feitos em tipografias. Há alguns anos já o eram em gráficas, sucessoras das tipografias, modernizadas com equipamento eletrônico. Por isso, era raro o aparecimento de um freguês em busca de impressão de livro. O grosso do trabalho era a impressão de folhetos de propaganda de mercadinhos e armazéns para os lojistas da região árabe do centro da cidade, o Saara; cartazes de circo, de peças teatrais e de *shows*; impressos para vendedores de bugigangas da Estação das Barcas e da Gare da Central; cartões de visita, convites de casamento, santinhos de missa de sétimo dia, propaganda eleitoral, talonários (até do jogo do bicho já tinham feito). De vez em quando, só de vez em quando, é que aparecia um cliente, talvez ignorante das artes gráficas (pois a cidade tinha gráficas mais modernas para o fabrico de livros), desejando a impressão de uma brochura, de um livreto de poesias de tiragem mínima. A esse propósito, o sr. Genésio, manifestando em seu rosto fino e pálido uma alegria incontida, contou que um ex-frequentador assíduo do Real Gabinete Português de Leitura, o escritor José Mandarino Leal, mandara imprimir há poucos dias cem exemplares em formato plaquete de uma apreciação crítica da obra de Miguel Torga.

– Ex-frequentador, o senhor disse?

– É, o Mandarino brigou lá por questões políticas de Portugal.

Deu-me um exemplar de análise para ouvir meu parecer, supondo que eu tivesse condições de fazê-lo. Com naturalidade, meti o exemplar no bolso, pois já tinha pelo Torga grande respeito desde quando meu tio-padre me introduziu na leitura desse português valente perseguido pela ditadura de Salazar.

– Vou analisar o trabalho gráfico – falei gravemente, pois o gerente me flagrara embolsando o livreto com aquele sorriso de leitor que se alegra com uma boa obra.

O ponto comercial da gráfica era bem movimentado de pedestres. A oficina ocupava todo o rés do chão do sobrado de dois andares. No pavimento superior, cujo acesso era feito por uma porta de canto, no mesmo formato arquitetônico dos portais da gráfica, instalavam-se um antiquíssimo estúdio fotográfico e de pinturas artísticas e dois apartamentos de moradia. Esse andar de cima tinha uma profundidade muito menor do que a área ocupada pela gráfica no térreo.

O balcão de atendimento ao público, com a vitrine de amostras, a oficina, o pequeno escritório fechado em vidro ("o aquário"), o cômodo que servia de depósito de papel, tintas e peças, duas instalações sanitárias e uma copa-cozinha minúscula estavam mais ou menos bem conservados. No meio dos domínios territoriais da gráfica, num canto escuro encostado à parede encardida, havia uma escada de madeira muito estropiada, que se comunicava com um cômodo no andar alto do sobrado. Esse cômodo obscuro (pois não se o via de baixo) era chamado "o alçapão", porquanto quem subisse a escada teria de abrir um alçapão para penetrar em seu interior. Era um quarto de despejo; tudo o que fosse considerado sem serventia, desde os primeiros anos do avô do proprietário, não se atirava fora, mandava-se para o alçapão, contou-me o sr. Genésio.

– É uma tradição – disse.

O maquinário de impressão satisfazia o trabalho miúdo: havia uma pequena rotativa a cores, bem conservada, e duas máquinas planas. Acresciam as oficinas duas linotipos arrematadas no leilão dos bens de *A Noite* quando o jornal faliu na década de 1950. E três prelos, um dos quais, informou o sr. Genésio, prestara relevantes serviços à Imprensa Nacional. Curioso com a novidade histórica, examinei-o e vi que realmente conservava a plaquinha da seção de inventários de bens da Imprensa Nacional com o respectivo número de ordem do equipamento.

– Não foi roubado – brincou o sr. Genésio, certamente em alusão às negociatas do patrão. – Foi comprado num leilão quando a Imprensa foi transferida para Brasília. Quem comprou foi o seu Armandinho, o melhor patrão que eu tive aqui em quase cinquenta anos de trabalho.

O falecido sr. Armandinho vinha a ser avô do sr. Armando Neto.

O principal equipamento da gráfica, porém, era uma moderna componedora da IBM, a máquina que pretendia sepultar com frieza assassina a obra de arte feita com letras de chumbo pelas duas linotipos já encostadas.

Confesso que não fiquei animado. Se, naquela época, eu já tivesse lido *As ilusões perdidas*, como tinha feito minha colega de faculdade Anette Sejour Steiner, diria que a minha angústia era mais profunda do que a do rapaz David

Séchard ao comprar forçadamente a oficina impressora do velho pai em Angoulême em 1820, uma tralha. Sinceramente, eu nada tinha a ver com aquela velharia que vi na rua do Senado. Uma coisa é gostar de livros e rezar no altar da tradição e da história. Outra coisa é se meter no meio de um traste. Era o que eu pensava ao voltar para a corretora. Ao entrar na minha baia, alterei o que havia pensado: "Traste, não, alçapão. Vou entrar num alçapão".

Depois de relatar ao doutor Francisco a visita à gráfica, sobre o comércio escuso do primo desmiolado do Esmeralda e de descrever as instalações da falsa editora, demorando-me na escada para o cômodo obscuro, disse-lhe:

– Olha, doutor Francisco, acho que vamos entrar num alçapão.

Ele captou a mensagem epigramática e a desprezou:

– Besteira – respondeu. – Vai em frente que precisamos resolver a parada do Esmeralda. E fique tranquilo. A gente compra e depois passa pra frente, isto é, se você quiser. Não vou te prender no alçapão, rapaz.

Fui em frente.

As trapalhadas éticas do sr. Armando Neto (que se encontrava de férias em Caxambu) haviam me assustado bastante. Mas tudo se resolveu em dois dias. O doutor Francisco mandou um despachante da corretora levantar no Foro se havia algum processo civil ou criminal contra a gráfica Ao Prelo de Ouro e seu proprietário. E se tramitava no Fisco estadual e no Fisco federal algum apontamento de impostos em atraso. Graças ao bom Deus, nada havia contra a honra da firma e contra o caráter de seu dono. A gráfica poderia ser vendida sem qualquer embargo de natureza jurídica ou fiscal. O imóvel não pertencia à firma; sempre foi alugado, e havia dezoito anos os aluguéis eram depositados em juízo por questão de aferrada disputa entre os herdeiros. Não havia no horizonte nenhuma ameaça de despejo, pois o Patrimônio Histórico ia declarar o trecho da rua do Senado bem cultural, sendo obrigatório conservar a fachada e proibido aumento de andares. Só o miolo poderia ser mexido.

Foram animadoras surpresas as informações do despachante. Mas a melhor surpresa, a que me empurrou para começar a apreciar o negócio com curiosidade, encontrei-a ao passar os olhos na grossa papelada que o gerente Genésio havia me fornecido sem eu pedir. O caso é que o sr. Genésio, já eu estando na calçada me despedindo, disse-me que eu não poderia ir embora sem ler o contrato social da gráfica para me inteirar daquilo que estava interessado em adquirir.

– É claro! – respondi-lhe, tentando despistar o meu amadorismo envergonhado. – Já ia me esquecendo. Tanta coisa na cabeça! – retruquei.

O gráfico, numa rapidez tremenda, voltou para dentro da oficina e em três minutos entregou-me duas pastas, uma rosa e outra verde, unidas por um nó de barbante encardido. Posteriormente fiquei sabendo pelo próprio Genésio que ele havia arrombado a gaveta principal do birô do seu patrão, pois o desmiolado, ao viajar para Caxambu, esquecera de deixar a chave. O Genésio subtraiu da gaveta a papelada para mim e um chaveiro do Vasco da Gama para ele, alegando que lhe pertencia.

Na mesa da minha baia na corretora, desatei o nó para desunir as duas pastas. A de cor rosa estampava o nome do tabelião da rua do Ouvidor onde foi exarado o contrato social de fundação de Ao Prelo de Ouro. Apresentava na capa e na contracapa borrões de tinta de impressão e de café, certamente produzidas pelas mãos desleixadas do sr. Armando Neto. Compunha-se de trinta e quatro folhas. A pasta verde era a grossa: armazenava documentos contábeis de variados tamanhos e formas. Fora impressa no tempo em que a ortografia portuguesa amava os dígrafos, pois apresentava-se como *Livro de carga da Officina Tipográfica Ao Prello de Ouro*, destinado a recolher provas documentais da execução do trabalho e da entrega desse mesmo trabalho ao cliente. Continha, nas duas faces da pasta, rabiscos de somas, números de telefones e outras imundícies do gênero. Com certeza produzidas pelas mãos ineptas do sr. Armando Neto, pois quem com tanto zelo preserva documentos da história, como os antigos guarda-livros o faziam, não cometeria essas máculas.

Dei preferência à leitura do contrato social. É a certidão de batismo na vida de uma firma tanto quanto pode ser o seu último documento, um obituário comercial.

Ao Prelo de Ouro existia desde o outono de 1910, 12 de junho, tendo como sócios dois emigrantes espanhóis de profissão declarada "oficciaes de impressão" que vieram para o Rio de Janeiro em 1892; quatro anos depois, um deles saiu da sociedade e entrou um brasileiro natural de Mangaratiba, de profissão impressor, chamado João Quadros; ambos venderam a oficina em 1928 para uma só pessoa, Evaristo Boanerges, de profissão negociante, o qual, em 1932, repassou-a "pela quantia supra de dezoito contos de réis" ao sr. Armando de Sá Rodrigues Figueiredo, avô do atual proprietário. A última alteração no contrato já não foi exarada no tabelionato da rua do Ouvidor, mas num da rua Buenos Aires, e trata da infeliz passagem da gráfica, do avô para o neto, pela quantia simbólica de "1 (hum) cruzeiro" em 1963. Com um curioso adendo: "... e com a garantia do citado comprador de terminar a impressão do livro *Uma honrada casa de família*, ora em serviços de acabamento de costura e colagem, e entregar dita mercadoria, assim descrita como duzentos e cinquenta exemplares, ao sr. doutor Joaquim Alves Bulhões". Na penúltima página do *Livro de carga* havia uma folha com o carimbo de entrega do citado livro e ao lado o carimbo para a assinatura do recebedor. Os dizeres no carimbo de carga estavam preenchidos a caneta, mas os do outro carimbo, o do recebedor, em branco. O endereço era avenida Mem de Sá, mas não se lia mais o número, submerso numa gota de café.

    O que acabei de descrever é apenas uma tênue lembrança das muitas folhas, ora manuscritas, ora escritas a máquina de escrever (creio que a partir de 1932) que continha a pasta verde. Nenhum daqueles zelosos impressores que estiveram à frente da tipografia teria obrigação alguma de guardar essa papelada, pois não se tratava de documentos jurídicos pertinentes. Um bom lugar para eles, antigamente, seria um arquivo de contabilidade, o qual, depois de algum tempo, era esvaziado, suas folhas atiradas no lixo ou espetadas num prego na privada dos empregados ou queimadas no fundo do estabelecimento comercial. Toda a papelada dizia respeito a contratos de impressão e recibos de negócios acordados com clientes. Um cuidado comercial que virou tradição na Ao Prelo de Ouro, tradição quebrada, viu-se, pelo veranista de Caxambu. O sr. Armando herdou-a (e maculou-a) dos antigos proprietários, desde os dois espanhóis até àquele que lhe entregou a gráfica, seu avô. Já os fundadores, "os de Valência" (*sic*), como escreveu o tabelião no contrato social ao qualificar os sócios espanhóis, deixaram suas marcas na pasta rosa de contabilidade. Havia lá, por exemplo, o registro da impressão de mil calendários "do ano da graça de 1918 destinados à Parócchia de Nossa Senhora do Rosário e São Bento dos Homens Pretos, sito à Rua Uruguaiana" etc. e tal.

Fiquei curiosíssimo com aquele enxame de documentos. Curioso sobretudo pela ausência do recibo da entrega dos exemplares de *Uma honrada casa de família*, pois havia outros recibos de entrega de livros encomendados.

Como, por aqueles dias, o doutor Francisco me tirara do pregão, permaneci três dias na minha baia na corretora. Ora lendo (li a brochurazinha sobre o Miguel Torga e retomei a leitura de seu copioso *Diário*), ora no ócio da cabeça vazia, deixando-me penetrar na oficina do diabo. Que era essa oficina? Era a pasta verde e as respostas para as perguntas cruciais: por que faltava a carga no recibo da entrega de *Uma honrada casa de família*? Quem seria o doutor

Joaquim Alves Bulhões? Autor? Livreiro? Tratava-se de um romance? De uma biografia?

Enquanto aguardava a chegada do veranista de Caxambu para os trâmites da compra da gráfica, caí em campo na tentativa de esclarecer aquelas curiosidades sufocantes de quem não tem coisa melhor a fazer. Em primeiro lugar, fui direto ao catálogo telefônico. Zero de Joaquim Alves Bulhões. Imaginei-o advogado: telefonei para a Ordem dos Advogados do Brasil, narrei minha história para uma senhora deveras simpática e cooperativa, chamada dona Lyda, secretária do presidente. Pediu-me tempo. Tempo é esperança. Enquanto isso, ponderei que o "doutor" concedido ao Bulhões poderia ser de médico. Telefonei para o Conselho Regional de Medicina. E por que não doutor engenheiro? Ora, Conselho Regional de Engenharia! Em todas as três instituições tive a mesma resposta: "Não temos o registro desse profissional". No caso da OAB minha consciência aponta agora o dever de acrescentar um curto obituário: dona Lyda Monteiro da Silva morreu anos depois, na mesa de onde me atendeu, ao abrir uma carta-bomba destinada ao chefe dela e postada por comandos da extrema direita do Exército para solapar a democratização do Brasil.

Na semana seguinte, dediquei três tardes seguidas a visitas muito importantes. Encerrado o pregão da Bolsa, segui para a Biblioteca Nacional tão ansioso que nem despi o colete de identificação da corretora. A moça da portaria achou que eu fosse entregador de livros... Como ela me pedisse desculpa pela confusão, respondi-lhe que não me achei humilhado, pelo contrário. Eu estava ali de colete azul e amarelo para descobrir uma pista de *Uma honrada casa de família* e do doutor Joaquim Alves Bulhões. Ela me informou: inexistia o registro do livro e o daquele suposto autor. Como a consulta foi rápida, segui adiante até à Academia Brasileira de Letras. Quem sabe? Porém, o resultado foi negativo, nem sinal do livro e do Bulhões. A segunda tarde foi para percorrer de ponta a ponta a avenida Mem de Sá. Examinando novamente o *Livro de carga*, notei que havia uma anotação a lápis, já quase apagada pelos anos mortos da mancha de café, ao lado do carimbo de entrega: "Avenida Mem de Sá 2". Não era exatamente 2, deu para perceber que alguém escrevera mais um ou dois números. Eu não nutria qualquer esperança de encontrar o escritório do doutor Bulhões tantos anos depois, porque esperança sem um chão é falsa, diz o meu tio-padre e ele mesmo admite que o dito é anticristão, "nenhuma esperança é vã". Pois sim. Bati em todos os prédios e casas cujo número começava ou terminava em 2. Olhei bem o mostruário dos escritórios na portaria dos prédios. Ainda investi bom tempo em conversas com três ou quatro pequenos comerciantes do lugar. Neca de pitibiriba, como diz meu tio-padre.

Na tarde seguinte, encerrado o pregão, andei até à Estação das Barcas, embarquei na primeira e fui visitar o tio-padre. A Cúria já o havia aposentado e ele curtia o resto de seus dias na casa que herdou do irmão na praia de Boa Viagem. Uma gostosa limonada suíça feita pela irmã Maria, sua cuidadora de anos, vicentina, me aguardava na varandinha acolhedora. E diante da vista maravilhosa da baía, contei-lhe a novidade da gráfica já como consumada a compra. Ele deu-me os parabéns. Mas se interessou não pela impressão de calendários para paróquias, talonários para bicheiros, convites de casamento e propaganda de mercados. Seus parabéns eram destinados a um inexistente futuro impressor de livros:

– Um sobrinho no negócio de livros! Isto sim é uma atividade culta, civilizatória, que engrandece o ser humano – regozijou-se, esfregando as mãos com intensa alegria. E acrescentou: – Você pode ganhar um bom dinheiro trabalhando com livros. O velho Adam Smith já dizia que a riqueza vem do trabalho, e não da especulação, que é o altar diante do qual o meu querido sobrinho hoje se ajoelha contrito, e com a minha ajuda, valha-me Deus!

Não foi um puxão de orelhas do meu tio-padre nem uma autocrítica pelo fato de ter sido ele o meu condutor às tarefas de especulação na Bolsa; o seu dito foi apenas o exercício daquilo que ele foi em vida: um provocador filosófico, pois em seguida emendou:

– O Cristianismo não é contra a remuneração, pelo contrário. São Paulo expulsava da mesa quem queria se alimentar sem trabalhar. E eu vou contribuir modestamente para dar o empuxo inaugural em sua vida de editor de livros. Espera-me aqui – e levantou-se da cadeira de balanço da varanda e entrou na casa.

Diante do discurso edificante, achei prudente não completar a narração sobre a aquisição da gráfica, que abrangeria o tópico mais importante: a encenação do doutor Francisco, com o pleno apoio do pupilo, para agradar um cliente e depois passar adiante a gráfica. Eu não podia causar esse desapontamento ao meu querido tio-padre.

Calado, sob o peso do meu pecado, escutei os rumores vindos do seu gabinete, cuja janela debruçava-se sobre a varanda. Era o tio-padre mexendo na estante de livros. Logo ele tornou à varandinha segurando um volume com as duas mãos e o colocou frontalmente diante dos meus olhos. Li o título enorme em vermelho sob um fundo verde: *O verdadeiro livro de São Cipriano*. E a ilustração de um velhinho de barba branca ajoelhado aos pés da Cruz. Tio-padre foi falando encachoeirado enquanto retomava o seu assento ao meu lado:

– Meu querido sobrinho e afilhado: você conhece este livro? – perguntou, e eu balancei a cabeça negando. – Pois ele vende feito água. Todo mundo gosta de São Cipriano. Já no meu tempo de seminarista, trabalhei na livraria do seminário, aberta ao público em geral e que dava para a calçada do Largo da Memória. O *Livro de São Cipriano* não era vendido entre as centenas de obras ali expostas. Mas era tão procurado quanto os missais, o *Livro de Horas*, as bíblias etc. Há uma certa Igreja que não aprova muito esse estímulo à leitura do *São Cipriano*, porque considera lenda e superstição, ainda mais porque os negros do Brasil cultuam tanto São Cipriano quanto as entidades pagãs africanas. Ora, que o seja! (Meu tio-padre era bom para comprar briga.) Importa é que se trata de livro devocional e o povo de Espanha, Portugal e Brasil o aprovou. Outro dia, indo ao Rio, apenas por curiosidade perguntei ao dono da livraria das Barcas se ele tinha o *São Cipriano*. Sabe o que ele me disse? Tenho sim, padre, é o que mais sai aqui. Chegando ao Rio, entrei na Livraria São José e fiz a mesma pergunta. O seu Carlos Ribeiro, que é meu amigo de anos, contou-me que não há uma semana em que não venda dois, três exemplares. Até brincou comigo: "Quem vende mais que o *São Cipriano* é só o poeta J. G. de Araújo Jorge!". Para você ver, querido sobrinho, trata-se de um livro antigo que não sai de moda. E o melhor de tudo para o impressor: não tem direitos autorais! É só fazer uma capa diferente deste. Tome! Fique com este exemplar. E o copie tim-tim por tim-tim, sem mudar nada, ouviu?

E repetiu:

– Vai vender feito água.

Quando já me encontrava nas despedidas, tio-padre fez um comentário curioso sobre o homem que levara ao doutor Francisco o negócio da gráfica:

– Você conhece bem o Esmeralda?

– Não, conheci no dia da conversa na sala do doutor Francisco.

– É um homem periculoso, *molto* periculoso.

– Não me diga, tio! Por quê?

– História longa deste Estado do Rio. Minha bênção, afilhado.

Entretanto, a curiosidade sobre a figura do doutor Esmeralda passou logo, apagada pela felicidade da visita ao tio-padre e pelo seu encorajamento na tarefa que eu tinha pela frente. Considerei que o "periculoso, *molto periculoso*" referia-se ao comportamento do doutor Esmeralda em alguma aventura na política fluminense, arte que vinha a ser o outro encantamento do meu tio-padre: acompanhava as decisões da política fluminense e da política nacional muito mais do que se inteirava dos movimentos da paróquia, da diocese, do bispado e do Vaticano.

Levei comigo *O verdadeiro livro de São Cipriano*, junto com empadinhas de camarão e rissoles de frango feitos pelas mãos santificadas de irmã Maria. Estava eu tão alegre que, em vez de pegar o carro na garagem do edifício da corretora e ir para casa, subi ao escritório e ainda consegui alcançar o doutor Francisco. E com ele e o Perdigão liquidamos as duas dúzias de empadinhas e rissoles com uísque Old Parr. Floreei a visita ao tio-padre, dizendo ao meu patrão que as empadinhas lhe foram destinadas pelo seu santo amigo de Niterói.

Já estou esgotando a paciência do leitor com muitas letrinhas neste obituário (pois vocês já sabem que se trata de um obituário). Vamos abreviá-lo. Na semana em que o veranista de Caxambu voltou ao Rio, eu e o contador da corretora passamos de manhã cedinho na calçada do *Jornal do Brasil* na avenida Rio Branco e agregamos ao grupo um gráfico do *JB* que ia fazer o levantamento do acervo da gráfica Ao Prelo de Ouro e precificá-lo. O doutor Francisco tinha um bom relacionamento naquele grande jornal de outrora, especialmente com o diretor financeiro, ao qual socorreu muitas vezes, com empréstimos para o pagamento da folha mensal da redação e oficinas*. Por essa amizade, o doutor Liwal atendeu ao pedido do meu patrão naquele episódio e destacou um funcionário experiente, o cearense Severino, para contabilizar o maquinário da gráfica.

---

* No livro de memórias *Entre o céu e o mar*, o jornalista Fernando Pedreira conta que, quando era diretor do *Jornal do Brasil*, várias vezes o presidente Nascimento Brito mandava um contínuo entregar o seu ordenado mensal em dinheiro vivo dentro de um envelope, operação conhecida como "receber por fora". Essa era a prática usual de Francisco José ao enviar numerário para socorrer empresas amigas, ainda mais estando elas situadas nas vizinhanças da corretora, como o *JB*. O autor do obituário do grande matutino carioca, o historiador Cézar Motta (no livro *Até a última página*) acrescenta que alguns banqueiros (como Magalhães Pinto e Ângelo Calmon de Sá) salvavam a pátria no fim do mês, adiantando o numerário para a folha salarial dos jornalistas. O *JB* deixou de resgatar muitos desses compromissos; ao Francisco José honrou todos os empréstimos.

V

Três dias depois da apuração dos bens da gráfica, foi então selada a compra de Ao Prelo de Ouro. Ao preço ajustado, o doutor Francisco adicionou um "por fora" para o sr. Armando Neto, em dinheiro vivo retirado do cofre da corretora. E, com esse agrado (dava para comprar a metade de um fusca e, somado à quantia real da venda, representava o fusca inteiro), nos livramos do personagem cuja presença neste texto ofende o obituário, que não é o dele. Ainda tive de acolher dois tapinhas do Esmeralda nas minhas costas no Ofício de Notas da rua Buenos Aires, onde foi feita a alteração no contrato social, figurando lá o meu nome como adquirente. Foi apenas por acaso que Esmeralda passou no cartório, estava tratando de outro assunto, me parece que a venda de um imóvel na Primeiro de Março. O sr. Armando me quis dar um cumprimento de mão após as assinaturas, mas fingi que não a vi estendida e me dirigi ao bom sr. Genésio, que nos assistia, dizendo-lhe:

– Estou passando agora o cheque da compra ao sr. Armando; acerte a sua parte aqui com ele.

E, já estomagado, me dirigi ao vendedor:

– Seu Armando, acerte então com o seu Genésio.

Falei com o propósito de dissuadir o vendedor de passar a perna no empregado e ir embora com o cheque, o que seria bem provável.

– Sim senhor, faremos isso no banco.

Os dois então saíram do cartório em direção ao Nacional na avenida Rio Branco, onde efetivamente um descontou o cheque na boca do caixa e o outro recebeu o que lhe era devido.

Para minha surpresa, no dia seguinte deparei-me com o sr. Genésio na gráfica. Imaginava-o já em Maricá. Como ele soubera que eu iria fazer uma reunião de apresentação com os funcionários para dizer-lhes que tudo continuaria como dantes no quartel de Abrantes, o bom Genésio lá compareceu. Após a minha conversa, que deixou todos felizes e confiantes no futuro, abanquei-me no birô desorganizado do seu Armando, no aquário, diante de um prestativo Genésio. Ele falou:

– Estou às suas ordens para o que der e vier.

Mostrei-lhe então a penúltima folha do *Livro de carga* e indaguei se lembrava do caso de *Uma honrada casa de família*.

– Vagamente – respondeu.

Mas, após uma rápida consulta à memória, acrescentou:

– Fui eu que rodei o livrinho. Me lembro até do autor, esse doutor Bulhões: era gorducho, usava gravata-borboleta.

Acudiam ao sr. Genésio poucos pormenores; do conteúdo do livro nada sabia. Recordava da capa: a foto de um casal emoldurada artisticamente no estúdio do segundo andar do sobrado.

– Embora não tenha a carga da entrega, o livro certamente foi entregue – completou.

Tendo o sr. Genésio se despedido de mim e dos companheiros de trabalho, saí para a calçada e subi os degraus da escada lateral para o segundo andar. Iria conhecer o estúdio do pintor e fotógrafo Amadeu S. Pires, muito estimado na classe artística carioca por produzir cartazes belíssimos de peças teatrais. Era capista também. Custou a se lembrar da capa feita para *Uma honrada casa de família*, a foto de um casal cercado por um arabesco. Aí ele repetiu a minúcia do sr. Genésio: o autor era um homem gorducho, de gravata-borboleta a quem davam a senhoria de doutor. No fim da rápida visita, indaguei-lhe do cômodo da gráfica situado no seu andar. Ele apontou para o fundo e explicou que o seu quarto de dormir (usou a expressão desusada "alcova") fazia parede e meia com o dito alçapão. Despedi-me do Amadeu S. Pires e ele desejou-me sorte na gráfica.

A primeira coisa que fiz ao descer foi pedir ao Geraldo do Prelo que me encaminhasse ao alçapão. Ele buscou uma lanterna, achei esquisito. Explicou:

– O seu Armando é tão pão-duro que mandou arrancar a lâmpada do alçapão para não gastar luz. Disse que nós esquecíamos de apagá-la quando íamos lá. E nos últimos tempos escalamos pouquíssimas vezes esta escada perigosa.

Geraldo do Prelo foi na frente, como um batedor índio dos livros ambientados no Velho Oeste do alemão Karl May.

Karl May, como apreciávamos lê-lo no colégio! O escritor vendeu 75 milhões de exemplares de *Winnetou* no começo do século XX sem nem conhecer o cenário de suas aventuras, e morto há muitos anos seus livros continuam encantando os meninos. Mas o Geraldo do Prelo, com aquela lanterna na mão e olhos ariscos, também encarnou ali na escada do alçapão um detetive carioca do tempo em que a polícia agia com técnica e prudência ao efetuar uma diligência. Nem se podia comparar com a polícia dos anos setenta, quando o detetive Mariel Mariscot passou para o lado dos bandidos e foi um escândalo no Rio. Geraldo do Prelo galgou com cuidado os degraus e, no antepenúltimo, já de cabeça abaixada, acendeu a lanterna, abriu o alçapão, olhou para baixo e me disse:

– São doze degraus. Cuidado com o oitavo degrau. Está bambo.

Ao entrar no cômodo, Geraldo do Prelo parecia um cuidadoso Diógenes. A mão direita no alto, segurando a lanterna para alumiar todo o raio que alcançasse o feixe de luz. O ar do cômodo era rarefeito. A janela para os fundos do sobrado havia sido tapada com tijolos, mas deixaram a alvenaria sem acabamento. Se fosse aberta, veríamos o telhado da gráfica.

– Coisa do seu Armando. Pão-duro que só vendo – disse o Geraldo do Prelo, rindo.

Entulhavam o piso várias latas vazias de tinta de impressão.

– Por que não foram jogadas fora? – perguntei.

– O seu Armando dizia que ia vendê-las ao carroceiro que compra jornal velho, garrafa vazia, essas coisas.

Encostadas a uma parede lateral havia mesas, cadeiras, armários, todos quebrados e amontoados. Mais latas vazias. Um prelo de madeira destroçado. Atrás dele, num canto, alguma coisa volumosa que não identifiquei. Em cima dele, outra lata de tinta.

– Chega mais perto, Geraldo. O que é isso embaixo da lata?

– Vou ver.

Postei-me atrás do Geraldo. Ele transferiu a lanterna para a mão esquerda e com a direita tentou rasgar o papelão que envolvia o volume grosso. Não conseguiu o intento e me passou o luzeiro, para poder usar as duas mãos. Eu foquei a iluminação nas mãos do Geraldo do Prelo, acompanhando seus movimentos. Ele rasgou um pedacinho do invólucro e apalpou:

– São livros – disse.

– Livros? Que livros, Geraldo?

Ele retirou a lata de cima – era de querosene – e abraçou um dos pacotes. Afastei-me para lhe dar passagem até uma mesa quebrada, em cima da qual foi depositado o pacote. Geraldo rasgou o pacote de alto a baixo e pegou um exemplar.

– Que livro é, Geraldo?

– Não dá para ler o título, está apagado, o livro está úmido.

– Que cheiro é esse de querosene, Geraldo?

— É dos livros. O querosene derramou-se nos livros.

Foi retirando um exemplar de cima do outro, para ver se pegava um no qual poderia ler o título.

— Olha: tudo com querosene, apagou a impressão — disse Geraldo.

— Vamos tirar outro pacote lá do canto — ordenei.

E dirigi o feixe de luz para a pilha de livros. Geraldo pegou um pacote, mas em vez de ir direto à mesa estacou diante da lata de tinta que colocara no chão. Abaixou-se para examiná-la.

— Não é tinta de impressão, é lata de querosene também. E está furada, vazando! Que perigo! — disse espantado. E rindo: — Ainda bem que o seu Armando tirou a lâmpada do alçapão, uma faísca e isso aqui pegava fogo. E graças a Deus o Genésio chaminé não fumou seu Hollywood por aqui.

Cortei a conversa:

— Geraldo, ataca aí os outros pacotes. Vamos levar todos para a mesa.

O conteúdo do segundo pacote também estava perdido completamente. Nada se lia na capa e no miolo dos exemplares. O cheiro do querosene era forte demais. Porém, nos últimos volumes do terceiro pacote eu pude supor, pelas letras que não ficaram totalmente apagadas, o título do livro: *Uma honrada casa de família*. Abriu-se o último pacote: todos os exemplares contaminados, imprestáveis à leitura. Determinei:

— Geraldo, manda o Pirulito limpar tudo isso aqui. Primeiro, retirar os livros e a lata de querosene. Feito isso, contratar um burro sem rabo ali na Praça Tiradentes e levar para o primeiro varadouro de lixo toda a porcaria que enche o alçapão.

Retirei, eu mesmo, o último exemplar do último pacote e me encaminhei rumo ao alçapão. Desta vez, ia à frente do Geraldo do Prelo e iniciei a descida. Esqueci o aviso dele para tomar cuidado com o oitavo degrau, e por um triz ia caindo escada abaixo.

– Oitavo de baixo para cima, quarto de cima para baixo – esclareceu o Geraldo do Prelo com um risinho de personagem de desenho animado ao flagrar o cometimento de um erro crasso.

Ah, se o Geraldo do Prelo soubesse que estava falando com um desavisado engenheiro e futuro professor de Matemática I em cursinho de vestibular!

Este obituário está chegando ao fim. Vou alinhavar poucos adendos para o ponto final. Ia duas vezes por semana à gráfica, apreciava ver os trabalhos de impressão e conversar com aquele reduzido grupo de funcionários. Quase tive uma queda pela Maria Elisa do balcão, foi por um triz: São Cipriano me livrou de ir à festinha no Morro do Livramento no dia de seu aniversário de dezessete anos, onde certamente aconteceria o enlace comprometedor que começara na noite anterior após o fechamento da porta da gráfica. Maria Elisa estaria em casa só com a irmã, os pais ausentes, me disse maliciosamente o Pirulito, sabedor (pelos próprios olhos herdados de Madame Satã) do meu interesse lúbrico pela mocinha. Poucos minutos antes de fechar a loja para irmos no meu carro, com alegria, na direção da Praça Mauá para subir o Livramento, o telefone tocou. Era o tio-padre pedindo que eu lhe fizesse o grande favor de ir ao Galeão buscar o padre espanhol Fermino Ambrós e o conduzisse ao Seminário da Tijuca. E que não me esquecesse de dar ao seu amigo o exemplar do *Livro de São Cipriano*. Ora, não tinha cabimento negar ao padrinho o favor. Renunciei à festinha de Maria Elisa e ao seu corpo bem feitinho. Haveria outras oportunidades.

Esse padre Fermino Ambrós, poucos anos depois, foi preso em Campos, levou uns pescoções e em seguida expulso do Brasil pela ditadura sob a acusação de agitar trabalhadores rurais. Tio-padre foi visitá-lo no Forte de Gragoatá e, acreditem, viu o *Livro de São Cipriano* na cela.

Muitos meses depois do descobrimento de *Uma honrada casa de família* no escuro do alçapão, o doutor Francisco passou adiante a gráfica para uma associação de empresários de mercadinhos e mercadões da Zona da Leopoldina, cujo presidente era nosso cliente na corretora e sócio do advogado Castor de Andrade em várias bancas de jogo do bicho. Os novos donos imprimiam folhetos dos supermercados e também os bloquinhos de apostas. O nome Ao Prelo de Ouro foi extinto na Junta Comercial. Seu sucessor foi o insosso Impressos Ideal, alterado para Gráfica Novo Progresso quando assumiu o negócio da impressão o filho do presidente da associação dos mercadinhos. Gente nova traz sempre bons ares. O rapaz ganhou a primazia dos impressos demandados por repartições municipais e estaduais e outra vez mereceu a ajuda de Francisco José junto ao Sindicato dos Banqueiros. Em consequência, o Círculo Literário do Mercado Financeiro do Rio de Janeiro passou a imprimir ali livretos contendo discursos oficiais e até plaquetes de associados acometidos de vaidade literária. É da Novo Progresso uma bem lançada *Cornucópia musical*, uma seleta dos melhores poemas dos financistas cariocas visitados pelas musas, organizada pelo seu dinâmico presidente Daniel D'Arthez.

Alguns anos depois, conheci o proprietário do Educandário Robespierre, colégio quase secular situado naquelas imediações outrora esquadrinhadas por mim em busca do endereço do misterioso Joaquim Alves Bulhões. Ora, o doutor Leonardo de Sá decifrou o enigma: Joaquim Alves Bulhões, nas décadas de 1950 e 60, fora professor de Português daquela nobre instituição de ensino; nunca foi advogado, era latinista; a senhoria de doutor certamente deve-se a um fenômeno bem brasileiro. O empresário da educação me explicou qual seja:

– Sabe como é, quem usa vocábulos latinos é dado como advogado. Eles falam latim para nos tapear.

(O doutor Leonardo, na época, devotava grande antipatia aos advogados pela demora em botar para fora um sócio do colégio, em cujo lugar eu entrei, bancado pelo Francisco.)

– E que conteúdo poderia conter *Uma honrada casa de família*? – indaguei esperançoso ao diretor do Educandário Robespierre.

E ele:

– Não tenho condições de lhe informar qual seja essa casa de família honrada.

Interrompi a narração:

– Perdão, doutor Leonardo: o adjetivo está pregado na casa e não na família, de modo que honrada é a casa – cometi a ousadia.

O diretor Leonardo me olhou de banda, desaprovando a pilhéria. E o que ele disse, em conclusão, eu não podia suspeitar que um dia seria usado como ponto final de um obituário:

– O que posso lhe dizer é que o professor Joaquim Bulhões ganhava uns caraminguás escrevendo biografias, autobiografias e muitos obituários para pessoas vaidosas e ignorantes das letras.

Abstive-me de contar ao doutor Leonardo de Sá Mourão a história que envolvia o mistério de *Uma honrada casa de família*. Não convinha, para quem, como eu, ia substituir o sócio defenestrado do Educandário Robespierre, confessar ter sido o coveiro da gráfica Ao Prelo de Ouro. Nem o Sá Mourão desejaria associar-se a um redator de obituários.

VI

Avassaladora é a curiosidade feminina. Nem preciso apelar a Balzac para uma abonação.

Aos fatos.

Carol, Lili Carol por extenso e como gosta de ser chamada, é filha única da nossa empregada Rosália e de pai ausente; a mãe está conosco há quinze anos. Lili Carol tem essa curiosidade própria das pessoas inteligentes. É uma jovem esbelta, como se dizia antigamente da mulher bem feita de corpo; o adjetivo mudou, pois ouvi outro dia a mãe dizer-lhe:

– Você está popozuda. Emagreça já.

Lili Carol prepara-se para entrar na faculdade de Comunicação e eu lhe proporcionei o cursinho pré-vestibular no Educandário Robespierre. Gostamos dela, desde menina Bia lhe pagou os estudos em colégio particular para premiar – verdade seja dita – os favores de boa cozinheira, excelente caráter e cuidadosa na higiene doméstica como é a Rosália.

"A vida é assim mesmo: u´a mão lava a outra", dizia o tio-padre, traduzindo na durindana o pensamento de São Paulo aos seus seguidores na Ásia Menor: "Quem não trabalha não come".

Diante da pandemia, determinei que mãe e filha fechassem a casa do Vidigal e passassem a morar conosco. Pedi a Lili Carol que, quando não estivesse assistindo às aulas virtuais pela internet na copinha da cozinha, viesse para o escritório a fim de fazer-me o obséquio de uma revisão gráfica e ortográfica nestes obituários que me meti a escrever, aos quais desejo intitular *Memórias secretas*. Para esse fim, tirei uma cópia num velho computador. De modo que Lili Carol, como é ordinariamente silenciosa, poderia até trabalhar ao meu lado, como aconteceu nos últimos dois dias e não irá acontecer mais. Não é por causa dos meus charutos, de cujas fumaça e odor ela reclamou e por isso me pediu para voltar para a copinha ou trabalhar na varanda da piscina. Não; a ela será vedado o conhecimento do que tenho escrito.

Minha mulher, que não foge ao figurino de muitas personagens de Balzac, me contou à noite no quarto:

– Curioso. A Carol, que não é uma menina enxerida, me perguntou se você é engenheiro. Respondi que sim, que você é formado em Engenharia e em Direito.

– Com licenciatura em Matemática I.

– Esqueci disso.

– Mas e daí?

– Daí eu é que lhe pergunto: não acha estranha a curiosidade dela?

– Normal, curiosidade normal. E chame-a pelo nome inteiro: Lili Carol, ela faz questão.

Não estendi o assunto para evitar desconfiança que possa macular nossa excelente relação com a Rosália. Bia sabe que escrevo estes obituários, mas, curiosamente, ainda não manifestou a curiosidade de passar-lhe os olhos. Está totalmente dirigida para os trabalhos de recuperação das múmias danificadas pelo incêndio do Museu Nacional.

Deletei a cópia de Lili Carol e disse à futura jornalista que me sentia agradecido pela boa vontade dela, mas minha secretária no Educandário Robespierre iria completar a tarefa, já que o computador dela tem a plataforma de edição.

Refleti alguns minutos sobre a curiosidade da perspicaz e carnuda Lili Carol, que passou apenas dois dias ao meu lado aqui no escritório de casa e voltou a estudar no seu *laptop* na varanda de trás. Numa fantasia de fundo sexual a vi como professora de Português do Educandário Robespierre, alguém lhe pergunta como foi parar naquele emprego e ela responde:

– Ah! Antigas ligações de família.

E mais de trinta anos depois, o filho dela explicando sua situação de sócio do colégio:

– Ligações de família com o antigo proprietário.

Pensamento do dia: foram as mulheres dotadas de um espírito perscrutador mais apurado que o dos homens. A frase é minha, mas Balzac deve tê-la escrito com os ornamentos de estilo. A primeira cientista da Humanidade foi Eva, não há dúvida, movida pela curiosidade de conhecer o sabor do fruto da árvore proibida. Essa frase também saiu agora, mas se encaixa em Balzac.

Se devo ao tio-padre o descortino do mundo da literatura, devo ao espírito perscrutador de minha mãe o empurrão que me levou aos livros. Se fecho os olhos para lembrar a mais remota cena de infância, o que me vem é a imagem de minha mãe com um livro à mão, sentada na *bergère* cinza da sala de visitas da casa de Campos. Tenho uma foto dela naquela posição, datada de 1953; lia, de Claude Lévi-Strauss, a monografia *A vida social e familiar dos índios nhambiquaras*.

Devo-lhe o pioneirismo na abertura da minha cachola. Não é de estranhar, pois minha mãe foi a primeira mulher da família a entrar para a universidade. E cursou duas faculdades: História e Sociologia. Não é tudo: numa sociedade conservadora como a nossa lá de Campos, politicamente reacionária como a da indústria açucareira, minha saudosa mãe Mariângela, com apoio incondicional do tio-padre, casou-se na igreja, mas comigo dentro de seu ventre já na idade de seis meses. Foi a obra que ela realizou nas férias gozadas alegremente em Petrópolis no ano de 1949, na imensidão da chácara urbana do avô de meu amigo Francisco José, onde costumava reunir-se a *jeunesse dorée* fluminense. Incrível coincidência, nesse alegre grupo de moças e rapazes se encontrava também a Glorinha, mãe de meu fraternal conterrâneo Vitório Magno, que veio a nascer no mesmo dia em que eu via a luz do dia. Ambas foram amigas de vida inteira, a despeito de terem travado disputas naturais de juventude, como: qual automóvel era o mais bonito, o de Mariângela (um Studbaker azul, conversível, presente do vovô) ou o de Glorinha (um Mercury roxo, presente do vô dela), ambos com pneus de banda branca? Acho que o mais bonito era o de dona Glorinha, porque um igual apareceu no seriado do *Batman*. Só conhecemos aqueles automóveis por fotos e filmes caseiros, pois tínhamos três, quatro anos de idade, de modo que a imagem deles passa em nossas mentes como um corisco no céu. O bobão do Vitório espichou por conta dele essa emulação, quando as duas, já há muito casadas, vieram morar no Rio, minha mãe em Botafogo, na Hans Staden, a mãe dele num charmoso chalé de Ipanema, e nós continuamos em Campos, cada um na casa do seu avô. Minha mãe tinha que tomar o bonde para ir à praia (o carro ficava com o velho Marcial para ir ao trabalho), enquanto dona Glorinha ia a pé, pois a linda praia se localizava na esquina. No final dessa competição, o Vitório levou ferro, pois quando foi a nossa vez de virmos para o Rio, os pais dele já se haviam mudado para Niterói, pois a doçura do açúcar fluminense havia sido retirada da boca das duas famílias, e na capital fluminense restavam aos Magno alguns bons imóveis, como a casa do Saco de São Francisco. Mas Mariângela e o velho Marcial continuaram mantendo o *status* de moradores na Capital Federal, na maravilha da Hans Staden. Eu tomava o bonde para ir à praia do Leme, mas Vitório encolheu o facho lá no Saco.

Contudo, dizia eu que a curiosidade masculina é muito manifesta no campo da vaidade. O tio-padre, nos anos cinquenta e sessenta, vinha colecionando fichas para elaborar um projeto gorado, coitado; tratava-se de um *Dicionário ono-*

mástico da Bíblia. Começava no A de Adão e ia até Z de Zeus, apelido que os gregos de Listra pespegaram no evangelizador Paulo, pois o tinham tão poderoso como o deus do Olimpo.*
O livreiro Carlos Ribeiro (que também foi editor com a rubrica de Livraria São José) gostou da ideia, pois seria livro útil a escritores que idolatram fazer citações para impressionar leitores.

– Pena, padre Guanabarino – disse o famoso livreiro, sempre pronto a uma ironia – é que os mais interessados em

---

* Parece que o último verbete do dicionário não seria Zeus, mas Zulran ou Zhulran, suposto nome da mula de Balaão, segundo uma *Bíblia* editada por uma seita da Igreja Ortodoxa Etíope. A ficha da mula foi uma achega de um imortal da Academia Fluminense de Letras, amigo do tio-padre. Os cristãos etíopes já haviam dado uma contribuição ao dicionário do meu tio-avô com os verbetes Cláudia e Prócula, onomásticos atribuídos na Etiópia à mulher de Pilatos, venerada como santa naquele religioso país africano, ao passo que na Bíblia tradicional do Ocidente, a Vulgata, essa mulher que pediu a Pilatos a absolvição de Jesus aparece nos Evangelhos sem ser nominada. O eventual problema de um animal merecer um verbete num dicionário onomástico de seres humanos foi contornado diante do fato incontestável, abonado pelas bíblias de todo o mundo, de que a mula de Balaão falava, logo era humana. Segundo irmã Maria, tio-padre aceitou a achega do acadêmico fluminense, pois este anexou fotocópia da Bíblia etíope com a essencial tradução feita por tradutor juramentado do Fórum de Niterói. O imortal fluminense, segundo ainda irmã Maria vicentina, teria comunicado ao tio-padre que "andava correndo atrás da edição de outra Bíblia etíope que nominava, também, a serpente do Éden, pois esta maldita cobra, que enganou Eva, era incontestavelmente humana, pois dona de voz, e voz que manda". Nunca, jamais, essa Bíblia foi encontrada. O amigo do tio-padre certamente era leitor de o *Livro dos sonhos*, de Jorge Luis Borges.

ver os nomes num dicionário onomástico da Bíblia já estão mortos há milênios... Vamos perder centenas de leitores.

Tio-padre riu da anedota e ensejou ao livreiro acrescentar:

– Quando há aqui lançamento de livro de memórias, o primeiro interesse de quem irá comprá-lo, se for também escritor, é ver se o autor anexou um índice onomástico. Quer saber se o nome dele está citado. O resto é o resto!

Um belo dia de 1960 e poucos o tio-padre fez uma fogueira no quintal e queimou as fichas dos personagens bíblicos, parece que mais de seiscentas. Quem me contou foi irmã Maria. Ao indagá-lo do motivo do incêndio, tio-padre me respondeu, repetindo o Eclesiastes:

– Era vaidade, apenas vaidade.

Naquela época eu tinha conhecimento de apenas um caso de escritor que queimara original de livro: o de Paulo Setúbal. O próprio escritor paulista, autor de muitos romances históricos e belas trovas sertanejas, membro da Academia Brasileira de Letras, revelou o fato em seu livro póstumo, *Confiteor*, que li aos quinze anos no colégio de Campos. Os padres gostavam de difundir esse livro, uma comovente narrativa de como Setúbal se transforma naquele "homem novo" do qual falou Jesus a Nicodemos. "Todo homem que não renascer em espírito, esse não entrará no reino de Deus", disse o Nazareno ao doutor da Lei. Setúbal enricara na sua banca de advocacia, apreciava as coisas deliciosas da vida e se casara dentro de uma das famílias mais endinheiradas, os Souza Aranha. Ao chegar aos quarenta anos, fez a sua reflexão íntima e satanizou o dinheiro e a vida alegre. Abaixo a vaidade, deve ter pensado Paulo Setúbal, até mesmo a vaidade literária. E queimou o romance que havia terminado de escrever, intitulado *O filho*, num ritual, eu diria religioso, no quintal de sua casa em São José dos Campos, sob aplausos da mulher e da filha pequena. Morreu pouco depois, aos quarenta e quatro anos, de tuberculose. A filha foi ser freira.

Certa vez, Francisco José foi participar em São Paulo de um encontro de financistas com o banqueiro e político Olavo Egydio Setúbal, maior acionista do Banco Itaú. Contei-lhe então a filiação do doutor Olavo: primogênito do escritor Paulo Setúbal, o homem rico que satanizou o dinheiro para se transformar no "homem novo". Meu patrão ficou muito impressionado com o relato. Horas depois quis me ver, para eu recontar a história. Ele havia passado adiante a informação para o presidente do sindicato carioca de bancos. Este duvidou:

– Ora, Francisco! Não creia. Isto é coisa do... Como é mesmo que o Vitório o apelidou? Ah, Carlinhos Balzac!

Vitório, meu amigo de infância, meu conterrâneo, a quem ajudei muito na vida, sempre me humilhando só porque desde menino foi craque no francês e eu não sabia falar nem *je suis*.

De qualquer maneira, o patrão me disse que queria ver o livro de Paulo Setúbal. Na manhã seguinte, dia em que Francisco José ia para São Paulo com dois ou três banqueiros para a reunião, levei para o escritório o *Confiteor* com o marcador de leitura na página para facilitar o trabalho. Ele disse que o leria na Ponte Aérea. Não sei se leu, mas nunca me devolveu o livro. O segundo não devolvido, pois o Balzac que contém *A mulher de trinta anos* e outras novelas o perdi para sempre. Como eu conhecia bem os seus temores e as suas superstições, não toquei mais no assunto. Não duvido que naquele mês meu amigo milionário Francisco José, que morria de medo de um encontro com o Padre Eterno em condições desfavoráveis, tenha enviado uma quantia maior de dinheiro para as obras de caridade que auxiliava. Mas é preciso ressaltar: ele o fazia com sinceridade e devoção. Com medo também das consequências de suas faltas diante do Criador. Quem não as tem?

VII

Uma palavra a mais sobre o tio-padre livresco. Sim, era um tipo livresco, em vez de bibliômano, adjetivo que ele rejeitava, pois, sempre modesto, não se tinha em conta para merecer o título. Alegava que sua biblioteca não possuía mais do que dois mil "livros úteis", embora ele deva ter lido muito mais do que esse total em sua longa e proveitosa existência.

Na qualidade de leitor, porém, tio-padre tinha uma idiossincrasia: nota de pé de página. Horrorizava-o.

– Ora – disse-me, com razão, numa tarde em Niterói – se a informação é importante, por que o autor não a insere no corpo do texto? Criando notas de pé de página, chamadas também de rodapé, o autor força o leitor a quebrar a marcha da leitura encadeada, tão prazerosa.

No entanto, prosseguiu meu tio, a nota de pé de página pode conter uma história de não se atirar fora, ou uma história dentro da História, em se tratando de livros dessa categoria. E deu dois exemplos retirados de livros de sua biblioteca na casa de Niterói. O primeiro vinha do historiador Diogo de Vasconcelos, o descobridor da figura do célebre escravo Chico Rei, que volta e meia é reverenciado como um dos símbolos da negritude brasileira, como aconteceu no carnaval de 1964, seis anos antes dessa conversa com meu tio. Chico Rei havia sido o protagonista do samba-enredo do Salgueiro.

– Esse negro valente e de caráter sem jaça – historiou tio-padre – foi um príncipe africano capturado por uma tribo inimiga e vendido por traficantes negros ao comandante de um navio negreiro que veio para o Brasil. Aqui, trabalhando nas minas de ouro de Vila Rica, conseguiu comprar sua liberdade e a de outros escravos de sua etnia. Mas, veja só: tomamos conhecimento dessa espetacular criatura através de uma nota de pé de página na *História Antiga de Minas Geraes*, do Diogo de Vasconcelos, publicada em 1904.

Tio-padre retirou o volume da estante e o abriu.

– O historiador não viu importância na sua descoberta e relegou Chico Rei a um rodapé? – perguntei.

– Não foi o caso – respondeu-me. – Já dizia o grande historiógrafo francês Fustel de Coulanges: "História é documento. Se não há documento, não é História". Diogo, exigente no seu trabalho, não tendo a prova cabal que comprovasse a veracidade da narrativa que sobreviveu aos tempos, foi obrigado a aprisionar de novo o príncipe africano, agora num rodapé.

Tio-padre recolocou na estante o livro de Diogo de Vasconcelos e foi buscar na política – o outro enleio de sua vida – o segundo exemplo de nota de pé de página que merecia um capítulo inteiro na biografia do paulista de Macaé, o presidente Washington Luís. Retirou de outra estante o livro *Como vivem os homens que governaram o Brasil*, de autoria de João Lima, impresso pela Tipografia Baptista de Souza em 1944 e adquirido por meu tio no sebo do amigo Carlos Ribeiro.

– Este autor – começou tio-padre – parece ter sido jornalista nos anos vinte e trinta, não me lembro de tê-lo conhecido, ele não devia ter nomeada na imprensa do tempo. Ele se diz aqui na página de rosto pertencer a uma Sociedade dos Homens de Letras do Brasil. Também nunca ouvi falar dela.

– E qual a nota de pé de página tão importante?

– É uma nota, eu diria, da fuzarca! – e deu uma boa risada, entregando-me o livro no capítulo que trata de Washington Luís.

Sentei-me na poltrona para saborear o atraente relato sobre a vida trepidante do presidente da República derrubado em 1930 pelos revolucionários de Getúlio Vargas, entre eles o antigo camarada do tenente Magalhães Barata, meu tio-padre Guanabarino. Então fiquei sabendo como era a vida no dourado exílio europeu do político que, quando presidente, passava madrugadas inteiras sob os lençóis perfumados do Copacabana Palace, em companhia de uma suposta marquesa italiana chamada Elvira Maurich, em cujo quarto "o *champagne* transbordava", escreveu João Lima. E que, numa noite de maio de 1928, o casal desentendeu-se e ela deu um tiro na barriga do amante. E os assessores presidenciais trataram de higienizar o episódio fazendo publicar-se a notícia falsa de que o presidente do Brasil fora operado de apendicite na Casa de Saúde Pedro Ernesto. Dias depois, a marquesa se matou (ou foi morta) pulando (ou sendo jogada) do quinto andar do Copacabana. Tudo isso escrito num rodapé...

– Tio, que história, hein?

O padre fez um sinal de cabeça concordando. Depois, disse:

– Mas, sem documento para abonar, vira rodapé.

O caso do "Paulista de Macaé" não me saiu da cabeça. Voltei de Niterói com coriscos de pensamentos negativos sobre Francisco José e suas aventuras no Anexo do Copacabana Palace com mulheres de potencial escandaloso, tipo a marquesa Elvira. Telefonei para a casa dele às dez da noite, para reaver a consciência tranquila, pois sabia que na tarde daquele dia ele aceitara fazer uma despedida de solteira com a filha de um dirigente do Sindicato dos Bancos que ia se casar na outra semana.

– Fala, Balzac! – foi o alô de Francisco.

– Tio-padre mandou-lhe a bênção – comuniquei-o (e era verdade).

– Obrigado. Amém.

– Amém – fiz coro.

Para ele não ficar desconfiado do motivo secreto do meu telefonema, disse-lhe que havia acabado de escrever o perfil dele solicitado pela revista do Sindicato. E era verdade. Em todo número da revista publicava-se a biografia de um dirigente financeiro, numa redação bem coloquial, puxando para as curiosidades pessoais. O modelo era uma coluna muito famosa na revista americana *Seleções do Reader's*

Digest, intitulada "Meu tipo inesquecível". A seção daquele mês da nossa revista traria o perfil de Francisco José Boavista Resende do Amaral Filho. Pediram-me que abordasse a sua genealogia, famosa da Praça Mauá ao Caju, com uma parada na Praça Tiradentes. Não sei se já mencionei, mas o saudoso Francisco José prezava a discrição, detestava exibir-se, tinha um traço nítido de modéstia, "características encontradiças nos portugueses de antanho", no dizer de meu tio-padre. No fundo, era temor de atrair a ira dos invejosos. Francisco José então me aconselhou:

– Não vá escrever como Balzac, né?

– Como assim?

– Referências às estripulias de família...

– Evidente, Francisco. Mas não posso aprisionar a vida de um clã econômico num simples rodapé. O texto está ao seu gosto, fique tranquilo.

Era o temor de que o redator abordasse aspectos curiosos da vida do avô e do pai, como a predileção de ambos pelas mulheres negras carnudas, filhas e netas do Ventre Livre e da Abolição.

Tudo o que tenho escrito ou venha a escrever sobre mulheres ocorreu antes do meu casamento, sempre adiado, a pedido de Francisco José, temeroso de perder o seu companheiro disposto a tapar o sol com a peneira. Nenhum raio fugidio jamais iluminou a figura encapuzada do meu saudoso Don Juan. Entrei para a Faculdade de Direito por um motivo secreto: ter o horário noturno das aulas dedicado ao Don Juan do *casco viejo* carioca. Mais tarde, adiei o casamento por causa da licenciatura em Matemática, oficialmente para poder dar aulas no Educandário Robespierre, mas ocultamente pela mesma razão de ser o espadachim de Francisco José.

Cumpri, pois, fielmente, a missão de um verdadeiro espadachim, como atestaria um Boccaccio do nosso século, se a ele fosse dada a tarefa de compor um rodapé de fim de página sobre a figura de Carlinhos Balzac.

Quem está a merecer o rodapé é o saudoso tio-padre. Deveria tê-lo escrito lá atrás, no capítulo em que mencionei o memorialista Pedro Nava no dia do banquete de dona Vanessa. Sempre há tempo; mas, para não aborrecer o leitor com desvios na leitura corrida, vai ser um parágrafo final: dei pelo telefone a notícia da morte dramática do doutor Nava ao padre Guanabarino. Meu tio-avô louvou a Deus e suplicou-Lhe acolher o suicida no céu. Senti por osmose duas lágrimas derramadas pelo velho padre. Depois, ouvi-lhe o lamento:

– Afilhado, o Brasil perdeu um notável homem de letras, e eu, o meu precioso médico!

O sangue de família prossegue sua jornada biológica através das gerações. Quando fui contar para minha mãe a dolorosa notícia, sua reação também foi de autopiedade:

– E agora, filho! Que faço do meu reumatismo?

Duas vezes ao ano eu acompanhava os dois pacientes de juntas doloridas ao consultório do reumatologista Pedro Nava, no Humaitá. O alegre médico, sem que minha mãe ou o meu tio escutasse, me provocava:

– Como é, seu Carlinhos: lendo muita safadeza?

VIII

Então veio o dia em que partiu para a eternidade o meu querido tio-padre, entrado nos anos, mas com toda a sua mocidade de espírito.

Um leitor desejoso de me pegar pelo pé (por exemplo, o fraterno amigo Vitório) poderá duvidar se Anatole France tenha declarado realmente aquele conceito de vida que vai como epígrafe destas memórias, e que foi seguido à risca pelo homenageado no panegírico que pretendo agora esboçar. Vitório duvidaria porque dou como abonação o enciclopédico tio-padre. Sim, o fulgurante escritor francês, muito cético, deitou influência na geração do meu tio-avô e recomendou bastante diversão para combater a maldade do mundo. Na mesma linha do pensamento de Anatole France, tio-padre tinha outro bordão na ponta da língua: o conselho oferecido no leito de morte pelo frade dominicano Matteo Bandello, autor da narrativa intitulada *A desventurada morte de dois infelicíssimos amantes que morreram, um por veneno e outro por dor*, no qual

Shakespeare se inspirou (ou que plagiou) para compor o imortal *Romeu e Julieta*. Fato que me remete ao assunto da paternidade, implícito, como já notou o leitor (ou não) na recorrente fala de tio-padre sobre "antigas ligações de família": a novela de amor mais famosa do mundo tem paternidade incerta. O inglês e o italiano que escreveram sobre o casal de amantes tinham antigas ligações de família literariamente falando.

Mas esse é assunto para outro obituário. O importante agora é saber o que o frade namorador Matteo Bandello disse no leito de morte; ele disse: "Vivam alegres!".*

Esse foi o lema de vida que recebi de meu padrinho de batismo. Ah, lembrei-me de mais uma referência do mundo maravilhoso da alegria. Tio-padre contava que o satírico Aretino, autor de uns *Sonetos luxuriosos* e amigo fraterno do papa Leão X, riu à beça no leito de morte. *Se non è vero è ben trovato.*

Cresci na casa de meus avós maternos, que me agasalharam com muito amor, e deles tive o que desejei materialmente. No entanto, foi de meu tio-padre que recebi o norte espiritual da vida. José Guanabarino Meirelles de Figueiredo morreu aos 96 anos.

– Meirelles com dois eles, ouviu?

---

* Para matar de raiva o Vitório: *apud* nota do erudito Jacob Penteado em *Obras-primas do conto italiano*, Livraria Martins Editora, 1958. Quanto à citação de Anatole France: nota daquele mesmo tradutor em *Obras-primas do conto francês*, mesmas editora e data. Dois volumes herdados do saudoso tio-padre.

Não se tratava de esnobismo, mas de exatidão. Era um espírito minucioso, sem ser cri-cri, o padre secular Guanabarino. Até na hora final deixou regras. Por não gostar de "dar trabalho aos outros", mesmo que fossem amigos ou parentes, ele havia adquirido um carneiro no Cemitério de Charitas. Procedeu do mesmo jeito na funerária da Santa Casa de Niterói poucos meses antes de falecer: deixou pagas as despesas e mandou o gerente acrescentar mais quinze por cento, "para satisfazer a inflação". Juntou os dois recibos num envelope, endereçado à irmã Maria e a mim, com o aviso: "Na falta de um, o (a) outro (a)". Num bilhete para o padre Camarinha, amigo recente e seu confessor, escreveu as orações que gostaria que o sacerdote proferisse ao encomendar o corpo aos cuidados do Padre Eterno. A mim e à irmã, tio-padre nos explicara o motivo de haver escolhido Niterói e não Campos, onde está o mausoléu dos pais, para o seu descanso:

– Não desejo importunar ninguém, obrigando-o a viajar de carro ou de ônibus, inopinadamente, para enterrar alguém insignificante.

Tio-padre primava pela veracidade de tudo, até das letrinhas dobradas do Meirelles. E nada escondia sobre as características de seus ancestrais. Corria-lhe nas veias o sangue daqueles Meirelles de Figueiredo que, depois de promoverem o descaminho de ouro de Vila Rica para portos clandestinos do litoral da capitania do Espírito Santo, civilizaram o sertão fluminense nas lonjuras com o leste de Minas e o sul do atual Estado capixaba, no século XVIII, depois do extermínio dos goitacás por uma epidemia de varíola, disseminada de propósito pelos colonizadores portugueses. As gerações seguintes enricaram no café e no açúcar. E as gerações seguintes trabalharam só para dissipar. Para o tio-padre sobrou um quinhão de terra em Macaé, que ele, aos vinte e um anos, cedeu para o irmão Ildefonso, recebendo a contrapartida aos setenta anos, quando a Cúria o aposentou, em forma de uma boa casa na Boa Viagem, de onde saiu para o cemitério.

A mãe do tio-padre, de promessa ("Sabe Deus por qual graça recebida!", ria o filho), dedicou-o ao serviço de Deus já ao nascer. O pai fora contra, queria-o militar ou diplomata. Cursou Botânica ao mesmo tempo em que esteve no seminário, em Vitória. Anos depois flertou com a caserna, pois fez-se amigo de Magalhães Barata, um dos famosos tenentes de 1922, quando esse era cadete em Realengo e o jovem tio-padre foi auxiliar do capelão do quartel. Estourada a Revolução de 30, o tenente Barata foi nomeado interventor no Pará e levou o tio-padre para ajudá-lo "a civilizar" o Estado. Com anuência do arcebispo de Niterói, meu tio passou seis meses no Norte; poderia ter feito carreira política, mas não trairia o compromisso assumido por sua saudosa mãe. Regressou ao Estado do Rio e logo recebeu uma paróquia. O Bispado teve às suas ordens um padre estimado pelo governo de Getúlio Vargas.

Tio-padre era meu tio-avô, irmão de minha avó materna e meu padrinho de batismo. Se devo o sopro da vida aos meus pais; se devo ao doutor Francisco José os favores da Fortuna, e se for verdade que Sérvio Túlio erigiu vinte e seis templos àquela deusa romana, eu deverei ter em minha casa ao menos um nicho com o retrato de meu tio. É o que providenciei, com a foto que irmã Maria depositou em minhas mãos dentro de um envelope perfumado no Cemitério de Charitas na tarde ensolarada. Fiz do canto da mesa em que deito essas linhas no computador o altar do primeiro dos deuses lares de minha existência, ao lado das fotos de meus pais.

Pode parecer esquisita a mistura da devoção católica de meu tio-padre ao paganismo romano da Fortuna. Bobagem. Tio-padre era um ser universal, abria seus braços como o Cristo Redentor de nossa cidade o faz a todos os que dirigem seu olhar para ele no Corcovado. De sua biblioteca em Niterói lia tanto Santo Agostinho quanto as belíssimas *Origens do Cristianismo* contadas pelo notável protestante Renan. Quando eu era menino vi as ilustrações picantes de Dubout para o *Elogio da Loucura* de Erasmo de Roterdã no exemplar encadernado de azul da edição francesa que havia na biblioteca do padre na casa paroquial de Itaperuna. O livro até que se achava em lugar meio fora de mão, na primeira prateleira de baixo da estante. Mas menino fuça tudo, e descobri aquele tesouro de imagens. Tio-padre chegou por trás, eu estava agachado, meus olhos comendo aquelas freiras gorduchas de maminhas de fora. Passou a mão na minha cabeça, eu olhei para cima, assustado, e ele ensinou:

– Veja tudo, mas não com os olhos do pecado, e sim com os olhos de quem vê a loucura do mundo.

Nas férias seguintes, eu coloquei na minha mala um livro de Michel Zévaco e outro de Rafael Sabatini emprestados pelo meu colega Vitório que, como eu, era fascinado nos capa e espada. Na viagem de trem tirei da mala *A ponte dos suspiros* e o fui lendo com aquele prazer indescritível da leitura na idade da inocência. Com o livro debaixo do braço desembarquei em Itaperuna sem saber que o ramal ferroviário da minha infância seria tema de obituário no ano seguinte. Um crime contra o Brasil, a extinção das ferrovias. Esse foi o tema de uma composição minha no primeiro ano ginasial, e meu pai engenheiro ficou tão feliz que me enviou uma carta elogiosa do Rio de Janeiro, para onde ele havia sido transferido.

Na estação de Itaperuna, tio-padre, que era tão alto e forte como um espadachim de Zévaco, arrebatou-me da escadinha do vagão num só golpe, com seus braços enormes, beijou-me na testa e, ao me depositar no chão da plataforma, anunciou que assim que chegássemos à casa paroquial me conduziria ao supremo prazer dos livros de aventuras. E assim o fez, pondo-me nas mãos *Eurico, o presbítero*.

– Supera esses que você está lendo e nada fica a dever ao grande *sir* Walter Scott. E com uma bela diferença a nosso favor: o herói da aventura desse livro falava o ancestral do nosso idioma!

Quando voltei para a casa dos meus avós em Campos, tive o imenso prazer (com um pouco de vaidade) de dizer ao meu colega Vitório que o Cavaleiro Negro criado por Alexandre Herculano para combater os mouros da Península Ibérica era superior ao Ivanhoé que lutava por Ricardo Coração de Leão.

Naquele dia em que vi as gravuras coloridas do *Elogio da Loucura*, tio-padre mostrou-me *O Guarani*.

— Esse Peri foi um goitacá que os Meirelles de Figueiredo mataram – disse-me. – Foi um morticínio sobre o qual pouco se fala.

Evidentemente foi uma licença poética de tio-padre.

Foram as melhores férias de minha vida, as 1958 e 1959.

— Padrinho, por que o senhor tem um revólver?

— Quem te falou, enxerido? – respondeu mansamente, sem ao menos tirar os olhos do exemplar do *Correio da Manhã* do dia anterior.

— Eu abri sua gaveta e vi o revolverzinho.

— Não mexe nele, não. É uma pistola belga. É do tempo em que eu tinha de viajar à noite a cavalo para levar o viático a um moribundo.

(É por causa dessas conversas que pude aprender o vocabulário variado mais eficientemente do que no colégio de Campos.)

— Já adivinhei: tinha bandido na estrada! – disse-lhe.

— Tinha – contou o padre. – Uma vez me derrubaram para roubarem-me o cavalo. Certamente no escuro não atinaram que a vítima era um padre. O Barata soube, lá no Rio, e me mandou a pistola de presente. (Nesse ponto, meu tio afastou o jornal que lhe tapava o rosto e deu uma risadinha para mim.) É uma pistola usada antigamente pelos oficiais do Exército quando veio para o Brasil a Missão Militar Francesa. Mas nunca precisei usá-la.

— E se fosse preciso usar?

– Para assustar o bandido eu daria um tiro para cima.

– E se o bandido estivesse armado apontando para o senhor?

– Aí já são outros quinhentos.

Contou essa parte sem tirar os olhos do jornal. Ele estava lendo "as barbaridades praticadas pela oposição" contra o presidente Juscelino, de quem tinha uma fotografia autografada na mesa de seu gabinete de leitura. As paredes desse cômodo eram ornamentadas de um quadro a óleo e duas fotografias de homens barbudos. Eram do avô, do pai e de um tio do tio-padre. Tinham embaixo a assinatura de Oswaldo M. Redondo. Esse Redondo, contou meu tio, era um espanhol que percorria em lombo de burro as fazendas do norte fluminense para colher instantâneos de seus moradores mais enricados.

Diante dos homens de barba branca e olhares fixos, perguntei:

– Tio-padre, a nossa família era da nobreza?

– Não, somos da aristocracia do trabalho. Meus bisavós ficaram ricos pelo trabalho abrutalhado. Meu avô conservou a fortuna pelo trabalho civilizado. Um irmão dele tocava piano, apresentou-se para o imperador Pedro II, mas não ganhava dinheiro com música, mas na usina de açúcar que podia custear a compra do melhor piano europeu. Depois, com o fim da escravidão, o trabalho começou a ficar em segundo plano e a família se dividiu entre os que honraram o trabalho e os que fugiam dele só para gastar.

– E por que o senhor se chama Guanabarino?

– Na família dos Meirelles de Figueiredo, em todo menino que fosse batizado com o nome de José, adicionava-se o Guanabarino. A tradição veio das calendas, quando aportou no Rio a nau trazendo o casal pioneiro. No dia em que o navio entrou na barra e os passageiros se deslumbraram com a baía da Guanabara, a mulher do meu ancestral militar pariu o primeiro Meirelles de Figueiredo em terras brasileiras, e os pais deram à criança o nome de José Guanabarino.

A tradição extinguiu-se na geração do meu tio-padre, porquanto seu único irmão, Ildefonso, só gerou filhas, cujos maridos não se importaram com a tradição de um sangue que não era o deles. Apesar dos disse me disse interioranos produzidos pela má política, o tio-padre não deixou herdeiros. Sua vocação, certamente, não era a batina, mas ele a abraçou com respeito e devoção exemplares. Nunca ninguém ouviu de sua boca um palavrão, um adjetivo negativo mais eloquente, nem mesmo nas imprecações contra as papa-hóstias que viviam infernizando a vida dele no interior. Ele tinha horror às papa-hóstias que iam em bando à casa paroquial no fim da tarde. A cozinheira Etelvina, uma negra gorda de enorme simpatia, parecia a Tia Anastácia de Monteiro Lobato, sabia como tratá-las pacificamente seguindo a orientação do tio-padre.

– Padre Guanabarino manda dizer às senhoras que hoje não irá lhes conceder a confissão. As senhoras se confessaram ontem à tarde e comungaram na missa de hoje cedo. Podem comungar amanhã com a graça de Deus, porque desta noite para amanhã ele tem certeza de que as senhoras não irão pecar.

Ah, se eu tivesse um caderno de notas naquela época! Daria hoje um romance para disputar com *O pároco de aldeia,* de Bernanos, e a figura do tio-padre com os incríveis homens de batina saídos da imaginação de Balzac!

Tinha predileção pelos italianos modernos. Lia D'Annunzio e adorava "os pepepês", Pirandello, Papini, Pitigrilli, gente contestadora. De Pitigrilli guardava-lhe por entre as páginas de *A mulher de Putifar* o autógrafo de quando o escritor se converteu ao catolicismo, e meu tio-avô enviou-lhe uma mensagem de cumprimentos que mereceu resposta do famoso humorista. Não sei o motivo de haver restado apenas o papel com a assinatura do remetente, recortado de um daqueles envelopes bonitos, com bordadura azul e a inscrição *Par avión*. Pitigrilli era médico formado. Nos anos cinquenta, morando em Buenos Aires, veio ao Rio de Janeiro a convite de sua editora brasileira, a Vecchi. O humorista italiano foi se encontrar num café do centro do Rio com o médico e humorista carioca Max Nunes. Lá o tio-padre o conheceu.

Quando o Vaticano perorou que os católicos não deviam ler os romances de Alberto Moravia, tio-padre falou na cara do bispo de Campos, dom Antônio de Castro Mayer, notório ultraconservador: "isso é uma asneira" (*sic*). Quase teve suspensas suas obrigações sacerdotais. Não o foi por contar com a amizade de velhos positivistas do Exército, "generais de pijama" naquela quadra – lembro o nome do marechal Cordeiro de Farias – amigos desde os tempos "das muitas batalhas de Itararé do Tenentismo", que mexeram os pauzinhos na hierarquia mais culminante da Igreja Católica no Brasil, para socorrer o tio-padre.

Tio-padre adorava filmes. Quando era pároco no interior, depois do jantar frequentemente ia ao cinema na praça. Estimulava o proprietário da sala a intensificar a troca de filmes de dois em dois dias. Certa vez chegou a pedir ao almirante Amaral Peixoto, governador do Estado, a intervenção nesse grave assunto de difusão da cultura. "É preciso que o povo veja filmes de natureza histórica, bons dramas retirados de romances célebres, até mesmo os faroestes contêm uma boa lição de moral", ouvi-o dizer nas férias de julho ao dono do cinema, ao prefeito, ao juiz, à dona do cartório, viúva, e ao senhor promotor de Justiça, frequentadores habituais da mesa de pôquer que ele promovia às segundas-feiras na casa paroquial. Nas segundas não havia sessão de cinema. Ele me ensinou a jogar pôquer.

Sabia o valor da ironia, valor sobretudo pedagógico. Eu tinha no colégio um colega de nome Pedrinho que fugia das leituras. Refugou até mesmo Monteiro Lobato. Esse menino ia com a mãe, muito emproada, casada com deputado federal, ouvir a missa rezada pelo tio-padre na capela da casa do vovô nas oportunidades em que o sacerdote visitava Campos. Um dia meu tio, sabendo do infortúnio do Pedrinho, perguntou o motivo de ele não gostar de fazer uma coisa tão útil como ler. A mãe de nariz empinado respondeu antes do filho:

– O menino tem gagueira, padre.

Tio-padre ficou mudo ante o disparate.

Naquela época, a Igreja Romana mandava receber a comunhão em jejum. Num domingo, o Pedrinho chegou à capela com uma réstia de bolo no cantinho da boca. Meu fraterno amigo Vitório, o implicante de sempre, apontou ao tio-padre o inculto, gago, comilão e católico relapso:

– Ele não pode comungar, tomou café da manhã!

Tio-padre, com seus compridos e fortes braços, pegou o menino de onze anos pela cintura, levantou-o para dar-lhe um carinhoso beijo na testa, e o repôs no chão. Olhou para a mãe e disse:

– O Pedrinho pode comungar, sim. Ele está sempre em jejum.

A mãe de nariz empinado, a partir daí, fez o Pedrinho ler todo o Monteiro Lobato, editado pela Companhia Editora Nacional, capa dura, para tolerar meninos abrutalhados.

Tio-padre prezava a boa mesa, mas, curiosamente, tinha a compleição não de um frade que peca pela gulodice como no *Decameron*, mas de um capuchinho magricela, pela frugalidade de sua vida. O conteúdo sempre foi mais importante do que a quantidade, também aprendi com ele essa lição, comungada também pelo Francisco (por isso sempre dividíamos o peixe do Satyricon). Tio-padre adorava a comida portuguesa dos restaurantes do Arco do Teles. Bebia um ou dois copos do vinho da casa ou rachava comigo uma garrafa de tinto. Quando ele telefonava de Niterói avisando que ia cruzar a baía para aparecer na corretora, almoçávamos em outros portugueses nas imediações da Sete de Setembro. O doutor Francisco às vezes ia também e pagava a conta. Quando não podia ir, recomendava-me que a pagasse e solicitasse o reembolso no financeiro da corretora. Meu patrão e o tio tinham uma grande amizade de família. O jovem tio-padre oficiou o casamento do pai de Francisco e também o do filho. O patrão não era praticante, mas de vez em quando se fechava com o padre no escritório: eu entendia que era para uma confissão por dois motivos. Primeiro, porque o tio às vezes trazia de Niterói uma pequena bolsa preta com a estola, crucifixo e outros objetos sacros; em segundo lugar, porque, no domingo seguinte, eu recebia telefonema de Francisco perguntando se eu poderia trocar a missa no Mosteiro de São Bento (minha preferida) pela da igreja de São Paulo Apóstolo, na rua Leopoldo Miguez com Barão de Ipanema. Ele dizia que essa de Copacabana era "mais clara", que ele preferiria "igrejas solares" e eu gostava de igrejas escuras. Idiossincrasia pura. Igrejas solares! E decretava: só podíamos ir nós dois, sem as mulheres. Ele comungava. Eu, às vezes, não. Nunca confessei com meu tio, tinha vergonha. Nunca falamos sobre isso, mas eu entendi que o tio-padre me entendia. Ah, lembrei-me, para pegar o Francisco na mentira: o Francisco algumas vezes, na crise da Bolsa, ia comungar, em dias da semana, numa das igrejas da rua Primeiro de Março, construções nada solares. E não me convocava. Acho que temia um julgamento em seu desfavor, do tipo "agora que o navio está afundando você apela ao céu e valem até mesmo igrejas escuras". Ora, jamais isso aconteceria. Só a Deus é dado o conhecimento do que se passa no coração do homem, ensinou-me o tio-padre.

  Irmã Maria, ao entregar-me o retrato do tio-padre (ele está sentado na cadeira de balanço de ferro da varandinha) tirado pelo seu grande amigo Frazão, professor aposentado de Bioquímica da Universidade Federal Fluminense, disse-me que eu tinha dado ao padre Guanabarino a última alegria. Qual seja: a publicação do *Livro de São Cipriano*. Quão curioso é o mundo! Uma ação que para mim foi quase mecânica, só não o sendo totalmente pela dose de afeto que encerrava, teve para o meu padrinho de batismo um significado de alta relevância. Viu ali o triunfo do afilhado no campo editorial. O afilhado que desprezara o diploma de engenheiro para meter os peitos no mercado financeiro finalmente vencera! E vencera no alçapão de uma gráfica! Ora, vejam! Nada significava para mim a gráfica, pelo contrário, era o símbolo dos desvãos de minha vida capitaneada pelo amigo Francisco. E eu não podia revelar a verdade para o tio-padre, iria magoá-lo. Quando ele recebeu o pacote com dez exemplares, repetiu o que me dissera meses antes:

– A editora vai ganhar muito dinheiro com essa obra! E com o pecúlio acumulado em tiragens seguidas, você pode se aventurar a publicar livros célebres, como *Dom Quixote*, o Machado de Assis, Alexandre Dumas, Dostoiévski...

Jamais a gráfica iria acumular pecúlio algum, nem com o *São Cipriano* nem com nenhuma outra edição. Simplesmente porque o objetivo era passar adiante o alçapão. Ainda assim, investi um tempo para pesquisar o mercado. Na verdade, resumi esse investimento numa conversa com o doutor Ênio Silveira, da editora Civilização Brasileira, meu cliente na corretora e nosso vizinho na rua Sete de Setembro. Perguntei o que ele achava da ideia da edição do *São Cipriano*. Ele ligou o interfone para o gerente da loja e perguntou quantas editoras ofereciam a obra em seus catálogos. Apertou a tecla do viva-voz:

– Umas seis editoras só de São Paulo. Aqui do Rio mais três. Tem também no Paraná. Há notícias da publicação do livro até em editoras especializadas em umbanda.

Ênio Silveira esclareceu:

– Olha, meu jovem, o problema reside na distribuição. Se você conseguir uma boa distribuidora, pode alcançar um sucesso relativo, dependendo do preço de capa. Mas você não tem tradição no mercado.

Nesse instante, entrou na sala o outro sócio da Civilização Brasileira, o doutor Mário da Silva Brito. O doutor Ênio o introduziu na conversa.

– Esse *São Cipriano* dá uma tese editorial – disse o doutor Mário. – Muitos impressores o veem como uma mina de ouro. Imagine você, meu rapaz, que antes era *O livro de São Cipriano*, depois um impressor lascou *O verdadeiro livro de São Cipriano*; em seguida, apareceu outro editor para vencer os dois primeiros e imprimiu *O único e verdadeiro livro de São Cipriano*, e por aí vai. Hoje tem edições de diferentes orações supostamente escritas por São Cipriano. Na Baixada Fluminense uma gráfica imprimiu um *São Cipriano, o bruxo da fortuna*, e na Bahia *O livro do amor de São Cipriano* destinado à devoção feminina.

Diante do imperativo da realidade, resolvi abrir o coração ao doutor Ênio, contando-lhe que era uma dádiva de afeto devida ao meu querido tio-padre. Ele sorriu. E ensinou:

— Como então o seu caso não é comercial, vou lhe dar uma sugestão. Sua gráfica não é uma impressora de tradição em livros, faça uma edição do *São Cipriano* em papel-jornal. Vai baratear o custo. Mande seus dois vendedores externos correr as livrarias da cidade e oferecer a edição.

— Melhor ainda, doutor Ênio! — vibrei. — Vou orientá-los a oferecer o livro em consignação aos vendedores ambulantes das Barcas e da Gare da Central, e das bancas de jornais da Rio Branco e da Presidente Vargas.

— Excelente ideia, meu jovem! Excelente!

Combinei com o Geraldo do Prelo tirar mil exemplares. Eu desconhecia que a gráfica tinha uma máquina de plastificar. O livro então foi vendido higienicamente envolto no plástico. Qual higiênico nada! Foi ardil do Geraldo do Prelo em conversa com o dono da banca da Central do Brasil. O invólucro destinava-se a impedir que o leitor o folheasse, lesse o que desejava e não o comprasse. A capa foi feita pelo Amadeu S. Pires do estúdio do segundo andar. Ficou uma beleza, ele deu uma envelhecida na barba do santo. O título foi o tradicional *O livro de São Cipriano*, em respeito ao tio-padre. Nada de ousadias. Tio-padre maravilhou-se, embora tenha feito restrições ao papel-jornal, "de pouca durabilidade". Meu tio, sempre pragmático e com alto sentido da serventia das coisas materiais!

O livro ficou pronto ao fim do primeiro mês de minha administração na Ao Prelo de Ouro. A distribuição foi organizada perfeitamente como eu havia determinado. E os recibos das consignações eu doei aos dois vendedores externos que não tinham salário, ganhavam comissão nas vendas. Virei um São Cipriano para eles. A única livraria que aceitou três exemplares foi a São José, porque o tio-padre recomendou ao seu amigo Carlos Ribeiro que prestigiasse "o sobrinho e afilhado que estreava na edição de livros". Só muito tempo depois é que fui saber do resultado final das vendas. Para mim, bastava a pouca felicidade que pude oferecer ao tio-padre. Um dia, entretanto, ele me telefonou para me dizer que o gerente da Livraria São José havia vendido os três exemplares e desejava mais, embora tenha ressalvado que o papel-jornal não era apropriado para fregueses daquela livraria. Telefonei para a dupla Ernesto-Nazaré, porque eles levaram a edição toda para o Balança Mas Não Cai. Era uma ginástica para falar com os vendedores. Atendiam num número de telefone especial, o de um orelhão da Telerj na rua de Santana defronte ao Liceu de Artes e Ofícios. E para se ter êxito na chamada só se podia fazê-la às 7h15 ou às 18h15. Tratava-se de um telefone comunitário de apontadores do jogo do bicho, rufiões, prostitutas, malandros e trabalhadores que habitavam o Balança. Graças a Deus consegui falar com um deles. Mas o Nazaré me informou que já haviam vendido os mil exemplares!

– Foi um sucesso! Tudo vendido em uma única semana, na Central e nas Barcas – contou. – Tem de imprimir mais.

Não imprimi, havia gasto as três bobinas de papel-jornal e, como era iminente a venda da gráfica, o doutor Francisco me pedira para não fazer mais investimentos com matéria-prima.

IX

    Bem, o tio-padre partiu aos noventa e oito anos de idade, serenamente, em casa e sem aviso prévio. Sua longevidade, eu sei, vinha do seu coração bondoso. Herdei-lhe a biblioteca de dois mil volumes, conforme instruções dadas à irmã Maria três anos antes, sem o meu conhecimento. Veio a se juntar a outros tantos livros que me presenteara em 1966, quando de sua transferência de Campos para Niterói, todo o Eça de Queirós encadernado, todo o Alexandre Herculano e os poetas portugueses, incluindo os ateus. Perguntei aos meus primos que foram ao enterro se eles tinham notícia da pistola belga do tio-padre. A arma podia ter ido parar em Campos, devido às mudanças de cidade na vida religiosa do tio-padre. Nenhum deles nem ouvira falar da pistola. Duas primas me olharam de modo esquisito. São uns ignorantes da história familiar, não prezam o passado.

    Tive uma última prova do amor livresco do tio-padre após a sua morte. Ao arrumar a sua livraria em minha casa (Bia teve que mandar um marceneiro fazer quatro estantes na varanda de trás), encontrei um escrito dele numa folha de caderno escolar dentro de um livro em castelhano. Era uma edição argentina dos anos 1950, intitulada *Vida*, do sacerdote e cientista espanhol Torres Villarroel, que viveu entre 1693 e 1770. A anotação dizia respeito à confissão do autor, um sábio, de que se desencantara de vez com os livros. Deve ser uma afirmação terrível para um bibliófilo. Villarroel devia estar vivendo uma profunda infelicidade. Tio-padre traduziu a confissão do espanhol: "Aos livros antigos ainda lhes tinha algum respeito; porém, depois que vi que os livros se forjavam em cabeças tão achacosas como a minha, acabaram de possuir meu espírito o desengano e o aborrecimento. Todos são feitos por homens e hão de ser defeituosos e obscuros como o homem. Uns escrevem-nos por vaidade, outros por cobiça, outros pela solicitude dos aplausos, e é raríssimo aquele que o faz para o bem público". O leitor fervoroso anotou: "Quanta desilusão do pobre Villarroel! Razão teve de espancar os escritores tolos e vaidosos do seu tempo. Se esse sábio espanhol vivesse no nosso século, sua desgraça seria mais funda. Porém, os livros serão sempre sublimes".

Irmã Maria deu-me também os daguerreótipos dos Meirelles de Figueiredo, não os dos matadores de índios, mas daqueles dois integrantes da "aristocracia do trabalho" da cana-de-açúcar fluminense que emolduravam as paredes do gabinete de leitura do meu saudoso tio-padre. Sem falsa modéstia, me acho um deles. Se algum dia alguém escrever o meu necrológio já tem aí um bom início de parágrafo: "Carlos Antônio Meirelles de Figueiredo Rocha era um aristocrata do trabalho". Vendi rapidamente o epíteto ao Vitório, no momento do enterro do tio-padre, mas meu colega de banco escolar refugou, elevando a voz:

– Não! Prefiro você como Carlinhos Balzac. Balzac não era da aristocracia, queria sê-lo, mas era plebeu. Aliás, como nós dois.

Reagi em voz alta:

– Mas o sublime Balzac era um incansável trabalhador literário, pois então um aristocrata do trabalho! Como eu!

– Mentiroso como você, isto sim! – disse o invejoso.

Irmã Maria apontou olhos arregalados para a dupla, estranhando o nosso vozerio alto num momento que pedia silêncio. Fomos, Vitório e eu, rir em segredo atrás do túmulo de um senador da República Velha, cujo nome olvidei.

Ao deixar o cemitério, já recomposto da molecagem, fui tomado por um arrependimento que me abateu: o de nunca ter pedido ao tio-padre que me contasse a história de sua ligação estreita com a família de Francisco José. Deveria ter desdobrado a informação lacônica do tio-padre, há anos, quando me disse sobre a família de Francisco José:

– Temos uma antiga relação de família.

O que ele me contou foi a origem remota da família, desde a invasão napoleônica, o que me permite imaginar que sua relação com os pais de Francisco José fosse de fato íntima. Ao contrário do que supunha, com humor, o Francisco José, sua origem é plebeia. Repito o tio-padre: uma moça era serviçal na casa dos Abrantes, aquele famoso do quartel de Abrantes. Um general francês que tomou parte na ocupação de Portugal parece ter tomado à força, também, uma Abrantes como sua mulher, e o casal se mudou para a França, a portuguesa levando a moça como criada de quarto. A moça acabou se casando com um português em Paris; esse homem ajuntou uma economias e ambos regressaram à pátria, onde ele montou seu próprio negócio e fez fortuna. Um dos filhos veio para o Brasil e aqui constituiu família na comunidade portuguesa do Rio. Era importador de vinho do Porto, queijo de cabra, azeite, azeitona e bacalhau, e exportador de açúcar, café, banha e pedras semipreciosas. Já o filho dele tinha armazém próprio no Caju e loja importante na rua do Ouvidor. Quem sabe até outra loja na rua da Quitanda? Esse era o avô do comendador Marcelino. O filho dele, Marcelino também, avô do nosso Francisco José, enricado por gerações, era estabelecido na Praça Tiradentes ao tempo em que os octogenários da comunidade portuguesa a chamavam Largo do Rossio ou Rocio. Ali fundaram uma casa bancária, gênese da corretora e do banco de investimentos onde trabalhei e ganhei um dinheirinho, graças a essa antiga relação de família que uniu o tio-padre e os Boavista Resende do Amaral.

 O que me impediu de perguntar ao próprio Francisco José a origem da ligação do tio-padre com a sua família? O que me impediu de fazer a pergunta ao pai de Francisco José, que eu conheci no Bairro Peixoto e o vi muitas vezes na casa de Petrópolis? Considerei essa hipótese, mas sempre a via como impertinência de minha parte e acabei não levando a coisa adiante. Mas tanto o pai quanto o filho, ao me conhecerem, repetiram a mesma frase lacônica do tio-padre em relação a eles:

– Gostamos muito do seu tio-padre. Temos uma relação antiga de família.

Da mesma forma que agiu o meu tio-padre, se eles quisessem esclarecer algo teriam feito. Se não o fizeram, não farei eu o papel de curioso que não fiz com o tio-padre. Lembrei-me do caso famoso na literatura francesa: Maupassant seria filho de Flaubert, segundo Georges Normandy, o biógrafo do primeiro. Ah, e aqui no Brasil? Humberto de Campos conta em seu *Diário secreto* a relação de Machado de Assis, ainda solteiro, com o casal José de Alencar, cuja residência frequentava. Se algum curioso perguntasse ao filho de José de Alencar, o poeta Mário de Alencar, por que Machado era tão meigo com ele, o rapaz, que era parecido de rosto com Machado, poderia bem responder:

– Ah, são antigas relações de família.

Se não fosse o filho do Alencar a dizer isso, poderia ser o linguarudo que contou o caso a Humberto de Campos: o médico Afonso Mac Dowell. Como hoje esse facultativo não passa de um obituário, não se pode tirar a prova dos nove. Nem eu o faria, porque Machado de Assis é privilégio total de meu fraterno amigo Vitório. Ele fica bravo com o sujeito que falar sobre Machado sem lhe pedir licença.

Deixei o Cemitério de Charitas matutando:

– O silêncio é o selo do segredo.

X

    Quando nós contamos para o tio-padre, Francisco e eu, que o doutor José Ramos Esmeralda, setenta e um anos, morrera de uma infecção microbiana misteriosa, e que nem o caixão pôde ser aberto no velório em Vassouras, meu velho tio-avô meneou a cabeça e disse assim:

— Morreu ao modo de Herodes Agripa, como relata Atos dos Apóstolos 12, versículos 21 e 22: roído por vermes.

    Longe de mim ser engenheiro de obra pronta, não vou dizer "estão vendo como eu estava certo?". Diriam melhor de Agripa I aqueles primeiros cristãos que o viam saracotear com a própria irmã, Berenice, no momento em que o rei foi fulminado pela morte em Cesareia. Era um espetáculo tão vergonhoso o vivido pelo neto do Herodes que matou os meninos de Belém que até os romanos lhe tinham asco.

    Desde o dia em que conheci o Esmeralda tive uma péssima impressão dele, especialmente pelo brilhante encravado no anel de prata do dedo mindinho da mão esquerda. O Francisco soube depois que o anel havia sido roubado da caixa de joias da primeira esposa, a que descobriu haver se casado com um maníaco sexual dotado de superlativa perversidade, um monstro moral.

Guardei também as palavras enigmáticas do tio-padre numa visita a Niterói. Quando mencionei que o negócio da gráfica Ao Prelo de Ouro tinha sido levado à corretora pelo Esmeralda, ele falou:

– Cuidado! Trata-se de um homem *pericoloso, molto pericoloso* – bem ao jeitão do meu padrinho, que gostava de misturar à língua pátria vocábulos espanhóis, italianos, latinos.

Tive pouca convivência com o Esmeralda, ele já casado pela segunda vez, na época em que fui o laranja do meu patrão na compra da gráfica Ao Prelo de Ouro. Era vital para o meu patrão esconder que o comprador era ele, o corretor que administrava o dinheiro do cliente especial. Francisco quis dar ao Esmeralda a impressão de que se esforçara para vender a gráfica, e não a certeza de que, de puro interesse, adquirira o bem com seu próprio dinheiro para resolver logo uma chateação. As coisas não se passaram assim, e tivemos, patrão e pupilo, de assistir a cenas degradantes para que Francisco pudesse me dizer a verdade.

Eu bem que já desconfiava de que havia um rabo de saia naquele negócio da gráfica. Ora, o Francisco se envolver num caso tão pequeno e desagradável de tratar! Se houvesse algum interesse financeiro recôndito, meu patrão, naquele tempo já tão íntimo com o empregado, me teria dado conta, até para eu apurar o trato. Mas só o fez quatro anos depois, quando os dois empresários romperam a amizade, se é que um dia houve amizade.

Tempos após a aquisição da gráfica, passei um fim de semana numa fazenda de propriedade da mulher do Esmeralda, no Vale do Paraíba. Fui obrigado, vamos assim dizer.

Certas datas de cunho religioso ou que se notabilizam por algum acontecimento político, militar, esportivo etc., como o 20 de julho de 1969 pela chegada do homem à Lua, tais datas podem se transformar, para cada um de nós, em dia marcante por um acontecimento demasiadamente banal se comparado àqueles que deixaram registro no calendário. Exatamente às oito e meia da noite, quando os astronautas americanos pisaram na Lua, eu saía de uma revendedora de carros na saída do Túnel Novo, dirigindo um Karmann Ghia verde-escuro, novo em folha, adquirido com o primeiro bônus concedido pelo doutor Francisco. O bônus não era devido a bom desempenho profissional, a um êxito em bater uma meta, mas pela lealdade ao patrão ao assumir como minha namorada uma dançarina maluca da TV Tupi, para que Francisco saísse ileso, como saiu, de um escândalo doméstico. Outra data inesquecível é 16 de setembro de 1977, dia infausto para a história do canto clássico pela morte de Maria Callas, a *prima donna* do nosso tempo. Nesse obituário, porém, aquela data foi a sexta-feira em que estreei outro carro zero, um Ford Maverick vermelho adquirido com uma premiação do Francisco ao meu desempenho no pregão. É claro que deplorei a morte de uma artista divina e sobretudo tão nova, morta de ataque do coração. Ataque de fundo amoroso, dizem, pois Callas infelicitara-se com o abandono do salafrário do Onassis, que preferiu Jacqueline Kennedy. De tais fatos tomei conhecimento pelo noticiário da Rádio JB, no fone de ouvido da linha especial da corretora para a Bolsa, após o fim do pregão. De volta à corretora, e enquanto, em Paris, faziam-se os preparativos para levar o corpo de Callas para a Grécia, na minha baia eu dava vivas às empresas da Zona Franca de Manaus cujas ações geraram minha premiação; e na sala do meu chefe Francisco, ele tramava contra a minha felicidade. Eu fazia planos de estrear o carro com minha noiva Bia, que chegara de uma demorada viagem à aldeia dos índios nhambiquaras; e depois iríamos almoçar no restaurante Castelo da Lagoa. No fim da tarde, porém, Francisco me convocou à sua sala para comunicar que no dia seguinte, cedo, viajaríamos como convidados do Esmeralda para passar o fim de semana numa fazenda do Vale do Paraíba. Como Francisco viajaria sem dona Vanessa, seu companheiro de viagem também deveria ir desacompanhado. Vislumbrei um "golpe franciscano", como eu chamava no íntimo, com perdão do menino beato de Pádua, as estripulias do meu patrão.

– Vamos estrear o seu carro na estrada, você me conduz – decretou. Depois de um pigarro, completou a trama:

– O negócio é o seguinte: falei para a Vanessa que nós vamos a São Paulo para uma reunião de emergência com a direção da Bovespa. Diga o mesmo para a Bia e para todos na Hans Staden. Não pode dar confusão no caso de Vanessa ligar para a sua casa.

Se eu escrever aqui, como vou fazer, que encontramos na fazenda três lindas mulheres, o leitor deste obituário poderá palpitar: ora, eis a razão de o Francisco tramar com o pupilo irem desacompanhados da esposa e da noiva! Os dois estavam bem combinados! Ocorre que as coisas não são como parecem. Não busquei aproximação com nenhuma delas, e nenhuma delas me alvejou. Francisco ficou longe das três convidadas, porque preferiu a proximidade da dona da casa, a belíssima Laura. A qual, como uma cortesã dos salões parisienses de Balzac, tinha sempre uma das três mulheres aos seus pés. Era a sua aia, a princesa catarinense Candice; ela acabava de abandonar os estudos na Suíça por desentendimento com os pais e se encontrava sob os cuidados de sua madrinha Laura. Só faltou um curioso perguntar a Candice o que ela fazia ao lado de Laura e a bela aia, com ar tedioso, responder:

– Ah, antigas ligações de família...

As duas outras convidadas vieram do exterior: Veronica Bell trabalhava na agência do Banco Real em Nova York e cuidava dos interesses financeiros de Laura e de Esmeralda (em separado); a simpática portuguesa Cecília tinha uma agência de viagens em Paris e era a queridinha das celebridades luso-brasileiras (*apud* Francisco, de quem ela cuidava quando meu patrão ia lá). Veronica e Cecília passaram mais tempo ao lado do Esmeralda. E este, já na época, não repartia mais o leito com a esposa: dormiam em quartos separados, e aquelas duas hóspedes tomaram cada qual um aposento no enorme casarão. Eis a charada do Vale do Paraíba.

É bom frisar para o leitor imaginoso: não vi qualquer cena que pudesse sugerir sexo ou que desonrasse aquele casarão colonial belíssimo, de mais de cem anos de idade, com seu imenso terreiro de café onde um ano depois deu-se a festa junina que selou a inimizade de Esmeralda e Francisco José. Se sexo não vi, também não ouvi, nas duas noites silenciosas, gritos ou sussurros provenientes daquelas enormes alcovas elegantemente decoradas com imagens de santos barrocos e de telas e gravuras de temas clássicos. Sexo até pode ter havido longe do casarão, numa matinha, relíquia da Mata Atlântica, atrás de um outeiro, num local denominado "A cachoeirinha", para onde, no domingo de manhã, marcharam a cavalo Laura, Francisco e a aia. Mas isso é apenas suposição, conhecedor que fui do caráter lúbrico de meu patrão, de certa licenciosidade juvenil da bela Laura e, para completar, da lealdade a toda prova de sua dedicada aia Candice. Ora, quantas vezes fui aio do Francisco e quantas vezes fiz plantão no bar da piscina do Copacabana Palace aguardando meu patrão descer do Anexo para oferecer o meu braço à sua amiga loura da novela das oito? Suposição ou realidade, a do enlace de Francisco com Laura na cachoeirinha? Melhor a segunda opinião, pois Francisco, na véspera, me dissera:

– Amanhã de manhã você fica aqui na fazenda, ok?

Diante de tal ambiente de secretos amores, acabei assaltado por fantasiosos pensamentos. Na primeira noite, já debaixo do edredom, minha imaginação entrou num conto árabe em que o Esmeralda tinha transformado os seus domínios num serralho com as três convidadas. Vesti um roupão (da casa, com o logotipo da fazenda) e, falseando uma vontade de tomar café e fumar, fui ao grande salão, esquadrinhei as saletas de TV e a de jogos, espiei a varanda. Neste recanto encontrei o Esmeralda escornado de bêbado num canapé, quase caindo ao chão. Fui a uma saleta que precedia a cozinha e alertei uma funcionária que se encontrava sentadinha vendo uma sessão coruja na TV Globo, plantonista à disposição dos hóspedes.

– Cadê as fulanas? – indaguei, referindo-me às três convidadas.

– Ah, já se recolheram. Só falta o doutor Esmeralda.

– Então corre lá na varanda, antes que ele acabe espatifando a cabeça no chão.

– Epa! Vou avisar ao senhor Raimundo! – disse ela, saindo a galope.

Raimundo era o factótum do Esmeralda: chofer, carregador de pasta, guarda-costas, há quem dizia outra coisa também.

O fato de as duas "estrangeiras" já se encontrarem em seus respectivos quartos não isentava o Esmeralda de um conluio amoroso com elas. Mas nada ocorreu para colocá-las, mulheres inteligentes e de classe, numa suposição tão vulgar como fervilhou na minha fantasia. Esmeralda, me disse o Francisco dias depois, seria capaz de tudo nessa matéria, até mesmo convidar amantes para levar discórdias que infernizassem o fim de semana da esposa. Afinal, era Laura a anfitriã, pois dona da fazenda, e não o marido, como eu imaginara. O convite a mim dirigido partira de Laura, em telefonema ao meu patrão. Essa é a verdade que só fui saber na fazenda.

Falarei agora dessa dama bela e misteriosa como a conheci naquele sábado: alta, seios fartos e empinados, embora tenha sido mãe duas vezes; ancas de rumbeira. Tez clara e cabelos negros. Olhos castanhos esverdeados. Enfim, uma Ava Gardner. Não, uma *Gilda* de Rita Hayworth na beleza e na expansão furiosa de seus sentimentos. Laura não atingira quarenta anos; na visão da piscina, a mais invejosa das filhas de Eva não lhe daria nem trinta.

Laura se anunciou aos convidados "triste como Maria Callas abandonada na praia grega de Onassis". Trajava um sari de seda vermelha e só depois de desfilar teatralmente em torno da piscina é que se despojou do traje indiano para mostrar-se de biquíni branco. A peça que devia tapar o ventre, ao chocar-se com os raios solares dava ao observador masculino uma amostra do sublime. Notei um Francisco me fuzilando ao flagrar-me penetrando o olhar através da malha do biquíni.

Laura deixou cair algumas lágrimas antes de estender o braço longo para pegar um maço de cigarros americanos, ambas as ações igualmente de atriz em plena exibição performática. O cigarro foi retirado do maço de Kent oferecido à deusa e aceso pelo isqueiro Cartier do Francisco, que também a acudiu com um lenço de papel surgido milagrosamente das mãos expeditas do meu patrão, como se ele fosse um contrarregra que estivesse com o *script* na mão.

Continuando a ação do filme, apareceu o garçom da pérgola trazendo numa bandeja de prata um toca-discos a pilha que foi posto numa banqueta adredemente colocada entre as espreguiçadeiras de Laura e de Francisco José. Laura, atuando em câmera lenta, botou para tocar um disco compacto simples com a música "The more I see you", com

Chris Montez. (Se eu fosse o leitor, parava agora a leitura e ia ouvir essa música no Google.)

O Esmeralda ainda se encontrava recolhido naquela altura do dia (passava das 13 horas) quando o garçom iniciou o serviço de coquetéis ao som da música preferida do meu patrão naquela época. O disco, aliás, eu vi quando ele o comprou na noite anterior na lojinha da Sete de Setembro ao lado do prédio da corretora.

Tudo o que sei de Laura saiu da boca do Francisco. Meu patrão foi para mim, nesta matéria, como que um Balzac de *Esplendores e misérias das cortesãs*.

Eles se conheceram jovens, em Petrópolis, onde passavam férias de verão anuais em casas vizinhas. Francisco mais velho dez ou doze anos. Os dois eram filhos daquele minúsculo grupo social que não empobreceu com o fim da escravidão: a nobreza fluminense enricada na indústria, como dizia o tio-padre, para diferenciar daquela nobreza da agricultura que deu com os burros n'água. Francisco estudava no Rio e Laura em Vassouras. Ela com apenas treze anos, mas os pais permitiam à menina de personalidade forte passar batom nos lábios carnudos. Era um escândalo, as freiras de Vassouras um dia reclamaram.

Laura e Francisco se reencontraram no Rio na mocidade, ela residia na casa moderna do Alto da Boa Vista e ele na mansão manuelina do Bairro Peixoto. Tiveram um namorico nos Anos Dourados e depois cada um foi para o seu lado. Passam-se os anos. O casamento de um já bambeando, o da outra ia fazendo água há tempos. Ela prosseguia casada por razões financeiras: era necessário ao advogado da família de Laura fazer o acerto final. Demorava, porque o Esmeralda escondia valores. Os negócios do casal haviam se misturado: Esmeralda se utilizara de parte de ações ao portador de Laura em diversas empresas para fazer negócios; a empresa dela, criada pelo pai para administrar as fazendas e indústrias, fora dada em garantia a um empréstimo da empresa do marido no BNDE; enfim, havia rolo em quatro ou cinco questões grandes.

O Francisco, bonitão, galante e ousado no campo feminino mais até do que no financeiro, tinha reatado o caso com Laura no ano anterior àquele em fui à fazenda, quando eles se encontraram casualmente no cassino de Atlantic City, ela também jogadora semiprofissional, como Francisco. E andavam se vendo às escondidas, num apartamento que Laura mantinha fechado no Edifício Chopin, só usado em ocasiões especiais, como *réveillon* e carnaval, quando invariavelmente ela ia aos bailes do Copacabana Palace.

Como qualquer obituário começa com o falecido e termina com o falecido, vou falar mais um pouco da vida de Laura para então finalizar com aquele que mereceu destino igual ao de Agripa I.

O mentecapto Armando, último dono da gráfica Ao Prelo de Ouro, vinha a ser parente distante de Laura. Formava no ramo dos proprietários de terra empobrecidos no século XIX com o fim da fartura fluminense da escravidão. Tendo procurado a prima em terceiro grau com o objetivo de explorar o coração generoso de Laura, obteve dela a promessa de ajudá-lo. Ele contou que não encontrava comprador para a gráfica, porque, pobre, não pôde investir para modernizá-la. Deveria ter dito: pobre e burro. Laura, numa tarde de amores no Edifício Chopin, sondou Francisco sobre o que fazer; Francisco aconselhou-a a percorrer um tortuoso caminho que convinha a ele, amante, qual seja o de Laura pedir ao marido para pedir a Francisco que resolvesse o caso da venda. Laura saldou o compromisso com o parente pobre, Esmeralda prestou um favor à esposa que lhe acudia com avais, Francisco fez a felicidade de Laura e ficou na condição de credor do Esmeralda.

Laura e Francisco, pela ligação de infância, eram mais amigos do que amantes. Quer dizer, valorizavam em grau superior a amizade sincera que os unia muito mais do que os prazeres que usufruíam no sexo. Ele próprio me contou. Às vezes, disse-me, lá no Chopin passavam mais tempo mirando o Atlântico com uma taça de champanha na mão, conversando no salão de visitas ou acomodados, cada um em uma das duas *bergères* da suíte principal, do que propriamente atuando como dois amantes à procura de sexo. Faziam confidências íntimas um para o outro. Talvez Laura gostasse de falar de filmes italianos e de romances que lera, mas Francisco não lia nada e detestava ir ao cinema. Falavam da infância, de pessoas conhecidas daquela pequena sociedade fluminense que ainda guardava um quê da nobreza de outrora; até de casos amorosos fortuitos que tiveram, porque desde o início, por proposta dela, um não podia querer a exclusividade sobre o outro. Tanto é verdade que o interesse pelo sexo, em ambos, terminou sem choro nem vela, com uma naturalidade de espantar psicólogo de casais. Francisco se voltou então para o que mais apreciava:

"mulheres de passatempo", dizia. Havia achado (por meio de um conhecido que organizava excursões de jogatina aos Estados Unidos), aquilo que descrevia alegremente como "uma mina de ouro". Tratava-se de dançarinas da produção da TV Tupi, na qual trabalhava o irmão do seu conhecido. Posteriormente sua atenção dirigiu-se para o corpo de baile do Programa do Chacrinha. Entrementes, Laura encontrava seu verdadeiro amor enquanto durou: o premiado diretor de cinema Alan Biscuit Medeiros, mais jovem vinte anos. Quando se conheceram, Alan era assistente de direção do famoso cineasta Oliver Mufarrej, discípulo brasileiro de Antonioni, e Laura abriu-lhes sua mansão em São Paulo para a filmagem do longa-metragem *Inauditas mulheres*, pretenso finalista no Festival de Berlim. Dez anos durou o casamento, e foram felizes. Alan faleceu de síncope cardíaca (as revistas semanais disseram *overdose*), e a bela viúva descambou num caminho de infelicidade completa e absoluta regado a vodca. Mudou-se para Paris (o pai tinha um apartamento na *avenue* Georges Mandel, perto de onde residira a sua adorada Maria Callas). Teve naquela deliciosa cidade uma convivência filial com uma senhora bem mais idosa, a milionária Aimée de Heeren, linda brasileira de família conceituada que, na mocidade, diziam ter sido amante do presidente Getúlio Vargas. Laura transmitia para colunistas brasileiros, seus amigos, notícias da vida da senhora Aimée. Algumas vezes, no escritório, Francisco apontava o dedo para a nota parisiense na coluna de Zózimo Barroso do Amaral, do *Jornal do Brasil*, e me dizia, com satisfação:

– Impressão digital de Laura.

Numa viagem a Montecarlo, Francisco fez uma visita a Laura no endereço da Georges Mandel e não obteve êxito nem no convite para acompanhá-lo ao cassino muito menos na investida amorosa que tentou. Laura continuava triste, disse-me. Renunciara completamente ao sexo, como ocorrera à dona Vanessa.

Num almoço de sexta-feira no Satyricon, Francisco chegou com um exemplar de jornal amarrotado. Abriu-o na mesa, virou a página para mim e apontou com o dedo um aviso fúnebre:

– Já soube?

Eu não sabia. Era a missa de sétimo dia de Laura, mandada rezar por um rol enorme de amigas e amigos da alta sociedade carioca cujos nomes eram estampados em letras grandes. Constava o de Francisco, aliás, o pagador do anúncio. Bem, havia também no aviso fúnebre o nome de pessoas desconhecidas, certamente os do reduzido núcleo sobrevivente da nobreza fluminense que até hoje se mantém na obscuridade porque o mistério integra o temperamento de seus membros. Bico calado, o êxito do segredo está no silêncio.

Francisco telefonara para Paris, falara com a aia Candice; ela contou que Laura morreu dormindo, num caso semelhante ao de Maria Callas. O corpo seria cremado e o escrínio com as cinzas viria para o Brasil, conforme Laura havia estabelecido em documento cartorial. As cinzas seriam atiradas ao vento na área de Mata Atlântica da Fazenda Santa Ephigênia Eleutéria, do Vale do Paraíba, naquele recanto chamado "cachoeira da matinha", o mesmo onde os amantes que se amavam de verdade passaram uma deliciosa manhã de domingo. Francisco compareceu à missa na igreja envidraçada da Lagoa Rodrigo de Freitas, sentou-se entre os filhos de Laura e o jornalista Ibrahim Sued. Na sexta-feira seguinte, no nosso almoço tradicional, antes da primeira garfada Francisco chorou mansamente, sem soluçar. Enxugou as lágrimas e assoou o nariz com seu lenço branco bordado F.J. em azul, confeccionado na Casa Alberto, de Ipanema. Depois, atacamos o nosso peixe ao forno envolto em papel laminado, ao molho de ervas e vinho branco, com batatas cozidas, não muito grandes, tomates e cebolas também no cozimento do molho. Não interrompi, de modo algum, com outros temas, o rosário de suas recordações com Laura, que permeou as três horas do almoço. Senti ali que eles haviam erigido, de fato, um altar à Amizade, mais alto e suntuoso do que os prazeres que gozaram da carne.

Preciso acabar o obituário do Esmeralda.

Nada ocorreu de relevante naquele sábado dos anos 1970 na bela fazenda do Vale do Paraíba após a cena hollywoodiana da piscina em que Laura desfilou em homenagem a Maria Callas. Às seis horas da tarde foi servido o ajantarado no grande salão. Laura fez um brinde à nova etapa na vida de Candice. Às onze horas da noite todos já se encontravam em seus quartos, menos Esmeralda. Permaneceu na varanda bebendo uísque.

Na manhã seguinte, domingo, ao chegar à mesa do café colonial, soube por um empregado que dona Laura havia saído cedo com a aia e o Francisco; foram cavalgar. Prestem atenção ao verbo: cavalgar. Encerrado o café, encaminhei-me à varanda e lá se encontravam Esmeralda e as duas convidadas. Acho que o grande relógio de pé não batera dez pancadas. Esmeralda bebia cerveja numa taça para vinho, no mesmo canapé onde o vira escornado de bêbado na noite anterior. Com a mesma roupa e a barba por fazer. Certamente ali dormiu, porque havia duas mantas enroladas num canto do canapé. Dei um bom-dia geral, falando em voz alta e com alegria. As convidadas responderam prontamente, com alegre educação. Esmeralda nada falou, nem me olhou. Seguiu-se o silêncio. As mulheres pediram licença e se dirigiram para o lado da piscina, aparentando constrangimento. De costas para o doutor Esmeralda (eu sempre lhe concedi senhoria), acendi um cigarro e permaneci de pé na balaustrada da varanda, mirando o cenário bonito diante de mim: a eira, depois o riacho, a pontezinha, e ao fundo o outeiro e o pedaço de Mata Atlântica para onde haviam ido cavalgar Laura, sua aia e o meu patrão. Esmeralda falou:

— Como é, não vai cavalgar a Laura também lá na cachoeirinha?

Ouvi perfeitamente a pergunta; silenciei-me; deixei passar alguns segundos e só então voltei-me para o interlocutor, fingindo ter entendido outra coisa:

— Não sei andar a cavalo, doutor Esmeralda. Sou citadino, tenho medo de cair.

— Não falei isso, sua besta. Perguntei se você não vai cavalgar a Laura também.

Levei um susto. Engoli em seco, calei-me por uns segundos enquanto olhava, paralisado, para o bêbado. Sou engenheiro, passo a régua no terreno antes de colocar os tijolos. Enquanto cogitava se dava-lhe uma resposta ao modo da pergunta ou me calava para sempre, ele deixou cair o copo no chão; ato contínuo escornou para trás e para o lado, parando num ângulo de sessenta graus, de olhos semiabertos. Entrei na casa, toquei a campainha colocada sobre a mesa do café e apareceu o mordomo. Informei-o do que ocorria ao doutor Esmeralda na varanda e ele e o Raimundo motorista levaram o bêbado para o quarto. Não houve comentários por parte dos empregados. As duas convidadas nada testemunharam, pois se encontravam na piscina. Fui contar o ocorrido ao Francisco horas depois, na chegada da comitiva a cavalo, quando eles apearam no terreiro de café e depois que os empregados conduziram as montarias para o haras. Contei só para o Francisco, à parte, mas ele chamou Laura e pediu-me que lhe reproduzisse o relato. Ela disse apenas:

– Trata-se de um coitado. Um doente.

E seguiu para a casa-grande com o belo rosto transtornado. Uma atriz famosa de Hollywood esbofeteada num restaurante com plateia. Caminhou batendo com o relho na própria perna. Ao atingir a varanda, deu uma chibatada com toda a força no balaústre e atirou para longe o relho, como se dissesse: "Agora acabou".

Esmeralda não apareceu à mesa do almoço servido às quatro da tarde. Às oito da noite, Francisco me perguntou, na varanda, ao lado de Laura e da aia, se eu tinha condições de vencer a Via Dutra para voltarmos naquela hora para o Rio. Ainda bem que não imitei o meu patrão no almoço: ele e Laura beberam três garrafas de champanha, e conhaque à farta no café com charutos (ela também adorava de vez em quando um cubano). Eles se despediram na eira de café. Laura levantou a perna esquerda ao beijá-lo. A bebida lhe conservara os efeitos hollywoodianos do sábado na piscina.

Na estradinha de terra que ia desembocar na Via Dutra, comecei a solfejar a canção norte-americana "Doce mistério da vida", que minha mãe gostava de tirar dolentemente no piano a pedido do tio-padre quando ele nos visitava na rua Hans Staden. Em seguida, cantarolei a letra: "Minha vida que parece muito calma/ Tem segredos que eu não posso revelar". Repeti o refrão três vezes, bem baixinho. Francisco entendeu que se tratava de uma direta para ele. Mas ficou mudo, fingindo dormitar. Só começou a falar, espontaneamente, ao atingirmos a Rio-São Paulo. Aí então debulhou sua história com Laura, aquela que reproduzo no necrológio do Esmeralda.

XI

No ano seguinte, não acompanhei Francisco à festa junina tradicional da família de Laura, com a presença dos pais dela, já oitentões. Ainda corria o caso amoroso, intercalado com os dele e os dela. O acordo judicial do divórcio acabara de sair e aquela festa tinha como principal motivo não propriamente reverenciar São João, mas saudar o final feliz daquele casamento infeliz. Alguns integrantes das classes mais altas festejam o divórcio. Esmeralda, é claro, estava lá também como convidado. Um frio de rachar no terreiro de café onde se dançou a quadrilha. Esmeralda trajava um casaco europeu com lapelas forradas de pele de algum animal desses que hoje não se podem mais caçar. Bebeu demais. Num movimento em que os pares vão se entrelaçando uns com os outros, Francisco e Esmeralda se deram os braços seguindo a voz de comando do marcador da quadrilha. Quando este gritou "Anavantu", o Esmeralda retirou as mãos da corrente humana e ministrou um soco em Francisco; o golpe de socapa atingiu o alvo só de raspão. A corrente humana se desfez na hora. Abriu-se um claro entre os sessenta dançarinos. Mulheres gritaram "oh!"; homens arregalaram os olhos. Francisco, com seu jeito manso de ser aos cinquenta e poucos anos, tinha compleição forte que justificava a fama de haver sido brigador na juventude em Copacabana. Ele cuspiu na palma da mão direita, ao modo antigo, e desfechou um murraço que atirou Esmeralda a três metros de distância. Caminhou até onde ele havia caído, desacordado, pegou-o pelas lapelas do casaco (seriam de vicunha?) e deu-lhe um empurrão tão forte que o canalha foi cair já no gramado que envolvia a antiga eira do café. Francisco partiu para chutá-lo, mas foi contido pelo ex-sogro do Esmeralda. Curioso: da boca de Francisco não saiu um palavrão, um xingamento, como é comum nessas horas de violência incontida. Serenados os ânimos, com o Esmeralda tendo ido embora da festa, Laura elogiou o comportamento silencioso do namorado. Ele respondeu:

– Eu não podia ofender os seus convidados com palavrões.

Essa parte da festa me foi narrada pela própria dona Laura uns dias depois, quando ela fez questão de abrir os salões da casa do Alto da Boa Vista para um jantar em homenagem aos advogados que arquitetaram o acordo de divórcio. O pai de Laura levou a tiracolo um convidado especial, seu amigo, o senador Nelson Carneiro, autor do projeto de emenda constitucional que introduziu o divórcio no Brasil. Eu me senti honradíssimo com o convite de Laura, sobretudo porque, no telefonema para a minha baia na corretora, ela disse que solicitava a presença "do melhor amigo do Francisco José".

Na minha visita quinzenal ao tio-padre, narrei os acontecimentos da festa de São João na fazenda. Era preferível ele saber por mim do que de outras fontes. Já contei que o velho padre conhecia ambas as famílias. Pela primeira vez falou sobre a laia do Esmeralda. Não provinha, como a de Laura, da nobreza fluminense, mas daquela burguesia gerada com a industrialização do açúcar, do laticínio, da carne e da banha de porco. Os pais de Esmeralda eram boas pessoas, mas, na linguagem de meu tio, "desprovidas daquela cera Parketina que lustra o *parquet* da sala de visitas". Faltava educação formal ao industrial e agropecuarista José Philomeno Esmeralda, dono de uma fábrica de sabão e outra de banha, ambas estabelecidas na zona do cais do porto, ali no Caju, em cujo cemitério agora estão alojados pai e filho.

Ai! Já enterrei o Esmeralda! Perdão, leitor, foi antes da hora. Preciso falar do seu pecado. Ouçamos o tio-padre:

– O Philomeno perdeu a esposa com dois anos de casado: logo após o primogênito nascer, ela morria. Em busca da felicidade perdida, ele casou-se com a prima da falecida dois anos depois. Uma flor de menina veio enfeitar a nova vida de Philomeno: Maria Carmem. Mas o pecado se instalara no menino. Esmeralda foi um delinquente. O pai tinha noção, tanto que o preferia em colégios internos do que perto de si e até da nova família. Mas, quando o filho fez dezesseis anos, estudante interno em Mendes, o pai carinhoso o quis por perto numas férias em Valença (onde a família conservou a enorme casa alternativa à de Santa Teresa, no Rio). Então o rapazola cometeu um crime abominável.

Tio-padre silenciou-se, pensativo. Fixou seus olhos nos meus olhos atônitos diante de narrativa tão dura. Quebrei o silêncio:

– Tio, que crime abominável foi esse?

– Amnon violentou sua meia-irmã Tamar.

Não consegui de pronto decifrar a frase criptografada. Meus olhos curiosos miravam os olhos do padre. Vi então que os dele lançaram um olhar para o livro de capa vermelha. Entendi logo.

– Tio, desculpe, sou falho na Bíblia – balbuciei.

Ele apanhou o exemplar que sempre ficava de prontidão na mesinha do abajur e leu a história dos dois filhos do rei Davi.

– Esmeralda estuprou a irmã? – consegui dizer.

– Sim, meu afilhado. E a menina tinha treze anos.

– E qual foi o seu papel no caso, padrinho? – indaguei, e ele respondeu o que agora o autor do obituário vai contar. Para o apaziguamento dos espíritos na família, foi necessária a intervenção espiritual e moral do sacerdote amigo. Era preferível convocar o meu tio, um pároco de aldeia, ao bispo de Valença, pois a família Esmeralda sentir-se-ia envergonhada em partilhar o conhecimento do crime com alguém de fora do círculo familiar, mesmo que a gravidade do caso merecesse, como ocorreria por parte do bispo, não há dúvida, o manto do segredo religioso. Seja como for, não pela boca do meu tio nem pela do bispo, muita gente tomou conhecimento da abominação. Não existe uma cortina tão grande e escura capaz de encobrir crime de natureza tão degradante. A família de Francisco José soube. A de Laura também.

Prosseguiu tio-padre:

– Dirigi uma reunião com os pais, em primeiro lugar, para confortá-los do mal irremediável. Depois com a menina, completamente destroçada, procurei infundir-lhe paz no sofrimento moral. Disse-lhe que ela não estava sozinha, tinha por companhia a mãe do Senhor e o Menino Jesus. Em seguida fiz os pais entrarem no quarto e rezamos de mãos dadas por uma hora. Depois, dirigi-me para uma casa anexa à casa-grande da fazenda, onde se encontrava trancado há dois dias o autor da abominação. Eu precisava conhecer-lhe o fundo da alma. Durante quatro horas, com a porta e as janelas fechadas, falei e tentei tirar dele uma palavra sobre o crime. Como ele custasse a dizer uma palavra como "arrependimento", "vergonha" ou "vontade de morrer", quase perdi os sentidos e ameacei dar-lhe com uma inexistente vara que eu dizia ter sob a batina. Lembrei-me das iras de São Paulo em suas viagens de pregação no Mediterrâneo. Quase ia fazendo o que o pai não fez, pois o Philomeno cometeu o mesmo erro do rei Davi, como relata o Velho Testamento: não tocou num fio de cabelo do filho abominável, como o rei hebreu fez com Amnon, o estuprador de Tamar. Por isso veio a se abater o infortúnio em Israel, pois surgiu Absalão para vingar a infelicidade da irmã. Na família de Philomeno, graças a Deus, não houve um Absalão. Esmeralda não temia o castigo. Só depois que eu fiz o gesto de pegar a vara e dizer-lhe rispidamente para despir-se pois ia apanhar no lombo, ele abriu a boca. Disse que se arrependia, que queria confessar para receber o perdão de Cristo.

– Que momento terrível o senhor viveu!

– Foi uma luta contra Satã. Vivi um exorcismo.

– Satã saiu daquele coração?

– Não sei, meu filho, não sei. Só a Deus é dado conhecer o que se passa no fundo de cada um de nós.

– E depois, padrinho?

– No dia seguinte oficiei missa na fazenda, com a presença apenas dos pais e dos dois filhos, e da prima a quem Maria Carmem contara o que o meio-irmão lhe fizera.

– E que foi feito dos dois irmãos?

– Esmeralda não voltou para o internato de Mendes. Ficou sob vigilância da família pelo resto do ano. No ano seguinte, foi mandado estudar no colégio de Valença mesmo, mas como aluno interno, para continuar sendo vigiado. Nas férias era levado para a fazenda ou seguia com o pai para o Rio. Foi assim até se formar no colégio. Nunca ingressou em faculdade. O pai não permitiu. Era um ignorante, o velho Philomeno. Considerava um método punitivo privar o pecador da educação.

– E a menina?

– Durante dez anos ia vê-la em Valença ou na fazenda. Há muitos anos é freira em Teresópolis e certamente continua sofrendo, mas perdoou o irmão em Cristo. Escreve-me anualmente. Certamente receberei carta dela agora. Leva uma vida devotada à religião. Há dois anos a

vi. Seu rosto até hoje estampa a tristeza pela abominação do irmão.

Essas foram as revelações do tio-padre. Nunca mais tocamos no nome do Esmeralda. Só o fizemos, tio-padre e eu, quando o violador da meia-irmã morreu.

Francisco e eu abstivemo-nos de comentários desairosos, comuns de serem feitos nas ocasiões em que morre um desafeto. Parece até que havia uma combinação entre nós. E Francisco tinha todos os motivos para exprobar o morto. Tanto mais porque soubera da abominação e nunca a comentara comigo. Alma boa, a do Francisco. No dia em que contei-lhe (logo após o incidente da festa junina) o que ouvira do tio-padre, perguntei-lhe o motivo do seu silêncio sobre o caso terrível de Esmeralda com a meia-irmã. Francisco me respondeu:

– Contar para quê? Para reviver a abominação e passá-la adiante?

Então, no dia da morte do abominável, fomos lacônicos no telefone:

– Morreu o Esmeralda – disse ele.

– É? De quê?

– Disse a Laura que de uma doença esquisita, de vermes, sei lá.

– Que coisa! – comentei secamente.

Francisco emendou:

– Pô, bicho, que jogão do Botafogo! O Marinho fez um golaço.

– Eu estive no Maracanã. Maravilha!

Dias depois, Francisco soube que a freira Maria Carmem esteve no sepultamento do irmão em Valença.

No meio da semana, fiz a minha visita quinzenal ao tio-padre. Dei-lhe a notícia do falecimento. Foi quando ele fez o comentário final deste obituário, que fecha o círculo aberto com a violação de Tamar:

– Morreu de quê? – perguntou o tio-padre.

– Disse dona Laura que de uma doença desconhecida, causada por micróbios. O caixão não pôde ser aberto.

Tio-padre falou:

– Então ele não morreu como Amnon, pela espada de Absalão, mas roído de vermes, como o rei Agripa I.

– Como o rei Agripa? – espantei-me.

– Espera-me.

Levantou-se da cadeira de balanço, foi à sala buscar a Bíblia, enquanto eu me deslumbrava com a pintura da tarde sobre a Guanabara. Tio-padre retornou e leu os dois versículos de Atos dos Apóstolos que fala do castigo terrível do rei da Judeia que vivia amasiado com a irmã e morreu fulminado por vermes. Estranhei, porque para Esmeralda bastava o castigo de Amnon. Mas preferi não arrastar um tema tão desagradável naquele dia ensolarado e bonito como o dia em que o Senhor separou a terra das águas. Considerei que o tio-padre, naquela altura com oitenta anos, já estivesse com a mente cansada. Ficamos em silêncio, observando a baía. Irmã Maria vicentina trouxe a limonada suíça de sempre e me tentou:

– Padre Guanabarino recebeu ontem duas garrafas da melhor aguardente de Campos. Quer que eu bispe a sua limonada com duas pequenas porções?

É claro que aceitei, ainda mais estimulado pelo sorriso bondoso de tio-padre.

De repente, ele quebrou aquele delicioso silêncio (Balzac) para, olhando para o horizonte, me dizer uma coisa terrível:

– Além do mais, o Esmeralda tinha ligação estreita com aqueles empresários de São Paulo que financiavam as operações ilegais do delegado Fleury contra os comunistas. Era íntimo daquele dinamarquês torturador, o Henning Boilesen, afinal morto por terroristas em 1971. Quem com ferro fere com ferro será ferido.

– Terrível, meu tio, terrível!

– E quem me contou não foi um penitente no confessionário. Foi meu amigo livreiro Carlos Ribeiro, que ouviu do general Golbery do Couto e Silva, o qual, por sua vez, viu a ficha do Esmeralda no SNI.

– Terrível! Terrível!

– Mas não falemos mais sobre isso, meu filho. Vamos orar a Deus em silêncio, admirando a obra com que Ele emoldurou a Guanabara. Beba a sua limonada bispada.

Então, passamos a admirar o sol descendo lá longe, atrás do pequenino Cristo Redentor, mas o seu brilho poderoso ainda se espraiava pela linda baía. Avistamos entrar na barra um submarino. Tio-padre gritou para a irmã trazer o binóculo. O submarino tinha o convés enfeitado de bandeirolas verdes e amarelas. Depois disso, bebi a limonada bispada de duas doses e um choro de cachaça. Queria muito ter o verbo maravilhoso de um Balzac, de um Alfred de Musset, para descrever a cena crepuscular. Mas adormeci na cadeira de balanço e perdi o arrebol.

Quando cruzei a ponte, já quase noitinha, o submarino estava atracado na base naval da ilha de Mocanguê.

No dia seguinte, li no jornal que era o submarino Tonelero, festivamente recebido pelas famílias dos marinheiros depois de participar de manobras combinadas com a Marinha dos Estados Unidos.

Só Deus sabia que o Tonelero iria naufragar no ano 2000 na ilha das Cobras. Mas aí já é outro obituário.

Passo a vez.

XII

    Devo ser cauteloso ao compor o obituário que começo a escrever. É o obituário de um segredo. Um segredo morre quando é devassado. É uma platitude, mas é sempre uma advertência. E ele morre porque o Diabo faz o seu trabalho, como dizia o tio-padre.

    Muitas pessoas, com justas razões, preferem não saber a história das casas em que habitam, dos escritórios em que trabalham e das ruas em que se localizam tais endereços. As mulheres, em especial, são muito vulneráveis a esse tipo de informação de arqueologia pessoal. Vejam vocês: no meu tempo de corretor de seguros fui informado que dois proprietários se mudaram de casas recém-adquiridas porque as esposas tomaram conhecimento de óbitos ocorridos nelas. Óbitos naturais. Ainda se fossem assassinatos! O mais impressionante vivi em casa logo que me mudei para o Rio. Conheci uma senhora dotada dessas suscetibilidades negativas. Ela e minha mãe às vezes faziam compras na padaria da rua Real Grandeza, esquina com Voluntários da Pátria, onde havia o mais delicioso pão francês da cidade. Pois essa senhora ficou traumatizada ao saber que a rua em que morávamos, a Hans Staden, homenageava um aventureiro alemão que, no começo do Brasil, matou muitos índios e quase foi devorado pelos tupinambás. A família nunca havia percebido que essa nossa vizinha já apresentava sintomas que indicavam tratamento ou internação no Pinel de Botafogo, como de fato ocorreu naquela semana. Mas antes da intervenção psiquiátrica é necessário acontecer o colapso para que o mundo saiba que alguém é doido. O marido dela, aposentado do Banco do Brasil (na época em que ser do Banco do Brasil era "o máximo"), bateu lá em casa para apurar que fato acontecera na padaria para deixar a esposa tão transtornada. Minha mãe contou que elas tomavam cafezinho no balcão e ouviam, muito interessadas, a conversa de um professor do Pedro II do Humaitá com alguns alunos que bebiam Pepsi. A mulher deixou a xícara cair e saiu alucinadamente da padaria sem nem pagar a conta do pãozinho francês quentinho. O marido não sabia o que fazer com a mulher, que só gritava no quarto que os índios tupinambás iam devorar o Hans Staden e que minha mãe era culpada. Minha mãe, coitada, ficou apavorada, porque o aposentado insinuava a participação de uma Meirelles de Figueiredo no terror da esposa. Quando o meu pai chegou do trabalho no Instituto do Açúcar e do Álcool e encontrou ali aquela situação bizarra, deixou o aposentado mais confuso. O engenheiro Marcial da Rocha não perdia a ocasião de tumultuar com humor.

– Veja o senhor como são as coisas – disse o velho Marcial. – Minha mulher não poderia acusar o Hans Staden de matar tupinambás, porque os parentes dela mataram muitos índios no norte do Estado do Rio, no sul do Espírito Santo e até nas florestas do leste de Minas!

Essa prosopopeia é para justificar por que não darei o endereço da rua da Quitanda (hoje um prédio moderno) onde ocorreu num cubículo o inaudito acontecimento que não marcou a vida de meu saudoso amigo Francisco José, por ele desconhecê-lo, mas poderá ter marcado o de sua viúva, Andréia. Ou não, pois Andréia sempre se mostrou de caráter vigoroso, capaz de dar a volta por cima de infortúnios. Presumo que, se meu amigo de infância Vitório tiver, realmente, um pingo de caráter, será roído pelo remorso.

Andréia é uma fluminense que se acariocou, como geralmente ocorre com as meninas que nascem no interior do Estado e se mudam para o Rio ainda jovens. Andréia é de Mangaratiba, lá residiu até completar os catorze anos, quando os pais se mudaram para uma casinha de Cascadura. O velho era ferroviário da Central do Brasil. Perdeu a esposa quando a filha cursava o ginásio. Num dia em que estávamos na casa de praia que o Francisco José comprou em Angra (para compensar a que perdera no roubo do Perdigão), Andréia contou com vaidade que certa vez na escola pediram aos alunos uma dissertação sobre o livro *Meu pé de laranja-lima*. Foi no tempo em que as escolas públicas davam aos alunos bons livros gratuitamente. Francisco José ouvia desatento à narração da esposa, por desinteresse do assunto, mas eu a ouvi com atenção e apreço. Ela tirou a melhor nota da classe.

– Menina ainda – contou Andréia – vivi em Mangaratiba os resquícios da vida do menino Zezé do romance de José Mauro de Vasconcelos. Nós éramos de uma família pobre. Meu pai dizia que conheceu o autor na estação de Mangaratiba. Esse José Mauro não é de lá, mas foi visitar a cidade para poder descrever a ação do romance.

Pois então continuemos com os escritores. Conta um antigo historiador, Noronha Santos, que a rua da Quitanda está para o Rio como a rua de Saint-Denis para Paris. A nossa rua, como a da cidade cantada por Balzac, é um dos endereços mais antigos do burgo carioca. A Saint-Denis, no tempo de Luís XV, era o endereço da burguesia (e não da aristocracia); a da Quitanda também foi assim no Império e continua sendo até hoje, com a diferença de que não é mais endereço residencial, mas rua de comércio burguês. E continuará sendo, já que este obituário não trata da morte dessa artéria maravilhosa em cujo piso eu e outros trabalhadores do sistema financeiro gastamos nas últimas décadas do século passado muita sola de sapato de segunda a sexta.

Escreverei, isto sim, como anunciei, o obituário de um segredo mal guardado.

Aquele historiador Noronha Santos descreveu a rua da Quitanda como reduto do "conservadorismo retrógrado e conservador". *O tempora, o mores,* diria o latinista Joaquim Alves Bulhões, o autor de *Uma honrada casa de família,* editado pela gráfica Ao Prelo de Ouro. O tempo, entretanto, cuidou de mudar a destinação ideológica da Quitanda.

    O vetusto prédio de que trata essa narrativa era propriedade de um espanhol chamado Navarro, experiente em negócios entretidos de preferência à noite. Durante o dia também, com mais reserva, no centro da cidade. Navarro era dono de restaurantes destinados à classe média baixa em diferentes ruas centrais, e de inferninhos na Lapa para todas as classes, com grande frequência de boêmios do teatro, do rádio, da música e da imprensa; e de outros inferninhos nos arredores da Praça Mauá, destinados especialmente a marinheiros estrangeiros maravilhados com nossas mulatas e falsas loiras; e a nacionais e aos de fora em busca de cocaína. Esse Navarro havia estabelecido uma criminosa sociedade secreta com funcionários da administração pública que lidavam com leilões judiciais. E assim foi adquirindo imóveis antigos no centro velho do Rio. Esse imóvel de que tratarei, na rua da Quitanda, integrava um conjunto arquitetônico de três prédios de fachadas quase idênticas e de igual gabarito. Foi esvaziado de seus tradicionais locatários – alfaiates, fotógrafos, protéticos, vendedores autônomos, compradores de ouro, detetives de adultérios, ourives, advogados de porta de cadeia, enfim, profissionais da arraia-miúda – para que o novo proprietário remodelasse os dois andares superiores. A fachada permaneceu conforme a norma urbana de proteção do patrimônio histórico. No segundo andar, Navarro fez das salas originais uns quartos que de tão pequenos eram chamados cubículos. Em cada cubículo (vinte e quatro no total) cabiam uma cama de viúva e um minúsculo cômodo com vaso sanitário, bidê, pia e chuveiro. Tudo muito higiênico, ressalte-se. No terceiro andar, o proprietário transformou as seis salas originais em quatro apartamentos que denominou suítes executivas, nas quais cabiam uma cama de casal, instalações sanitárias completas, frigobar, enfim, igual a quarto de hotel. O espanhol batizou o prédio de Hospedaria. No rés do chão continuou a existir o bar e restaurante Galeto Lisboeta, que abria de manhã e fechava quando ia embora o último cliente que descia dos andares de cima.

Subiam-se as escadas do bordel por uma porta que se abria para a calçada. Uma placa luminosa branca, colocada na transversal, anunciava telegraficamente em vermelho: Hospedaria; e abaixo desse vocábulo tão encontradiço no Rio antigo foram colocadas duas estrelinhas verdes. Suponho significar a graduação da Embratur para aquela classe de hotel. Mas também pode ser informação falsa de Navarro, pois já sabe o leitor tratar-se de caráter da pá-virada.

O interessado em galgar a escadaria se dirigia em primeiro lugar ao caixa do restaurante para obter a licença do ingresso, mediante o pagamento antecipado da diária e depois de escolher a companhia de seu prazer num falso cardápio do Galeto Lisboeta. No lugar dos pratos da casa, trazia a fotografia de todas as pensionistas, de corpo inteiro, trajadas de maiô de biquíni e em pose de *miss*, com o cognome e o correspondente número do quarto. As fotos eram produzidas pela esposa do proprietário, e até que exibiam alguma arte erótica. Dada a autorização verbal pela funcionária do caixa, o cliente voltava à calçada da rua da

Quitanda e a porta da Hospedaria lhe era aberta por um mecanismo elétrico acionado pela funcionária. Posteriormente, para o resguardo do cliente, foi aberta uma segunda porta que unia o salão do restaurante à escadaria. Essa entrada era parcialmente tapada por um enorme biombo sanfonado de três fachadas, emolduradas por espalhafatosas fotos da Torre de Belém, de uma grelha com galetos e do Mosteiro dos Jerônimos. Navarro almejava ser ibérico, não apenas de Navarra.

Às pensionistas era concedido o direito de rejeitar quem lhe batesse à porta, e elas o faziam educadamente. Para tanto a porta de cada cubículo foi dotada de olho mágico e intercomunicador. Na feliz era antes da Aids, os cinzeiros dos cubículos já continham duas ou três camisinhas de vênus. Terminada a ação, a pensionista acertava no próprio cubículo os honorários devidos. E então informava à moça do caixa, pelo interfone, a liberação do cliente, e a porta da rua era aberta para o homem satisfeito, geralmente de terno e gravata, abandonar o local.

A decoração interior do velho prédio podia dar uma boa impressão de luxo aos frequentadores incultos na matéria. As paredes da escadaria eram forradas de papel policromático, prevalecendo a cor vermelha, e exibiam flores-de-lis amarelas de tamanhos variados. Iluminavam as escadas apliques de metal imitando *art nouveau*. Cada cubículo e cada suíte executiva também tinham as paredes guarnecidas por papel, diferentes na cor e no desenho. A decoradora foi também a senhora do Navarro, uma brasileira do Norte, pelo que se vê cheia de dons além do da fotografia. Ela gerenciava, com discrição, o restaurante e a

Hospedaria. O marido nunca aparecia, o que emprestava à sua figura um ar de mistério de novela de Agatha Christie. Mas alguns gerentes de agências bancárias da região o conheciam, como também o conhecia aquele que enviava sem deixar rastro o seu dinheiro para o exterior, o seu Jorge, dono da Casa Piano.

Um detalhe emprestava ao negócio de Navarro uma oportuna discrição: as pensionistas entravam e saíam da Hospedaria pelo prédio vizinho, da mesma altura do prédio do espanhol. Suas salas eram alugadas a modestos profissionais autônomos, como chaveiros, relojoeiros, fabricantes de carimbos, plastificadores, consertadores de eletrodomésticos, calistas e outras variedades de ofícios que desapareceram do comércio ou estão fadados a desaparecer. Nesse prédio, o espanhol era dono de várias salas, entre as quais um cômodo no segundo pavimento que fazia parede e meia justamente com o segundo andar da Hospedaria. Nele instalou um salão de beleza com pedicura e manicure. Entre esse cômodo e o pequeno *hall* do segundo andar da Hospedaria havia uma comunicação secreta; só quem prestasse muita atenção notaria um pequeno puxador a meia altura no papel de parede cheio de flor-de-lis. Anos depois, o espanhol arrematou judicialmente (num processo de inventário encrencado há quatro décadas) o prédio vizinho daquele do salão de beleza, integrante do já mencionado conjunto harmônico constituído pelos três prédios de fachadas quase idênticas e igual largura e altura. Da mesma maneira que agiu com o prédio do Galeto Lisboeta, o espanhol abriu na propriedade recém-adquirida uma passagem clandestina para o corredor do andar do prédio do meio, onde ficava o salão de beleza. Essas passagens secretas, tão ao gosto dos novelistas de capa e espada que narram feitos inauditos nos palacetes das vielas escuras à beira dos canais fétidos de Veneza, constituíam mais um item de segurança e discrição para os negócios do sr. Navarro. Anos depois, esse espanhol invisível para mim comprou mais um imóvel, esse na rua Buenos Aires, cujos fundos davam para os fundos do prédio do Galeto Lisboeta na Quitanda; e foi aberta uma comunicação secreta entre as duas ruas. Nem Michel Zévaco imaginaria! Segundo meu fiel informante Vitório, a polícia carioca jamais suspeitou da existência dessa passagem, apropriada à fuga de violadores da lei. Ou sabia e se fez de besta? Hein?

O estabelecimento anexo ao Galeto Lisboeta foi um dos primeiros prostíbulos da era moderna no Rio. Nasceu ao mesmo tempo em que eram abertas na Zona Sul as saunas com prostitutas disfarçadas de massagistas e com a mesma destinação: o público de maior poder aquisitivo e com objetivos sexuais bem definidos. O sr. Navarro foi aconselhado a adotar um *slogan* mercadológico do seu negócio pelo gerente do Banco Mineiro do Oeste da avenida Rio Branco, o famoso Zé Minhoca, que, sendo um criativo financista, também foi um emérito *Repórter Esso* ("o primeiro a dar as últimas") e se encarregou de difundir o lema da Hospedaria: "Estabelecimento de categoria para atender o cliente VFV: vem, faz e vai". Uma placa com tais dizeres, assoprados pelo inolvidável Zé Minhoca nos ouvidos de Navarro, foi afixada na parede da escadaria logo nos primeiros degraus, mas no dia seguinte foi retirada pela esposa do espanhol, pelo evidente mau gosto até mesmo aos ouvidos de uma cafetina.

O gerente do Mineiro do Oeste, escoladíssimo na vida amorosa e financeira, ensinou ao comerciante exitoso de Navarra:

– Ô, Navarro: trata-se de um bordão comercial, mas também é um alerta para os clientes que cogitarem de amor. Ali não se pode amar, é local de trabalho. É pá e pum!

Embora a placa tenha sido retirada, o que ela continha de advertência aconteceu na vida da Hospedaria. Uma só vez a engrenagem encrencou. Um cliente não levou a sério o aviso na escadaria. Foi o ovo da serpente. O segredo mal guardado veio à tona no *casco viejo*, como se referia ao centro da cidade, no seu idioma, o espanhol Navarro.

Adelante se verá.

(Paro a narrativa aqui para ir ao médico.)

XIII

As pensionistas da Hospedaria, todas jovens, não importassem as artes de que davam mostras nos cubículos, tinham de ser dotadas quase das qualidades de uma estudante de colégio de freiras: bonitas e educadas. Iguais às de Balzac em *Esplendores e misérias das cortesãs*. Correu a lenda de que muitas moças eram universitárias. Quase todas, certamente, fizeram o curso ginasial, e provinham da classe média baixa da Zona Sul e de bairros nobres da Zona Norte, como Tijuca e Vila Isabel. Pouquíssimas viviam nos subúrbios e em Niterói. Elas eram a realidade do que se lia nas páginas de um romance de muito sucesso na época, *Beco da fome*, de Orígenes Lessa, cuja heroína, Isaura, adota a identidade de Sueli para enfrentar a vida, como as pensionistas apareciam no falso cardápio do Galeto Lisboeta com seus cognomes.

As balzaquianas eram pouquíssimas, e geralmente preferidas pelo pessoal do Fórum e das seguradoras, não me perguntem a razão.

Mensalmente, todas as pensionistas apresentavam atestado de saúde: iam a uma ginecologista da avenida Gomes Freire (por conta delas, mas a esposa do espanhol negociou um desconto) e faziam exames de urina e de sangue gratuitamente num laboratório da rua do Acre que mantinha convênio com sindicatos do porto, outra conexão do espanhol deveras enfronhado naqueles setores da sociedade cuja presença só percebemos quando seus dirigentes aparecem nas páginas policiais ou políticas.

A beleza e a educação das pensionistas da Hospedaria logo fizeram fama. Mais rápida do que a fama, a notícia de que elas ganhavam bastante dinheiro difundiu-se entre garotas bonitas e educadas que viviam situações de carência material. A história de sucesso da Hospedaria ecoava junto a essas criaturas aureolada com a informação, verdadeira, de que as candidatas a um lugar no cubículo poderiam se apresentar incógnitas e deixar o posto no momento em que decidissem. Então, reuniam-se duas ou três amigas de bairro com as mesmas carências e o mesmo propósito de superá-las, obtinham no catálogo telefônico o número do Galeto Lisboeta e se dirigiam ao orelhão da esquina. Tudo isso acontecia com discrição, e mais sigilosa ainda era a reunião que apontaria o que o destino havia escrito para cada uma das moças. Ia uma de cada vez à rua da Quitanda, era o protocolo. Pouquíssimas eram aceitas, algumas ganhavam uma chance nos outros estabelecimentos inferiores do espanhol, e as infelizes voltavam de mãos vazias para casa ou iam tentar as esquinas de Copacabana, Praça Tiradentes, Largo da Glória, Lapa, cais do porto.

– Estarei incógnita? De que maneira preservarei minha identidade? – indagavam as interessadas à Malu, pois este era o nome da responsável pela coordenação das pensionistas no caixa do Galeto Lisboeta.

O caso foi que a esposa do espanhol vira num filme francês a cena de uma casa parisiense similar à Hospedaria, em que as mulheres, por temerem ser reconhecidas na rua, usavam máscaras venezianas que as deixavam com a face parcialmente encoberta. Além desse disfarce, as pensionistas da Hospedaria contariam, contra a maledicência e o opróbrio, com o mencionado olho mágico nas portas. Se o homem que se apresentasse fosse um conhecido ou parente, a pensionista não abria a porta e o remetia de volta à Malu do caixa para nova escolha no cardápio. Acho que já mencionei esse fato; se ocorreu a repetição, trata-se de bala perdida da pandemia: o aparelho de TV, na saleta ao lado de onde escrevo, berra alto os números de vítimas do Covid-19 e perturba a minha escrita.

Bem, Navarro aprovou a ideia da máscara. Só no primeiro mês da nova modalidade foram aprovadas oito moças. Diante de tamanha demanda, criou-se um rodízio de ocupação das suítes executivas. As novas pensionistas ganharam tratamento diferenciado: não seriam diaristas, iriam duas ou três vezes por semana, em horários escolhidos por elas, pois estudavam ou tinham emprego fixo no comércio e desejavam intensamente precaver-se de publicidade exagerada ou do pior, o reconhecimento público. As mascaradas cariocas tinham um caráter diferente da Margarida Gautier de *A dama das camélias*: Alexandre Dumas dotou-a de frieza para não encarar os *Repórteres Esso* que povoavam Paris. As nossas tinham pudor.

O espanhol instalou no salão de beleza uma máquina de costura e uma cortadeira-modeladora de papel machê; uma senhora chamada Maria do Encantado (residia nesse bairro), experimentada em fantasias de carnaval, tirava as medidas faciais das moças e fabricava, com engenho e arte, a máscara tal como as usuárias pedissem. Tanto o papel quanto o tecido eram de qualidade superior. As máscaras nada ficavam a dever às maravilhas de Veneza. O custo era debitado no livro de deve e haver da Hospedaria.

A Hospedaria abria ao meio-dia e fechava as portas impreterivelmente às 21 horas. A freguesia compunha-se de homens casados ou solteiros com dinheiro e sem afetos. Frequentavam-na profissionais liberais com escritório no centro, notadamente advogados, magistrados, tabeliães, funcionários públicos, turistas, oficiais de Marinha descaracterizados, e sobretudo o pessoal que girava em torno do mercado financeiro. Meu patrão nunca pôs os pés ali, nem sei se soube da existência do prostíbulo. No Galeto Lisboeta também jamais entrou, pois era avesso a restaurantes populares, "altares das gorduras malcheirosas". Francisco José, então um Jack Nicholson quarentão, cuidava para não aumentar a barriga.

O restaurante só funcionava no almoço e tinha bom movimento. Sua frequência consistia nos empregados das lojas e escritórios, turistas desavisados e moradores das zonas Sul e Norte que iam ao centro para demandar repartições públicas. A comida era: frango assado, churrasco, farofa de ovo, batata frita com arroz, gelatina ou pudim de leite à sobremesa. Nunca provei do cardápio, exatamente pelas características daquilo que saía de seus fogões. Criado com a comida caseira de minha avó materna em Campos, reproduzida pela nossa cozinheira da Hans Staden, e depois apreciando a convivência gastronômica com o doutor Francisco, aprendi a gostar dos bons restaurantes portugueses e franco-suíços tradicionais do centro do Rio.

Curiosamente, a partir das 16 horas o ambiente mudava da água para o vinho no Galeto Lisboeta. Duas portas de ferro eram descerradas, tapando a visão do interior, e a entrada se fazia por uma terceira porta, de vidro fosco esverdeado. Transformava-se num *scotch bar*. Ligavam-se os aparelhos de ar-refrigerado (no almoço não funcionavam) e os garçons desse turno usavam *smoking*, diferentemente do que ocorria de dia, quando esses empregados trajavam paletó vermelho.

Eu frequentava o lugar no cair da tarde para beber uísque com meu conterrâneo Vitório, então subgerente do Banco Atlantique Sud Américain. Esse banco acabou comprado por um banco brasileiro cujo nome jurei jamais pronunciar, pois demitiu o meu antigo colega de ginásio e, mais do que isso, meu introdutor na leitura de Michel Zévaco. Além disso, o banco me faltou no momento em que mais precisei de um empréstimo ao ser atingido pelo infortúnio da bolha digital dos anos 1990. Entretanto, o destino havia inscrito na fronte de Vitório o nome da Fortuna, e anos depois, superada a sua crise existencial causada pela demissão do Atlantique, enricou na sua gestão como liquidante judicial da caderneta de poupança Marvel. Imputaram-lhe a prática de atos ilegítimos. Sabem como é? Tem gente no mercado que fala muito mal de quem é vitorioso. São os linguarudos, como também o foi mais de uma vez o próprio Vitório que aqui aparece como vítima. A verdade é que quase ninguém escapa do pecado da boca sem freios, tão condenado pelo apóstolo Tiago na esquecida epístola em que exproba os linguarudos. Vitório, por sinal, que tanto falou mal de Francisco José, recebeu de mão beijada da vítima preferida de sua língua ferina naquela época a indicação para a interventoria na Marvel. No dia em que, pela enésima vez, tentava condoer o meu patrão do ostracismo de Vitório, Francisco José me disse:

– Rapaz! É claro que vou ajudar o Vitório! Gosto muito de seus pais, são antigas relações de família. A mãe dele é uma senhora de muitas virtudes.

Deixemos esse ramal e retornemos à linha do centro.

Nunca se viu no Galeto nem na Hospedaria e no seu entorno tumulto por quaisquer razões. Em finais de ano podia acontecer uma ou outra baderna inocente de modestos bancários e servidores humildes das corretoras, estimulados ao consumo exagerado do álcool pelo recebimento do décimo terceiro salário e premiações por sucessos obtidos no trabalho. Se estivessem embriagados, a ordem do espanhol era não deixar subir a escadaria. Nesse aspecto, aquele trecho da rua da Quitanda nem de longe recordava os gravíssimos acontecimentos de que fora palco em março de 1831, quando portugueses e brasileiros que ali residiam protagonizaram uma furiosa pancadaria que entrou para os anais da polícia do Primeiro Reinado como "a noite das garrafadas".

As garrafadas do passado, porém, tiveram motivação política, ao passo que na altura desta narrativa as noites da rua da Quitanda e de toda aquela parte do centro velho do Rio eram tranquilas. O policiamento noturno na região, repleta de instalações da Marinha, era feito por soldados da Polícia Naval, vistos sempre em duplas, elegantes e vigilantes. Em outros lugares da cidade havia oposição aguerrida ao governo dos generais, de parte de um reduzidíssimo grupo de cidadãos, luta travada em espaços bem delimitados, como os dos cubículos da Hospedaria. Mas nesses acontecia só o confronto mais antigo da humanidade. A rua da Quitanda localizava-se no centro financeiro do país e todos ali só tinham uma política: ganhar dinheiro. Os generais garantiam a ordem para ganhá-lo. O espanhol vivia feliz da vida com o dinheiro entrando pelos cubículos: ele cobrava das pensionistas, por cliente, o equivalente a cem dólares (quase tudo era dolarizado naquela época). O que passasse desse patamar era a remuneração das moças. A tabela para as mascaradas era outra: duzentos dólares a visita, valor total destinado ao espanhol; elas que fixassem o sobrepreço para o seu sustento. A esposa do espanhol, que lhes conhecia a identidade e os predicados, aconselhava-as a serem espertas nos negócios.

Havia proteção policial. Vez por outra, quando eu deixava a Bolsa às duas da tarde, via uma joaninha da PM com os pneus em cima da calçada e dois soldados batendo um filé com batatas fritas no Galeto Lisboeta. O Vitório dizia-me que sempre avistava um amigo delegado da Polícia Civil descendo a escada da Hospedaria enquanto meu conterrâneo a galgava ao encontro da Lourinha do Fusca Azul.

Vitório apaixonou-se pela Lourinha do Fusca Azul, que não integrava a turma das mascaradas, era a feliz hóspede do 206. Faturou tão bem no ano de 1973 que conseguiu comprar um fusca zero. Ela deixava o carro no edifício-garagem Menezes Cortes, nas mãos de um porteiro que, dizem, vou repetir, dizem, era seu irmão e não sabia onde a irmã trabalhava. Ou "operava", como gostava de dizer meu colega de pregão e concorrente, o Paulinho Lacustre. Esse também não frequentava a Hospedaria nem o Galeto Lisboeta, mas conhecia o espanhol profissionalmente, por atendê-lo na corretora Spavento. Dado a tiradas de ironia, apelidou seu cliente de *Navarro de la Cumparsita*, acomodando o nome do espanhol ao da esposa e comparsa nos negócios. O apodado não se importava com o apelido, achava elogioso, por causa do tango famoso, "La cumparsita", uma das músicas mais conhecidas no mundo.

Paulinho Lacustre, rapaz de bons modos e muito capacitado para os negócios, explicou-lhe o motivo de sua abstinência em subir as escadas da Hospedaria: Navarro podia ser sábio em finanças, pois operava uma mina de ouro por meio das meninas, "mas nada entendia de ciências sociais" (*sic*), pois, se entendesse, teria posto as suítes executivas no segundo andar, e não no terceiro, para os fregueses que pagam mais caro não enfrentarem o desconforto de subir mais um lance de escada. O espanhol sentiu a humilhação do puxão de orelhas, porém, como o dinheiro anula o caráter, não tomou antipatia por Paulo Lacustre e continuou a submeter seus investimentos à inteligência da corretora Spavento. Só perdeu uma pequena fortuna em dólares na Casa Piano por não escutar os conselhos prudentes de seu consultor financeiro. Paulo bem que o avisou. O autor do prejuízo na praça fugiu para a Europa, dizem que para escapar da eliminação física pelo espanhol logrado e zangadíssimo. Mas o pessoal do mercado financeiro, unânime em condenar o crime de Jorge Piano, não torcia para o espanhol reaver o dinheiro tanto quanto torcia para o reaverem a senhora Marta Rocha, antiga *miss* Brasil, e o celebrado jornalista Ibrahim Sued, ambos logrados em sua boa-fé pelo criminoso. Como eu também. Mas essa é matéria para outro obituário.

O consultor financeiro Paulinho Lacustre conhecia de vista a Loura do Fusca Azul, pois ambos guardavam seus carros no mesmo estacionamento. Ela residia em Copacabana e deu-lhe carona algumas vezes em que o belo moço de vinte e um anos fazia serão na corretora e coincidia de se encontrarem no edifício-garagem Menezes Cortes. Paulinho, solteiro, deixava o seu carro dormir na garagem e entrava no fusquinha da loura. Combinou de remunerá-la no valor de uma corrida de táxi. Na primeira vez foi assim: a loura o entregou na porta de casa, no Leme, e recebeu pela corrida. Da segunda vez ficou enamorada daquele mocetão bonito, gentil, conversador e dono do maior equipamento de reprodução e diversão que ela jamais viu. Não quis receber pela corrida: passou a entregar o passageiro especial na porta de casa, oferecendo-lhe ainda um "carinho francês", palavras usadas pelo beneficiário para descrever o tipo de benesse recebida.

Esse vocabulário impudico não figura no Balzac, pois nem de longe o romancista adentra as intimidades corporais de seus celebrados pares n'*A comédia humana*. Fiz mal em registrá-lo neste obituário que não diz respeito aos modos como homem e mulher se tratam no resguardo de uma alcova ou no interior de um automóvel. Este obituário, repito, é o de um segredo mal guardado. E o segredo, já passava da hora de dizer, começa numa modestíssima casa de Cascadura. Nela residiam um ferroviário aposentado e viúvo; sua filha de dezenove anos; e o filho de dezesseis. O velho era cheio de doenças da idade e de quem levara uma vida dedicada ao trabalho duro na Estrada de Ferro Central do Brasil e depois na Rede Ferroviária Federal. Andréia, a filha, trabalhava num magazine na rua Visconde de Inhaúma, ou rua Larga, a poucos minutos da Hospedaria. Estudiosa e compenetrada de seus deveres como filha e sucessora da mãe na gerência doméstica, Andréia completara o ginásio, aprendera datilografia e preparava-se para entrar num curso de contabilista ao lado da loja em que trabalhava no almoxarifado. Nem namorava mais. Tivera o seu adônis quando tinha dezessete anos e o abandonou dois anos depois ao perceber que não via futuro naquele rapaz só bonito, mas vazio de gênio para progredir na vida e completá-la como mulher.

Às sete e meia da manhã embarcava na estação de Cascadura e quarenta minutos depois já caminhava apressada pela Gare da Central para ganhar logo a rota do magazine. Seu bamboleio no andar, realçado pela calça jeans justa ou a minissaia que deixava à mostra suas pernas bem talhadas, sempre recebia os olhares e às vezes um assobio. Gostava de usar sapato alto, mesmo tendo de vencer uma longa caminhada até o local de trabalho. Deixava a estação, passava defronte ao Palácio Duque de Caxias (por todos chamado Ministério da Guerra) e dobrava à esquerda. Em frente ao Palácio Itamaraty parava diante de um carrinho de lanche para beber café com leite com um pedaço de bolo e fumar o primeiro Hollywood do dia. O carrinho era do Washington, conhecido dela de Cascadura e, olha só, filho da minha amiga dona Maria do cafezinho da corretora.

Bem, até esse parágrafo acima é informação pura, diria até jornalística, pois baseada em fatos que testemunhei e em casos que ouvi da própria protagonista, como a descrição dos primeiros anos de vida produtiva da cidadã Andréia, que veio a ser esposa de meu saudoso amigo Francisco José. O que virá adiante é fruto da minha experiência com o gênero humano. O diabo age como diabo não porque ele seja mau, mas porque é velho, como diziam os antigos fazendeiros de Campos. E em matéria de velhice já estou quase alcançando o doutor Francisco José, ele que me dizia nos dias de seu aniversário: "Um dia você ainda me alcança". Também recorro, naquilo que se vai ler, à palavra de Vitório, e ele se valeu da palavra de Malu do caixa e de dona Maria do cafezinho. Então, se a história não foi assim, teve tudo para ser assim.

Ora, quase todos os dias ocorria de Andréia se encontrar no lanche matinal com Dinalva, amiga de infância lá de Mangaratiba, que ia para o centro no ônibus superlotado Caxias-Estrada de Ferro. E as duas amigas, depois da confraternização, prosseguiam a caminhada pela rua Larga até o destino de cada uma, a loja de Andréia e o curso de contabilidade de Dinalva. Havia mais de quinze dias que Andréia estava sentindo a ausência de Dinalva. Indagara na secretaria do curso e só conseguira a informação de que a aluna do período da manhã não aparecia mais. Obteve lá o telefone da casa da amiga; uma tia atendeu e disse que a sobrinha arranjara trabalho em São Paulo e para lá se mudara. Não sabia nem o telefone nem o novo endereço da moça.

Tudo soou estranho para Andréia, porém ela lembrou que, de fato, Dinalva lhe dissera estar aguardando uma oportunidade numa indústria de não sei o quê instalada na Via Dutra.

Bom para Dinalva, ruim para Andréia. Poucos meses depois Andréia foi despedida do emprego. As grandes redes varejistas que surgiram no Milagre Econômico estavam sufocando o pequeno comércio. A saúde do pai piorou. Agora eram dois à procura de trabalho: ela e o irmão, que já nem ia ao ginásio. Viviam os três dos proventos da aposentadoria do velho, da bondade de vizinhos, da solidariedade de uns parentes de Mangaratiba. Quatro meses e nada, a miséria batendo à porta.

Devo acrescentar que Andréia, no dia em que foi ao magazine da rua Larga para receber o pagamento da indenização trabalhista, deixou no carrinho de lanche de Washington um currículo profissional, pois ele dissera à desempregada que a recomendaria à mãe, dona Maria, funcionária da copa de uma grande corretora na rua Sete de Setembro...

XIV

Entrementes, Dinalva permanecia no Rio, residindo incógnita numa república de Copacabana, levada ali por uma vizinha de Caxias. Era a quinta moradora do apartamento, pois residiam lá essa amiga, rodomoça da Cometa, duas outras rodomoças do Expresso Brasileiro e uma estudante de enfermagem de Minas. Dinalva, tendo ido ao curso de contabilidade para retomar as aulas, ficou pasma ao ver as portas cerradas do magazine ao lado. Preocupou-se logo com a sorte da amiga Andréia. Parece que estava adivinhando o dia que escolheu para visitá-la em Cascadura. Abriu-lhe a porta o irmão de Andréia, menino desorientado; o velho estava na cama, sem falar, sem juízo; a amiga havia saído cedo para buscar remédios no Hospital de Bonsucesso. Percebendo logo a situação, Dinalva foi à mercearia, à padaria, ao açougue. Quando regressou com as compras, Andréia foi recebê-la de olhos arregalados, deu-lhe parabéns pelo carro, e foram as duas guardar os mantimentos na cozinha. A visitante escutava, em silêncio, a história sombria dos últimos acontecimentos daquela família. Andréia medicou o pai e preparou comida para ele e o irmão, sempre com a assistência solidária de Dinalva. Quando ia fritar, para ela e a amiga, dois bifes para almoçarem, Dinalva disse-lhe, com voz de comando:

– Deixa isso para lá. Passe um batom e ajeite o cabelo, vamos almoçar nós duas na churrascaria nova perto do viaduto da estação.

Não sei do que se falou à mesa.

Uma semana depois, uma jovem morena bem bonita almoçava com a esposa do Navarro e a Dinalva no Galeto Lisboeta, na mesa do reservado no fundo do restaurante. A mesa era igual às outras, mas protegida de olhares dos circunstantes por um biombo gêmeo daquele da segunda porta da Hospedaria. Esse era ilustrado com paisagens do rio Tejo.

Naquela mesma tarde, a Malu do caixa anunciou ao meu amigo Vitório:

– Semana que vem vai estrear uma sereia morena. Sua foto no cardápio terá o nome de Princesa. Tem vinte e um anos. Uma simpatia e um corpaço.

Malu do caixa e Vitório cultivavam uma amizade interesseira: ela, uma amizade de fundo bancário (vivia dependurada nuns papagaios na agência do Sud Américain); ele, uma amizade de fundo descaradamente libidinoso.

Malu contou-lhe que a jovem morena acertara os detalhes de sua estreia numa das suítes executivas da Hospedaria, como mascarada. Seu trato, aceito pela Cumparsita ("que não era totalmente má pessoa", dizia o Vitório), foi de ser pensionista apenas dois dias por semana; pelo tempo apenas de ajuntar um valor X; e de Malu do caixa não lhe enviar clientes que: 1) cheirassem a bebida alcoólica e 2) que fossem dados a perversidades ou a taras sexuais.

Malu do caixa integrava o time do *Repórter Esso*:

– Quanto aos tarados – disse ela ao Vitório – só uma menina reclamou. Tivemos um cliente muito chique, diretor de jornal, que pediu a uma menina que lhe desse umas chicotadas. A menina deu e depois me contou. Levou uma suspensão de uma semana e o diretor de jornal foi proibido de visitar a Hospedaria.

Ninguém guarda segredo, é o que se aprende vendo a Malu falar ou lendo o cardeal Mazarino. O diretor de jornal nem era chique nem importante; publicava um folhetim semanal distribuído gratuitamente em bares e restaurantes do centro e da Zona Sul, com fotografias de gente conhecida ou amiga dele. Esses estabelecimentos pagavam a Jacques Bardot (pois este era o nome do jornalista potiguar) pela publicidade indireta. Jamais o *Ronda Elegante* publicou foto tirada no Galeto Lisboeta.

Por esse tempo, a desdita atingiu o meu amigo Vitório. Decaído no trabalho, as setas de um cupido alucinado fizeram o serviço que faltava: ele caiu de amores pela Loura do Fusca Azul, cujo nome era Marina. Porém, Marina passou a evitar o Vitório quando a Fortuna abandonou meu conterrâneo de Campos. O antigo presidente do Grêmio Estudantil entrou em desgosto profundo. Coincidiu com o trigésimo aniversário dele. E então fizemos troça de que o mundo financeiro, milenarmente dirigido por anciãos, endossava o alerta da revolução estudantil ocorrida em maio de 1968 em Paris: "Não confie em ninguém com mais de trinta anos". Vitório não entendia o motivo de banqueiros com vasta experiência de vida cometerem o desatino de dispensar um funcionário com doze anos de banco e que falava tão brilhantemente o idioma de Balzac, assim como eu escrevia na língua dos bugres. Por meses a fio ouvi o lamento de Vitório, imerso em depressão e quase no alcoolismo. Sua compensação para o abismo teria sido a Loura do Fusca Azul, se ele agisse na normalidade. Infelizmente, porém, a moça do 206 virou para ele uma obsessão, uma doença, em outras palavras: enamorou-se. Vitório, meu querido conterrâneo e colega de bancos escolares, não leu com atenção o aviso da placa afixada na escadaria, logo nos primeiros degraus, alertando os alegres clientes para o efêmero do passatempo oferecido pela Hospedaria. Vitório saía de casa, em Niterói, dizia à esposa que tinha um encontro com promessa de trabalho, atravessava a ponte no seu Opala cinza, guardava-o na garagem Menezes Cortes e, incontinente, tomava o rumo do Galeto Lisboeta. Bebia até às quatro da tarde e em seguida subia a escada da Hospedaria para o lenitivo diário. Passou a ter ciúmes da loura. Numa tarde chegaram a discutir, porque no dia anterior Marina instruíra a Malu do caixa a mentir para Vitório que ela faltara ao trabalho. Porém, tarde da noite, quando meu conterrâneo foi buscar o Opala na Menezes Cortes, flagrou sua amada na direção do fusca azul com Paulo Lacustre de carona. Ela notou o olhar de ódio do seu devoto. E reportou o acontecido à direção da Hospedaria. A Cumparsita achou por bem transferir a pensionista para a sauna recém-inaugurada em Copacabana, pois Navarro estava expandindo seus negócios na Zona Sul.

Entrementes, reinava absoluta no terceiro andar a nova pensionista Princesa, que destronou rapidamente a esplêndida mulata que diziam ter sido candidata a *miss* no Clube Renascença, chamada Ébano da Abolição no falso cardápio do restaurante.

Farei uma pausa na narrativa para voltar ao médico com a Bia.

Sinto um pouco de cansaço, dorzinha de cabeça.

XV

O que narrarei é a continuação da ciranda que teve início com o fechamento do magazine da rua Larga por conta da expansão das redes de varejo e a consequente demissão de Andréia; prosseguiu com a leitura ao pé da letra do *slogan* da Revolução de Maio de 1968 ("Não acredite em ninguém com mais de trinta anos") feita pelo governo brasileiro ao incentivar fusões de bancos e no mal social que tal política produzia, botando no olho da rua meu conterrâneo Vitório. O coitado ia fazer trinta anos quando foi demitido do banco francês no qual trabalhava como um argelino desde os dezessete anos de idade.

E na altura do derradeiro parágrafo do capítulo anterior ocorreu um passo decisivo para o fechamento da ciranda quando Vitório, diante do vazio ocorrido repentinamente no cubículo 206 da Hospedaria da rua da Quitanda, decidiu fazer uma experiência na suíte executiva, a despeito de o custo constituir uma ameaça séria ao esvaziamento de seus bolsos já exauridos do pagamento da indenização do banco. Entre a formosa mulata Ébano da Abolição e a escultural morena Princesa, Vitório fez sua escolha.

Passo, agora, a ser o inconfidente das inconfidências de Vitório.

Ele se impressionou com a foto bastante erótica da pensionista Princesa: a mascarada de biquíni amarelo posara de perfil, com a deliciosa perna esquerda pousada num pufe.

Malu advertiu Vitório de que a moça que escolhera não atendia a cavalheiros que bebessem. O meu conterrâneo cumpriu abstinência e só foi beber as doses de Cutty Sark após descer as escadas da Hospedaria. O que faz um coração ferido em busca de esquecimento! Vitório, perfumado com o famoso extrato argentino Lancaster, conheceu então o exuberante corpo moreno da moça *mignon* que não tinha desenvoltura para as ações de alcova, de cabelos negros até os ombros, que falava por monossílabos, embora às vezes exibisse seus dentes alvos para morder suavemente os lábios inferiores. E apesar da ressalva sobre a pouca iniciativa da moça, ela deixava no parceiro uma impressão de simpatia e erotismo.* Foi assim descrita a pensionista das quartas e sextas-feiras da suíte *number one*, designação do aposento constante no falso cardápio do Galeto Lisboeta.

Demorou apenas quatro ou cinco meses para se fechar a ciranda do segredo mal guardado (ou da infâmia) da

---

* Assim como fiz com Francisco José, poupo o leitor da descrição física de Andréia e indico sua sósia no Google: clique em "Kim Kardashian".

rua da Quitanda. De novo, Malu com a palavra (em confidência a Vitório):

Princesa fez uma rápida visita ao salão de beleza do segundo andar do prédio do meio para obter da Virgínia fotógrafa os negativos das poses que ilustrariam o novo cardápio da Hospedaria. Virgínia entregou os negativos e as fotos num envelope pardo, pois fora autorizada pela Cumparsita a fazê-lo. A Princesa estava deixando a casa porque atingiu a sua meta financeira. O montante garantia até a compra de um fusca zero quilômetro.

Andréia guardou o envelope na bolsa preta e saiu na direção da garagem Menezes Cortes.

Agora, este apreciador das misteriosas passagens secretas de Michel Zévaco fantasia: a ex-pensionista da suíte *number one* atravessou o corredor do prédio do meio para o segundo andar do prédio da ponta, desceu um lance de escada ao lado do velho senhor Brandão, da Relojoaria Santo Elói, do terceiro andar. Ela trajava calça jeans azul, blusa clássica cinza claro e sapatos pretos de salto alto. A boca suavemente edulcorada de batom. Na calçada de Quitanda, misturou-se à multidão e tomou o rumo do Buraco do Lume. Ao atingir a Travessa São José, olhou casualmente para dentro da livraria e notou um cesteiro para papel usado logo na entrada. Lembrou-se do envelope com os negativos das fotos. Entrou na Livraria São José. Estacou diante de duas pilhas de livros e observou a novíssima edição de *O livro de São Cipriano – Capa Preta*. Interessou-se (falsamente) pelo livro da pilha ao lado, *Harpa submersa*. Um vendedor atilado, como devem ser os balconistas de livraria, postado num dos cantos da entrada da loja, veio socorrer a potencial leitora:

– É o novo livro do J. G. de Araújo Jorge. Está vendendo muito bem, porque ele é o poeta do povo.

– Ah, sei...

A ex-pensionista da Hospedaria apanhou o livro de Araújo Jorge e o abriu. Fingiu ler. O vendedor era bom profissional, deixou a potencial compradora em paz e foi ter com um freguês de chapéu *gelot*, seu conhecido, que lhe deu boa tarde e encetou uma conversa da qual a Princesa captou parte:

– A gente precisa expor na frente da loja os livros que estão vendendo bem – disse o vendedor.

– O Carlos Ribeiro está certo – disse o homem de chapéu *gelot*, referindo-se ao proprietário da Livraria São José, estabelecimento tradicional que vinha a ser o mais afamado sebo da cidade. – Quem quiser os velhos clássicos, como eu, que os procure no fundo da loja. Amanhã passo aqui. Adeus.

O vendedor retirou-se para o fundo.

A ex-Princesa depositou o Araújo Jorge na pilha do *Harpa submersa*, abriu a bolsa, olhou para os lados, retirou o envelope, olhou novamente ao redor. Teve um breve tremor nas mãos ao repor o envelope na bolsa, deixada aberta. Puxou dos pulmões um suspiro, liberou o ar. Levantou a perna esquerda a trinta graus, oferecendo o joelho para ajeitar a bolsa. Meteu as duas mãos dentro da bolsa e fez do envelope picadinho. A operação durou uns três minutos, porque papel de foto é duro de rasgar.

Andréia olhou de novo para os lados e esvaziou da bolsa o papel picado, atirando no cesto de lixo o produto maravilhoso da fotógrafa das musas da Hospedaria, todas elas merecedoras de elegias, sonetos e versos do poeta do povo do Rio de Janeiro, o incompreendido J. G. de Araújo Jorge.

Não sei quantos dias ou semanas ou meses se passaram dessa cena digna de personagem de Cassandra Rios que se alevanta diante da queda, quando ocorreu um fato inaudito. Meu querido conterrâneo de Campos, o Vitório, esteve na corretora, como sempre fazia ao tempo que curtiu o desemprego e eu procurava ajudá-lo junto ao meu patrão. Sentado na sala de visitas, dona Maria do cafezinho lhe servindo, ele viu um esbelto vulto de mulher, de perfil, transpor o corredor da contabilidade. O vulto passou indo e passou voltando. Vitório se diz dotado da capacidade dos espadachins do nosso autor preferido na adolescência, Michel Zévaco: olhar de cento e oitenta graus que possibilita focar e tocar no ponto visado do corpo a ponta do florete. É a tal memória visual, que Vitório desenvolveu quando presidia o Grêmio Estudantil de Campos e assistimos três vezes no mesmo dia ao filme *Capitão Blood*, e até hoje ele sabe a sequência das cenas, quantos *takes* foram tomados e a segundagem de todos eles. Nesse aspecto algo mágico das maravilhosas capacidades sobre-humanas, esse da visão privilegiada, não é o que mais admiro no caráter do meu amigo fraterno. Aprecio um outro aspecto, pleno de sensibilidade, o qual, desgraçadamente, o mundo moderno vai perdendo enquanto Vitório o vai retendo. Refiro-me à capacidade de ouvir o que os nossos ouvidos, acostumados já às brutalidades comezinhas do cotidiano urbano, são incapazes de captar. É o maior dom de Vitório. O leitor que me lê pegue aí um romance naturalista que descreva uma cena de chuva. O protagonista ouve os pingos fortes indo de encontro ao chão do pátio da casa enquanto a filha doente chora na cama. E o escritor, sensível, alma poética, registra o miado de um gato na escuridão chuvosa clamando pela generosidade humana. Onde, leitor, você encontra isso nos escritores modernos? Em primeiro lugar, o romancista, novelista ou contista do nosso tempo jamais povoará sua chuva noturna com o pobre diabo de um gato. Em segundo lugar, na vida real nenhum de nós tem mais a sensibilidade auditiva e generosa de captar o clamor de um gato que sofre as contingências da natureza e o desprezo da humanidade. Aí está a diferença positiva que reconheço em Vitório em confronto com o mundo. Sua alma é boa, malgrado sua mania de querer me conduzir só porque nasceu alguns minutos antes de mim. Os textos literários que Vitório produz e guarda – já li alguns – semelham o daqueles contistas reunidos nas velhas e ótimas seletas da extinta Livraria Martins Editora e da Editora Cultrix, *Obras-primas do conto italiano, Os melhores contos dinamarqueses, Maravilhas do conto francês* etc., coleções de capa dura que herdei do tio-padre e que, nesta pandemia, me consolam no distanciamento social.

Enfim, Vitório Magno não é de todo um ser como o que se mostrou naquela tarde na Maxim's DTVM da rua Sete de Setembro, mas um homem generoso, que recolhia na madrugada tempestuosa um gato que clamava por um abrigo no quintal de sua confortável casa no Saco de São Francisco, mesmo que essa benemerência com a humanidade animal acontecesse num conto passado em Niterói. O elogio ao meu amigo e o reconhecimento aos seus dons sobrenaturais e literários, estão aí.

Vitório, como os nossos heróis de infância que duelavam nas vielas de Veneza, tinha ousadia, sobretudo no campo feminino. Quis saber, de chofre, quem era aquela gata bonita e ereta que percorreu o corredor da contabilidade sem produzir o mínimo ruído com seus sapatos salto catorze. Pisando macio, como faz uma gata no quintal, que chora só quando a chuva castiga seu pelo sedoso; e então Vitório a recolhe no aconchego do Saco de São Francisco, como li no conto meloso dele. Dona Maria do cafezinho, conversadeira como só, respondeu ao visitante tratar-se de uma estagiária da contabilidade, chamada Andréia, e gabou ter sido ela, dona Maria, quem havia proporcionado à jovem beldade essa oportunidade, a pedido do filho Washington, dono do melhor carrinho de lanche das imediações da Central do Brasil. Era uma moça muito inteligente, a Andréia, compenetrada, fazia cursinho para faculdade e tinha até automóvel, um fusca. Tão preparada que o doutor Francisco José aprovou o seu estágio imediatamente.

Neste mundo não se guardam segredos. Não há freio na língua para conter a infâmia, como lamentou profundamente São Tiago em sua epístola. No nosso tempo, extinguiu-se a alta qualidade humana da discrição, exaltada num belo cântico do rei Salomão. Tudo isso findou, como findou, também, a fama dos romances capa e espada de Michel Zévaco, com suas passagens secretas de um encardido palacete para outro mais encardido nas vielas escuras de Veneza, reproduzidos pelo espanhol Navarro na Hospedaria. Tudo isso acabou.

Mas a rua da Quitanda, graças a Deus, resiste à perfídia da humanidade.

XVI

Vitório Magno conseguiu o que pretendia nas idas à corretora para conversar com o meu patrão, à época ainda casado com dona Vanessa. Além de fazer a descoberta inaudita sobre a vida secreta da jovem Andréia, ele conseguiu a nomeação para a interventoria na caderneta de poupança Marvel, falida fraudulentamente. Para isso tive que vencer uma barreira interposta pelo Francisco José.

Meu amigo de infância disputava aquele bom poleiro na Marvel com um tipo muito encontradiço nas páginas de Balzac. Esse tipo vivia metido em conselhos consultivos de empresas públicas e privadas. Seu cartão de visitas o dava como jornalista, mas nunca roçou as nádegas roliças numa bancada de jornal, no dia a dia estafante de uma redação. Porém, Aristides escrevia aqui e ali artigos de louvação ao governo. Não era o único a agir assim naquela época: integrava a gente da imprensa que vivia à procura de um poleiro. Lembro-me de um fulano de tal, repórter de assuntos econômicos, para quem o gerente do Banco Mineiro do Oeste, o Zé Minhoca, batalhava para conquistar uma vaga na assessoria do Sindicato dos Bancos. Encaminhei o pedido ao Francisco José a fim de usufruir do seu prestígio no sindicato, e meu patrão quis logo saber o motivo de seu dileto empregado tomar as dores de um desconhecido.

– Peço-lhe não para o indicado, mas em homenagem ao gerente do banco.

– Que tem ele? Também lhe gosto.

– Veio para o Rio há muitos anos, órfão, encaminhado por um político veterano ao tio-padre. Meu tio conseguiu-lhe colégio interno e o encaminhou nos primeiros passos da vida produtiva. Padre Guanabarino gosta muito do Minhoca. Lembro ao senhor que, como gerente de banco, ele tem ajudado as questões da corretora.

Francisco José mexeu os pauzinhos e obteve o lugar para o rapaz, que nem agradeceu, mas vivia enfurnado na Hospedaria com o seu protetor, o gerente do banco. Debaixo daquele mato devia ter um coelho, mas não tive curiosidade de saber se era gordo, porque eu apreciava as malandragens algo ingênuas do muito benquisto gerente do banco da avenida Rio Branco.

Já com o Vitório Magno no caso da caderneta de poupança, encontrei alguma dificuldade para a nomeação. Havia um invólucro de mistério na resistência de Francisco José. Nunca consegui desvendá-lo. Na primeira vez que se avistou com Vitório para tratar do caso, meu patrão o recebeu bem, foi amistoso:

– Como vai você? E a senhora sua mãe, vai bem? Lembro-me dela, muito bonita, em Petrópolis. Dê-lhe minhas saudações.

Vitório agradeceu o gesto de amizade, circunspectamente, como do seu estilo. E ouviu de Francisco José a promessa de que ia tentar remover o enxerido pretendente do caminho.

Depois da retirada de Vitório da sala, meu patrão disse-me que percebia, já de muitos anos, "o tratamento soberbo" que sempre recebeu de meu amigo de infância. Ressalvou, porém, nada ter contra o rapaz, mas contra o pai dele, aí sim.

– É um aproveitador – falou, sem ódio, mansamente, como se observasse o céu e descrevesse a situação da meteorologia. Quando eu quis saber mais, Francisco José disse que o doutor Edmundo, quando moço, "gostava de tirar proveito de situações difíceis vividas pelos amigos".

O resumo biográfico do doutor Edmundo me chocou. Tinha-o (e o tenho, na memória) como homem probo e pacífico. Quanto ao filho, Francisco José tinha lá sua razão, pois o Vitório Magno sempre foi altivo, e não dotado de soberba. Vaidoso e invejoso, sim.

Não sou muito de especular sobre questões pessoais, mas inquiri meu patrão:

– Como assim "aproveitador", doutor Francisco?

Do mesmo modo delicado com o qual compôs o brevíssimo perfil do homem, meu patrão deu uma resposta enigmática:

– Histórias do passado. Deixe isso para trás, como eu deixei, e não é de agora, você e o Vitório nem haviam nascido.

Não insisti.

Doutor Francisco José mexeu os pauzinhos no Ministério da Fazenda, conseguiu afastar do jogo o louvaminheiro jornalista e obteve a nomeação do economista, advogado e ex-bancário Vitório para o bom poleiro da interventoria na caderneta de poupança Marvel.

No dia seguinte ao da conversa sobre o doutor Edmundo, comentei em casa, no café da manhã:

– O doutor Francisco não gosta do pai do Vitório.

Minha mãe respondeu:

– Bobagens. Entreveros de rapazes em férias em Petrópolis. Já faz tanto tempo!

O velho Marcial da Rocha, passando manteiga no pãozinho francês quente da padaria da rua Real Grandeza, também fez pouco caso, como quem observa uma nuvem chuvosa que será dispersa pelo vento.

Mas, depois de dar uma boa mordida naquele pãozinho delicioso e tendo minha mãe se ausentado da mesa, o velho Marcial foi buscar no fundo do baú uma alusão ferroviária dos seus tempos de mocidade como engenheiro iniciante na Central do Brasil e igualmente veranista em Petrópolis:

– O trem não chegou a descarrilar no caso do Francisco com o Edmundo. Digamos que foi apenas uma ondulação no leito da ferrovia, causada pela alta temperatura ambiente ou pela fricção das rodas de trens com peso de carga exagerado. Tínhamos nas oficinas uma máquina americana que endireitava o pedaço de trilho distendido.

Mais intrigado fiquei. Na primeira travessia da baía para Niterói, dirigi a mesma indagação ao tio-padre, depois de sorver a limonada suíça oferecida pela bondade de irmã Maria:

– Padrinho, o Francisco José não gosta do doutor Edmundo. Por que será?

Estávamos na biblioteca. Tio-padre, em silêncio, foi apanhar na estante o *Luz mediterrânea*, livro único do poeta Raul de Leoni, falecido de tuberculose na juventude de seus trinta e um anos de idade, na serra de Petrópolis, perto da casa de campo dos avós de Francisco José, lá se vão muitos e muitos anos, em 1926.

– Vou responder à sua curiosidade lendo as primeiras estrofes do soneto "Prudência". É mais um conselho que lhe dou, afilhado.

E com sua maviosa voz, recitou:

Não aprofundes muito, nem pesquises
O segredo das almas que procuras.
Elas guardam surpresas infelizes
A quem lhes desce às convulsões obscuras.

Contenta-te com amá-las, se as bendizes,
Se te parecem límpidas e puras,
Pois se, às vezes, nos frutos há doçuras,
Há sempre um gosto amargo nas raízes...

Tio-padre fechou o livro e o recolocou na estante, em silêncio.

Irmã Maria chamou-nos para a mesa de almoço.

E tio-padre discorreu sobre a vida triste de Raul de Leoni.

XVII

Foi o tempo mais feliz da minha vida, aquele em que reinei na gráfica Ao Prelo de Ouro. Foram catorze meses, a gestação de uma mamãe camelo, li agora na internet. Período em que nada produzi de útil (não vou ser mesquinho de contabilizar a edição d'*O livro de São Cipriano*), mas que deixou em mim a lembrança da intensa alegria das coisas pequenas. Copiei "essa intensa alegria das coisas pequenas" de uma precária minibiografia de Santa Teresa de Ávila que li num santinho da castelhana deixado dentro do breviário do tio-padre, livrinho que hoje está comigo.

Para essa revisita à gráfica da rua do Senado tenho de reverenciar a memória de meu antigo patrão Francisco José. Era, como sabe o leitor desses obituários, uma alma generosa, não só comigo, com os amigos em geral, com a família, é claro, e com instituições de caridade que ele ajudou no silêncio, em duas ou três cidades do Estado do Rio. Ele nunca mencionou qualquer coisa, mas tomei conhecimento de sua caridade quando fui o superintendente financeiro da corretora e passavam por mim as transferências bancárias. Ele era do tipo "faça o bem e não diga a quem".

Por enquanto, direi algumas palavras sobre aquele período em que eu era beijado diariamente pela Fortuna em suas diferentes manifestações. A primeira delas, certamente, a mãe de todas as demais, o Amor. Foi lá no alçapão, já sem os vestígios dos exemplares estropiados de *Uma honrada casa de família*, que Maria Elisa se me ofereceu por inteira. O que faz o convívio social num morro libertário! Passados alguns meses da festinha do aniversário para a qual não pude subir o Morro do Livramento, a mocinha já estava escolada. Na hora do almoço, ela foi ao aquário para mostrar-me uma revistinha de Carlos Zéfiro que comprara na banca da Uruguaiana. Era um desenho trepidante do mais famoso pornógrafo brasileiro: o de um casal fazendo sexo num sofá. Os diálogos dentro dos balões gráficos eram da pá-virada. E não acabou aí. Como na véspera fora dia de pagamento, Maria Elisa comprara no Saara uma deliciosa saia nova, amarela, e blusinha preta; e chegando bem perto do meu rosto já sanguíneo, disse que viera trabalhar sem resguardar o corpo por debaixo do pano amarelo. Perguntou se eu queria ver.

– Quero.

– Você me ajuda a subir com a poltrona para o alçapão?

– Que poltrona, menina?

– Aquela velha lá da copa.

Ih, que maçada! Aleguei que o ombro machucado me impedia de qualquer esforço. De fato, havia me machucado levemente ao cair na secretaria do Departamento de Engenharia da PUC no dia em que fui me matricular num curso rápido de engenharia de produção, só para exibir a distinção no meu currículo de engenheiro civil, para amolar o Vitório.

Às 18h15, como costume na oficina, Maria Elisa acionou a sirene que anunciava o final do expediente quando não havia serão; e depois de o silvo deixar bem avisados os seus companheiros, ainda gritou lá do balcão:

– Tá na hora, minha gente!

Foi a última a sair, baixou a porta de aço verde, fez que saiu, voltou, levantou a porta, me levou de mão dada para o alçapão, onde dei de cara com a poltrona.

– Como é que você conseguiu?

– O Pirulito me ajudou.

– Ele vai contar pra todo mundo.

– Não, eu lhe disse que você tinha mandado guardar essa velharia, pois vai comprar uma nova.

Ó, a ingenuidade das jovens enfoguetadas! Nem preciso apelar para uma abonação de Balzac.

Comprei uma nova poltrona, sim, mas antes de o móvel chegar à gráfica o Pirulito já tinha feito o serviço completo de *Repórter Esso*.

Entrei em pânico. Fiquei assim uns dois dias pensando nas consequências das cenas do alçapão no futuro de Maria Elisa. Até cheguei a sonhar que ela tivera uma filha, que era minha secretária na corretora e a Dolores lhe perguntava:

– Como é que você veio parar aqui?

– Ah, são antigas ligações de família.

Mas a preocupação passou e segui a receita de Anatole France, como está na epígrafe deste livro. Como não podemos alterar a marcha do mundo mau, vivamos na alegria.

A felicidade daquela época veio muito pelo prazer de vagar pelas ruas do centro da cidade. Francisco José, que não gostava de andar a pé (nunca fez um exercício físico na vida, a não ser banho de mar, mas só quando a água estava morna) andou uma vez comigo. Mas o fez não como quem me fazia companhia, o que não me diminui como pessoa dentro da ação, e sim para agradar ao doutor Ênio Silveira, o que teve de minha parte total simpatia. O caso foi o seguinte: depois que a loja foi pintada por dentro e por fora, o balcão vitrine reformado e minha sala recebeu mobiliário novo, passou pela cabeça do meu patrão cometer uma besteira inaudita. Tratava-se de vender a gráfica ao célebre editor. Se eu soubesse a tempo teria agido de imediato para tirar a ideia de jerico da cabeça do doutor Francisco. Ele teve que engolir esse fiasco, o único que testemunhei. Fiquei até róseo de tanta vergonha quando ouvi o oferecimento do negócio. Mas o doutor Ênio era um cavalheiro, educadíssimo, e teve a gentileza de explicar tecnicamente ao meu patrão a razão de a proposta não ser de interesse da editora dele. Naquele tempo a Civilização Brasileira lançava até dez romances por mês, com tiragens de até cinco mil exemplares. Só uma gráfica de porte conseguia atender essa demanda.

Como era um final de manhã, começo de tarde, e o doutor Ênio era um *gentleman*, convidou-nos, após a brevíssima visita à gráfica da rua do Senado, a esticar a caminhada até a rua Senhor dos Passos, onde ele seria o anfitrião do almoço no Cedro do Líbano. Juntar-se-ia ao grupo um sócio de Ênio em outra editora, a Vozes, o político cassado Wilson Fadul, de contagiante simpatia, descendente de libaneses de Mato Grosso e que fora ministro da Saúde no deposto governo João Goulart.

O doutor Francisco quase recuou no momento do convite, ao saber que o restaurante não era dotado de ar-refrigerado. Mas, por ser igualmente um cavalheiro, e talvez por guardar uma esperança de ainda desfechar o golpe do joão sem braço, entrelaçou o seu braço direito no esquerdo de Ênio Silveira e assim caminharam, como dois grandes senhores fariam nos livros de Balzac pelas ruas de Paris. Eles falaram todo o trecho até à Senhor dos Passos sobre o mistério do desaparecimento do ex-deputado Rubens Paiva, ocorrido pouco tempo antes, após haver sido preso em sua casa, no Leblon. O doutor Ênio não tinha dúvida de que seu amigo Rubens Paiva, empresário da construção civil e ex-editor de livros, tinha sido sequestrado por militares do Exército, por suas posições de esquerda, e morto por eles, que esconderam o corpo.

– Covardia! Covardia! – bradou o meu patrão, que não costumava alterar a voz.

Estava certo o doutor Ênio, mas só anos depois é que veio à tona a ignomínia contra aquele brasileiro pleno de bravura cívica.

Chegamos, finalmente, ao tradicional restaurante sírio-libanês do centro velho do Rio. O seu proprietário, a pedido do doutor Fadul, que estava de terno e gravata, como meu patrão e eu, direcionou para a nossa mesa os dois únicos ventiladores de pé do salão. Comensais de mesas vizinhas, em mangas de camisa, olharam para a nossa e podiam estar pensando: "São pessoas do governo, gente metida a besta". Não éramos do governo, mas com interesses nele.

A propósito de calor, o doutor Fadul narrou uma historieta deliciosa, que reteve ao ler as memórias de Humberto de Campos. Era sobre o restaurante Rio Minho, da rua do Ouvidor, o preferido do barão do Rio Branco, onde, até hoje, fregueses como o tio-padre saboreiam a sopa Leão Veloso. O dono, português naturalmente, vaidoso com a presença constante do nosso admirado chanceler, passou a exigir paletó aos comensais. Arrebentou uma revolução! Inconformados, comerciantes portugueses e brasileiros das redondezas fundaram bem perto dali o restaurante Cabaça Grande, onde puderam almoçar em mangas de camisa, assim como se trajavam coerentemente à temperatura carioca os libaneses à nossa volta no Cedro do Líbano.

Meu patrão conduziu novamente a palestra com os dois *grand seigneurs* do ramo editorial para o tema das novas linhas de crédito oferecidas pelo Banco Nacional de Desenvolvimento Econômico para atender o setor cultural. Eu não tugi nem mugi, a não ser quando, num átimo de silêncio à mesa, para comentar com o doutor Fadul que, do idioma árabe, falado aos berros no restaurante, só sabia o que lera no romance de Fernando Sabino, *O encontro marcado*, ressalvando não ter certeza se era árabe mesmo ou invenção do escritor e posto na boca do menino levado da breca: "Nic-nic". O doutor Fadul também não sabia a tradução e indagou ao senhor da mesa ao lado, um sírio magro cujo rosto demonstrava ser tão velho quanto Damasco. O sírio segredou ao ouvido dele e ambos riram.

– O significado – disse o educado doutor Fadul – é o lugar para onde desejamos que os nossos adversários devam ir.

O editor Ênio Silveira, a propósito, lembrou que o romance de Fernando Sabino fora publicado pela Civilização Brasileira em 1956 e figuraria na história da literatura brasileira assim como O *apanhador no campo de centeio* o é para a literatura moderna dos Estados Unidos. O comentário foi breve, porque meu patrão tratou de reintroduzir na conversa o que era de interesse dos dois outros comensais, ou seja, a política econômica do governo militar. E aquele que poderia ter exercitado o seu lado Augusto Frederico Schmidt não pôde exibir os seus conhecimentos de leituras auferidos na biblioteca do ginásio de Campos, hauridos na livraria do tio-padre e, depois de atravessar a baía de Guanabara, nos livros usados que começara a adquirir nas calçadas do centro do Rio, no sebo do seu Carlos Ribeiro e na famosa Livraria Kosmos da rua do Rosário, de uma família judia fugida do nazismo.

Findo o almoço, voltamos para a corretora, meu patrão e eu, no automóvel com ar-refrigerado mandado vir do escritório, enquanto os dois companheiros de almoço tomaram um táxi rumo aos seus interesses no BNDE.

No caminho, o doutor Francisco José me perguntou:

– É verdade que o Ênio Silveira é comuna?

Arrisquei uma resposta:

– Se o senhor, que é economista, não sabe, quem sou eu para saber! Mas acho que ele é marxista.

– E qual a diferença, Schmidt? – provocou.

– Não sei, mas é alguma coisa assim: o Prestes é comunista, agita as massas; o doutor Ênio é marxista, aderiu ao pensamento econômico-social do filósofo.

O doutor Francisco me olhou de banda, fez um trejeito facial de esquisita admiração e encerrou a conversa:

– Vai ler o seu Balzac, vai.

Uma hora me chamava de Balzac, outra hora de Schmidt. Que é isto?

Essa história de Schmidt acabou numa tarde em que acompanhei o patrão ao Banco Nacional. Ele tinha um apontamento (era assim que Francisco falava) com o banqueiro José Luiz de Magalhães Lins, famoso por incentivar o cinema nacional e a literatura brasileira. O Brasil deve-lhe a realização de bons filmes, como *O assalto ao trem pagador*, de Roberto Farias – este sim, assisti com gosto! Ao me apresentar, repetiu a alcunha que ganhei imerecidamente do editor Ênio Silveira:

– Esse aqui é o meu Schmidt.

O banqueiro, demonstrando bonomia, perguntou-me:

– No talento para ganhar dinheiro ou na inspiração de poeta?

Surpreendido com a indagação perspicaz, fui presa de invencível timidez e, no vácuo de meu silêncio, uma terceira pessoa que a tudo ouvia adiantou-se e, piscando o olho para mim, falou:

– Não seja besta, peça ao Chico a sua parte em dinheiro e deixe a poesia com o Schmidt.

Todos riram, eu também, e me safei da resposta.

O autor da piada era o doutor Otto Lara Resende, admirado escritor e amigo também do meu patrão. Ele alvejou igualmente o Francisco José:

– Ô Chico, nunca mais ouse pronunciar o vocábulo "apontamento" para significar encontro, reunião.

– Herdei a linguagem do meu pai.

– Hoje é perigoso.

– Por quê?

– "Apontamento" é do linguajar dos guerrilheiros urbanos. Olhe aqui o *Jornal do Brasil*: o Marighella marcou um "apontamento" na alameda Casa Branca e foi morto pelo facinoroso delegado Fleury.

Francisco arregalou os olhos para ler na primeira página a emboscada que fuzilou com uma porção de tiros em São Paulo o inimigo número um da ditadura.

– Virgem Mãe! Nunca mais vou falar "apontamento".

Meu patrão nunca mais disse "apontamento".

E meu fraterno amigo Vitório Magno, o machadiano despeitado, ficou satisfeito ao saber que vingara em mim o apelido de Carlinhos Balzac.

XVIII

Preciso voltar à gráfica Ao Prelo de Ouro para devolver ao meu amigo fraterno Vitório Magno um pouco que dele recebi.

Minha nova situação, ao ser alçado como mandachuva no financeiro da corretora da rua Sete de Setembro e como imperador na gráfica da rua do Senado, foi por algum tempo o alimento da inveja de Vitório. Ele, sim, sabia como comer fel. Tinha sempre à boca uma palavra de desdouro às minhas funções, mesmo que o motejo viesse envolto num gracejo que nos fazia rir, pois Vitório é um mestre no manejo vocabular para ferir. Gostava de dizer que eu era um "notável impressor... de bloquinhos para apostas do jogo do bicho!". Quando imprimi o *São Cipriano*, ele disse que jamais imaginaria que eu, "um papa-hóstia, viesse a ser gigolô de santo". Engoli tudo isso e mais.

Vitório estava ansioso por conhecer a gráfica, mas eu adiava o convite, de caso pensado. A visita não podia sair de graça. Inventei uma grande mentira. Para tecê-la, fui estimulado ao conhecer a rica coleção de fotografias antigas da rua do Senado, de propriedade do pintor Amadeu S. Pinto, morador nos altos do sobrado da gráfica, e autor de uma preciosa figuração de minha pessoa, em nanquim. No álbum de Amadeu S. Pinto havia uma foto mostrando a rua no ano em que o vistoso prédio foi inaugurado, 1888, o ano da Abolição. Corri à rua Hans Staden, direto ao *Dom Casmurro*, para saber o ano em que o romance foi ao prelo pela primeira vez: 1900. A data vinha a calhar.

No dia seguinte, reuni no aquário o pintor Amadeu S. Pinto, o Geraldo do Prelo, a Maria Elisa e o Pirulito, e contei o meu plano. Li para eles o capítulo de *Dom Casmurro* em que Bentinho e José Dias participam da procissão do pálio do Santíssimo. Reli o trecho. Tresli. Sabatinei os meus alunos. Geraldo do Prelo aprendeu que Bentinho ouviu as badaladas do sino da igreja de Santo Antônio dos Pobres, ali pertinho, na rua dos Inválidos, onde o belo templo ainda está de pé. Vale a pena entrar para admirar o altar. Bentinho e José Dias, ouvindo o chamamento dos sinos, desceram do ônibus – repetiu Maria Elisa tintim por tim-tim – e se dirigiram à igreja para ajudar o sacristão a preparar a saída do Santíssimo. O Pirulito já sabia de cor que o Santíssimo tomou o rumo da rua do Senado.

E no dia da visita do Vitório:

– À rua do Senado! – repetiu o Pirulito (não estava prevista essa entrada).

– É isso mesmo! – disse o machadiano Vitório. – Vocês leram e estão retendo bem na memória o nosso Machado!

– vibrou o visitante, tendo nas mãos o elogiado álbum de fotos do pintor Amadeu, "um primor".

"O nosso Machado". Eu ria por dentro!

– E a procissão do Santíssimo aconteceu depois de o Bentinho avistar a carruagem do imperador Pedro II, que ia pela rua do Riachuelo, então denominada Mata Cavalos – contou, novamente sem estar no roteiro, o enxerido Pirulito, conhecedor daquela geografia da Lapa onde viveram seu pai, Madame Satã, e a senhora sua mãe, alegre pensionista do bairro boêmio.

– Bem, menino, isso fica por sua conta, porque o nosso Machado não diz em que rua corria o veículo imperial. A última menção a logradouro, naquele capítulo, é ao Passeio Público – enfatizou professoralmente o machadiano no pito que passou ao Pirulito.

Esqueci de dizer ao leitor que fizéramos o Vitório sentar-se, com toda pompa, na famosa poltrona que a Maria Elisa prometeu atirar fora após a nossa visita noturna ao alçapão, coisa que eu não permiti, pois não se despreza um bem durável, como aprendi com o doutor Francisco, e ele aprendeu com o pai, e este com o avô.

Então, Vitório Magno, o machadiano, esparramado na poltrona, e deslumbrado com as fotografias do Amadeu S. Pinto, escutou a lição de uma inédita história da literatura brasileira, iniciada pela boca de Geraldo do Prelo:

– Pois é, doutor Vitório: o cortejo do Santíssimo, vindo à rua do Senado com o pároco, para ministrar os santos óleos à senhora adoentada, entrou nesta casa onde o senhor agora está ouvindo esta história!

O meu amigo ficou branco tanto quanto ficou o bestalhão do Pádua, branco como a cor da luz emanada das tochas empunhadas pelos integrantes da procissão do pálio do Santíssimo, conforme descreve o *Dom Casmurro*.

Entrou em cena o pintor Amadeu S. Pires, com a sua dignidade física (era alto, barbas longas, olhos negros faiscantes) e deixou o meu amigo mais atarantado:

– Doutor Vitório, o pálio com o Santíssimo, com as tochas, com o vigário, com o Bentinho, o José Dias e o Pádua subiram a escadaria deste sobrado e entraram no cômodo que hoje é minha alcova!

Vitório, o machadiano atarantado:

– Mas como? Vocês enlouqueceram? Estamos falando de um romance, de uma ficção de Machado de Assis!

– Para o senhor é uma ficção, para José Mandarino Leal, não! – disse com muita firmeza o Amadeu S. Pires.

– E quem é José Mandarino Leal?

– Foi um notável escritor, antigo membro do Real Gabinete Português de Leitura, que pesquisou a história por trás do romance e provou que Machado de Assis escreveu em *Dom Casmurro* o que de fato aconteceu na rua do Senado. Só alterou os nomes dos envolvidos.

– Não pode ser! Não há qualquer referência a esse fato nas biografias de R. Magalhães Júnior, Luís Viana Filho, Lúcia Miguel Pereira, Francisco de Assis Barbosa,

José Maria Bello, Modesto de Abreu, Gondim da Fonseca, Mário Matos, Alfredo Pujol e outros biógrafos do nosso Machado!

– Eles não vieram aqui na rua do Senado, como veio o ilustre doutor José Mandarino Leal – respondeu o pintor Amadeu S. Pinto.

– Ora! Mandarino! Que fez esse Mandarino?

– O jovem escritor Mandarino Leal, em 1920, entrevistou moradores sobreviventes daquele tempo – disse o pintor. – E apurou que o nosso Machado, vindo da sede do Senado, no Solar do Conde dos Arcos, no Campo de Santana, deparou a procissão do Santíssimo entrando aqui no sobrado. Jornalista curioso que era, a par de ser notável escritor, o nosso Machado subiu atrás do cortejo e presenciou a subministração dos santos óleos na moradora doente, aliás de nome Maria da Penha.

Vitório, com olhos esbugalhados, acho que por causa do repetido "nosso Machado", algo íntimo demais para ouvir da boca de um qualquer, aprumou-se na poltrona, manteve a postura ereta, como um galo de briga no terreiro, e desafiou:

– Como é que eu não conheço esse Mandarino nem o livro dele?

Geraldo do Prelo, com voz firme e calma:

– O professor Mandarino Leal, coitado, morreu de desgosto com o Salazar de Portugal. Eu ia imprimir a plaquete de sua autoria sobre as descobertas de *Dom Casmurro*.

– Ora, gente! Tenham a piedade! Isto é uma asneira.

E levantando-se da famosa poltrona, fitou bem os meus olhos, como que pedindo socorro ou me empurrando pirambeira abaixo para me assassinar:

– Ô Carlinhos, essa minha visita começou bem e está acabando mal. Como é que você permite tanta asneira numa casa dedicada a livros? – deu meia-volta e foi postar-se atrás da poltrona famosa.

– Uma casa mais ou menos dedicada aos livros, né Vitório? Como diz você, essa é uma casa que imprime bloquinhos de apostas para funcionários do jogo do bicho.

Meu fraterno amigo de Campos dos Goytacazes tentou dar um empurrãozinho para a frente na famosa poltrona, gesto comum que fazemos para dar por encerrada uma conversa; mas não conseguiu, pelo peso do móvel. Era, de fato, uma boa poltrona, um bem durável que não merecia ser descartado, ainda teria muita vida pela frente.

Vitório, vencido pelo peso da poltrona, deu por encerrada a visita à Ao Prelo de Ouro e se despediu de cara enfezada:

– Boa tarde a todos! Vão fazer hora com outro, que eu não sou palhaço!

Emiti uma voz miúda:

– Ô Vitório, eu ia lhe convidar para comer um *stick* e um crepe suzete na Casa da Suíça.

– Leve o professor José Mandarino Leal! – respondeu, com aquela cara de poucos amigos.

E desapareceu. Por alguns dias.

Eu também desapareci.

XIX

Entrementes, Francisco José havia descoberto em mim uma "alma burocrática", da qual falara com desprezo meu amigo Vitório. Foi esse o motivo de o patrão transferir-me do agitado pregão para a sensaboria vital da supervisão financeira, sob o argumento de que precisava de gente de confiança na tesouraria. E com um belo aumento salarial. Tornei-me o único funcionário autorizado a efetuar transferências de dólar cabo em bancos, a acertar operações com a Casa Piano e com outros doleiros com ou sem carta patente do Banco Central. Como essas operações eram realizadas preferencialmente de 10 da manhã às 14 horas, tive bastante tempo livre para me dedicar à gráfica e às minhas recentes alegrias. Querem saber da verdade? Eu era o meu patrão. E o Vitório ficava pau da vida com a minha súbita subida na vida. Súbita subida? Está correto isso?

Como todo homem rico, Francisco não jogava dinheiro fora. Pelo contrário, não perdia a oportunidade de ganhá-lo. Assim deu-se na compra da gráfica. Ele não perdeu um tostão furado na amorosa gentileza feita a dona Laura, a fim de que ela pudesse dar um sopro de vida no bolso de seu parente distante, o proprietário bobo alegre da gráfica Ao Prelo de Ouro. Francisco podia ter passado adiante o negócio logo nos primeiros meses, porque a Associação de Supermercados da Zona da Leopoldina já o havia comunicado do seu interesse. Mas, depois do ovo gorado do doutor Ênio, e sobrevindo fatos que desconheço no seu relacionamento amoroso com dona Laura, Francisco passou a cozinhar em banho-maria as tratativas da venda da gráfica. O passar do tempo produziu duas consequências positivas na vida de meu patrão: a primeira, a sincera preocupação de Laura de que o seu amado não tivesse prejuízo algum na amorosa gentileza; e a segunda, os contratos feitos pela gráfica com o Sindicato das Corretoras, com o Sindicato dos Bancos, com a Associação dos Agentes do Mercado Financeiro, com o Sindicato dos Estivadores, com a Companhia de Eletricidade e com outros clientes que a memória apagou. Francisco esticou, com esses contratos, a duração de sua ligação sexual com dona Laura; digo sexual, pois a ligação amorosa, afetiva, essa permaneceu pela vida toda, apesar de o fogo da carne ter se apagado quando ela foi embora para Paris e o ex-amante procurou outros foles para manter a fornalha ardente.

    Voltemos à gráfica. Sob a minha supervisão e a operosidade do Geraldo do Prelo, produzíamos formulários contínuos, imprimíamos talonários diversos, fólderes, blocos de memorando interno, fichas disso e daquilo, até agendas imitando a famosa Agenda Pombo nós fizemos. A receita desse trabalho não era eloquente, mas Francisco José logo embolsou o que despendeu na aquisição da gráfica e eu pude manter em dia o salário dos funcionários. Sem mencionar a beirada que o Francisco me autorizou a retirar mensalmente pelo meu trabalho de gerente.

Na época em que o doutor Francisco me retirou do pregão fazendo-me supervisor financeiro, eu contente com o novo salário, fui almoçar com Vitório e do meu amigo recebi não um obrigado pelo pagamento da conta do restaurante, mas uma agressão vazada nestes termos:

– Você tem alma burocrática.

Para não brigar com meu conterrâneo de Campos na mesa do restaurante Mosteiro, guardei minha perplexidade, engoli a dose de Cutty Sark e não pedi-lhe explicações adicionais. No dia seguinte, eu estava na saleta de comunicações enviando as mensagens de praxe para a Western Union ou para a Casa Piano ou para um banco qualquer quando, sem quê nem por que, o Vitório me passou um telex do Banco Atlantic Sud Américain com a seguinte mensagem: "Não se melindre à toa na supervisão financeira: seu ídolo Michel Zévaco revelou-se uma grande alma de burocrata! Ou ser prisioneiro de uma redação de jornal não é burocracia?". Devolvi-lhe: "Zévaco burocrata? Que piada! Ele foi expulso do Exército por indisciplina! E você, como responsável pela Biblioteca Nilo Peçanha foi um péssimo burocrata! Pedi-lhe tanto para arranjar o *Miguel Strogoff, o correio do czar* e você disse ao nosso benfeitor, o deputado Raimundo Padilha, que de Júlio Verne bastavam as *Vinte mil léguas submarinas* e a *Viagem à Lua*. Um fracasso como bibliotecário! Burocrata és tu, na boca do peru!".

(Recordação com enleio: o deputado enviou-nos de lambujem um bom romance histórico, *O egípcio*, de Mika Waltari, *best-seller* da época. Enfeixado nas páginas do livro, o deputado – vê-se que dotado de alto senso pedagógico – anexou uma página de crítica do *Jornal do Comércio*, do Rio, com um artigo sobre o autor finlandês, pesquisador minucioso da antiguidade dos faraós.)

Minutos depois de enviar a resposta ao Vitório, a campainha soou de forma tão berrante na saleta de comunicações que imaginei fosse o teletipo da Associated Press anunciando a abertura da Bolsa de Nova York em baixa. O contínuo correu lá. Era novamente o telex com a tréplica do Vitório: "Em compensação, sua besta, consegui do almirante Amaral Peixoto o Machado de Assis completo! Enquanto você vagava pelos becos fétidos de Veneza, eu caminhava elegantemente pela perfumada rua do Ouvidor em companhia de *Esaú e Jacó*". Encerrei a conversa fiada: "E hoje o bibliotecário perfumado de ontem rasteja na sarjeta lúbrica da rua da Quitanda!".

Como em seguida fui para a gráfica e era sexta-feira, só li a tréplica do meu conterrâneo de Campos na segunda-feira: "E você, doido para rastejar comigo na Quitanda, não me imita por medo do capeta, seu fariseu de uma figa! E fariseu velho, pois já era assim no ginasial como papa-hóstia!".

Ri bastante ao ler o telex falsamente irado do Vitório, pois a mensagem veio truncada em meio à resposta a uma consulta feita pela corretora ao responsável na Petrobras pelas aquisições no mercado futuro de petróleo leiloado em Amsterdã. Um leitor desprevenido do telex acharia que havia uma troca de insultos nos idiomas inglês e português.

Na mesma noite daquela sexta-feira fomos juntos para Niterói, Vitório alegre, contando anedotas, sem saber que dias depois seria demitido do banco francês. Deixou-me na porta da casa de meu tio-padre, onde eu iria pernoitar, já tinha avisado à irmã Maria para arrumar o quarto de hóspedes.

O que desejava de tão urgente o meu tio querido?

Além da alegria de rever o sobrinho e afilhado, queria indagar como iam as coisas na gráfica, quando estaria pronta a edição d'*O livro de São Cipriano* e uns assuntos de família. Ele havia pedido, por meio de seus amigos políticos fluminenses, para o governador agilizar a aposentadoria de minha mãe como professora de História na Escola Estadual André Maurois.

Depois de colocar os assuntos em dia, tio-padre recolheu-se ao seu aposento, enquanto eu permanecia na biblioteca a fim de escolher um livro que me chamasse ao sono na cama bispada de água de colônia pela irmã Maria. Talvez guiado pelo subconsciente onde boiava a gaiatice do Vitório, fui direto aos volumes verde-musgo da coleção completa de Machado de Assis, na edição capa dura da Garnier de 1896. Mas não peguei o *Esaú e Jacó*, meus dedos se dirigiram para *Helena*. Ao retirá-lo da estante, caiu atrás outro livro que se encontrava oculto. Pousei o *Helena* na secretária do tio-padre e retirei o volume oculto. Veio-me às mãos outra mulher: *A infanta capellista*, assim, com os LL dobrados da ortografia antiga, dígrafo repetido no nome do autor: Camillo Castello Branco. Mas não se tratava de edição original: era fotocopiada. Que intrigante!

Que mulher seria essa que o enamorado bibliófilo que era o tio-padre não quis entregar a outras mãos, a outros olhos, e o escondeu atrás da infeliz *Helena*? Deixei o escritório, apaguei a luz, corri para a cama e fui descobrir. Só consegui pegar no sono às seis da manhã, ao concluir a última página. Na hora do almoço, foi o assunto da mesa com meu padrinho. Ele esclareceu:

– Esse livro deu muito sofrimento ao autor e muito pano para as mangas à literatura luso-brasileira, à monarquia de Portugal e ao imperador Pedro II. A edição tomou um rumo dramático. "A cousa" – assim um dia Camilo apodou severamente sua obra, pois o mais famoso romancista de língua portuguesa de então repudiou a criação que se tornaria célebre.

Tio-padre, alegrando-se com o frango ensopado com batatas, prosseguiu narrando o drama luso-brasileiro, enquanto eu gozava um bom copo de vinho tinto e vituperava o Vitório: "O quanto esse meu fraterno amigo metido a besta está perdendo dessa conversa tão enriquecedora!".

– Camilo – contou tio-padre – destruiu quase a totalidade da edição, estima-se que de três mil exemplares. As páginas teriam sido usadas como papel de embrulho. O escritor arrependeu-se; considerava mesmo uma abominação o romance que expunha à execração pública a família de um homem que venerava de verdade, seu admirado leitor: o imperador do Brasil, Pedro II, o Bragança que o distinguira com a mais importante honraria do Império, a Ordem da Rosa.

Portanto, a edição de *A infanta* encontrada atrás da *Helena* não era um exemplar da edição original, de 1872, impressa na Typographia de Antônio José da Silva Teixeira, estabelecida na rua da Cancella Velha, 62, Porto. O exemplar era de uma edição caseira fotocopiada, produzida por um bibliófilo, escritor e industrial paulista muito rico chamado Cid Prado. Esse senhor presenteara o exemplar ao antigo arcebispo de Niterói, dom Antônio de Almeida Moraes, homem culto, foi até da Academia Mineira de Letras, e era amigo do tio-padre, a quem passou adiante a raridade em vista do interesse do padre nos assuntos da monarquia. A fotocópia (ou fac-símile) foi tirada de um exemplar autêntico "gentilmente cedido pelo distinto bibliófilo doutor João Marinho de Azevedo". Em papel de puro linho, foram impressos 350 exemplares numerados; o do tio-padre é o 246. A edição não se destinava ao comércio; seu impressor pirata distribuiu-a entre os amigos em 1964.

Contei ao tio-padre que, de madrugada, eu correra ao seu Caldas Aulete para achar o significado de *capelista*. E fui instruído pelo celebrado dicionário que o vocábulo era dado a comerciante, ou apenas balconista, de uma *capela*, ou seja, em Portugal uma pequena loja que hoje, aqui no Brasil, chamamos armarinho.

Fiquei enamorado do romance. Deixe-me, leitor, destilar a minha sapiência para enfurecer o fraterno amigo Vitório. Tem o livro como protagonista Dona Maria José de Portugal e Bragança, filha bastarda do deposto rei Miguel, linda jovem que, em 1857, vivia, relata Camilo, modesta e honradamente como capelista na Calçada da Estrela, em Lisboa, vendendo panos e retrós, enquanto seu pai curtia o exílio, igualmente modesto, algumas vezes em penúria, dependente de favores de cortes europeias amigas, depois de ser vencido em armas pelo nosso Pedro I (e IV de Portugal) em 1834. A brasileira Maria da Glória, filha de nosso Pedro, sobrinha de Miguel e a ele destinada como futura esposa, haveria de ser assentada no trono porque o pai considerava o irmão, que era o regente, um traidor da pátria portuguesa. Nosso Pedro, tão logo suspeitou da usurpação do mano, deixou o Brasil que ele tornara independente no Grito do Ipiranga e foi buscar em Portugal a reparação, mesmo que para isso tivesse que ser derramado o sangue de irmãos.

No romance, a mãe da infanta já havia falecido; era Dona Marianna Joaquina Franchiosi Rolin Portugal, "filha bastarda de um fidalgo de primeira grandeza" que o rei Miguel namorou quando solteiro. Camilo Castelo Branco vai por aí afora, relatando as "cousas do Paço" e das circunvizinhanças, coisas de muito corar na época. O romancista toma partido: afirma que Pedro V, neto do nosso Pedro I, feito rei após a morte prematura de sua mãe Maria da Glória, e ele também ceifado em plena mocidade, foi "o único Bragança que reinou com honradez". Tocado pela penúria em que vivia o tio-avô destronado, Pedro V ordenara ao seu tesoureiro pessoal que enviasse mensalmente a dom Miguel uma quantia considerável, de seu próprio bolso e não do tesouro do reino, para proporcionar ao nobre exilado uma vida digna. A mesada jamais chegou às mãos do destinatário, diz Camilo. A dona do armarinho também é ludibriada pela mãe de um poeta que versejava para conquistar o amor da princesa infeliz enquanto agitava o meio político para promover a restauração do destronado Miguel, a fim de ganhar dele, talvez, um ministério... A ingênua capelista retira de suas parcas poupanças e entrega à bruxa Dona Rozenda, três contos de réis para serem levados por emissários secretos ao seu amado pai... O dinheiro serviu para o poeta se vestir, perfumar-se e adquirir águas florais de bochechar, para amenizar o horripilante hálito. E por essas veredas escuras segue o autor de *Amor de perdição* no relato da desamparada infanta capelista. De fato, dom Miguel I teve duas filhas naturais, uma delas reconhecida pelo pai; a outra, por ter vindo de uma ligação com uma mulher humilde de Santarém, não teve a paternidade reconhecida.

Tio-padre esclareceu:

– Pedro II, admirador de Camilo, visitou Portugal no mesmo ano da publicação de *A infanta capellista*. Sabe-se que o Bragança brasileiro não desejava a difusão do livro sobre os Bragança portugueses. No dia 1º de março de 1872, o imperador do Brasil encontrava-se no Porto e enviou mensageiro à casa do escritor, à rua de São Lázaro, convidando-o a visitá-lo no hotel que leva justamente o apelido dos reinantes. Camilo respondeu que não podia ir ao Hotel Bragança; alegou o estado de saúde precário e também a precariedade de suas finanças. Os biógrafos de um e do outro confirmam que já era o arrependimento a remoer a alma do autor d'*A infanta*. Pois o imperador, com a simplicidade que lhe era peculiar, deslocou-se à casa do romancista e os dois sábios abraçaram-se efusivamente. A partir daí, Camilo Castelo Branco repudiou *A infanta capellista*.

Uma pena a mesa do almoço do tio-padre não contar com a presença do invejoso Vitório para que ele pudesse saborear essa novela...

Narrou mais meu padrinho bibliófilo:

– Pedro II faria uma segunda visita ao célebre romancista quase vinte anos depois, mas era um imperador destronado. Foi em dezembro de 1889, um mês após a proclamação da República e o início do desterro imperial. Camilo, de novo, rejeitou o convite para deslocar-se ao Grande Hotel do Porto para rever o seu admirador; já então viúvo e quase cego e sofrendo de diabete. Nosso amoroso Pedro II foi de novo à mesma casa da rua de São Lázaro e os dois se abraçaram em lágrimas. Foi um dezembro lacrimoso para o bom Pedro, que ali no hotel do Porto, no dia 28, viu morrer a imperatriz Dona Teresa Cristina. Seis meses depois é Camilo quem segue para a eternidade da glória literária. E, no ano seguinte, o fiel leitor dele, Pedro II, morreu na tristeza do exílio, igualmente num dezembro, em Paris.

Por um momento, esqueci a curiosa trama do romance renegado e a bela amizade que unia nosso imperador e o afamado romancista português para me fixar naquele mistério que sempre me rondou, sobre "as antigas relações de família". Imaginei o diálogo do poeta mau-caráter quando conheceu a infeliz infanta:

– Diga-me, senhora, o motivo de enviar dinheiro a dom Miguel?

– Ah, senhor, são antigas relações de família...

Tio-padre findou a bela história do livro, dizendo que *A infanta capellista*, embora não seja obra-mestra do notável escritor português, resiste como raridade bibliográfica. E, como não perdia a ocasião de uma nota pândega, o sacerdote acrescentou:

– O romance repudiado de Camilo será motivo de recordação sempre que encontrar pela frente um enxerido, como o meu sobrinho, que deveria ter escolhido a *Helena* do Machado de Assis para o aconchego de sua cama...

Ao recordar esse remoto sábado em que o tio-padre me alegrou com tanta instrução boa, cogito a razão pela qual meu padrinho, generoso na doação de sua excelente livraria, mas dono de um pudor dos homens antigos – não fosse ele um homem de Deus – escondeu a obra de Camilo. Foi em respeito à vontade do romancista português de vedar aquilo que um dia considerou uma injúria, um desvario momentâneo da mente e do coração? Uma obra destinada ao esquecimento? Acho que não. Tanto assim que tio-padre escondeu a obra para que um dia o afilhado a descobrisse e desse continuidade à difusão do mistério da criação literária.

XX

O livro de Camilo Castelo Branco propiciou-me o conhecimento de duas figuras daquele tempo que deixaram marcas deliciosas no meu espírito.

A primeira delas foi um veterano homem de imprensa que se encontrava jantando solitariamente no restaurante Nova Capela, na Lapa, quando entrei ali sobraçando o exemplar de *A infanta capellista*, em companhia de Maria Elisa. De vez em quando eu levava ao Nova Capela minha secretária na gráfica Ao Prelo de Ouro para satisfazer-lhe a infantil gulodice da sobremesa de uma goiabada com requeijão cremoso. Eu também lhe narrava contos de Grimm que sabia de cor, ela sentia-se feliz em ouvi-los e a alegria dela me agradava bastante.

Então, encontrava-se o livro de Camilo Castelo Branco sobre a mesa, à vista de quem quisesse vê-lo. O jornalista, sentado à mesa ao lado, pediu licença para dirigir-me a palavra:

— Perdoe-me, senhor, este livro, de título tão curioso, tem algo a ver com o restaurante em que estamos?

Se eu não tivesse travado relações com o jornalista, minha impressão seria sem dúvida de que se tratava de um ignorante, pois achar que Camilo escreveria algo sobre um bom restaurante da Lapa é coisa de louco ou de deficitário de letras. Ocorreu, porém, que João Huber – assim se chamava o jornalista – não leu o nome do autor. Ao saber, riu de si mesmo e pediu desculpa pela rata. Conversamos no correr do jantar sobre o tema do livro e descobri que o sr. Huber tinha boa cultura e refinada educação social. Era monarquista declarado, natural de Nova Friburgo, descendente de avós suíços. Apreciava cachimbo, pois acendeu o dele, ao café. Dava-lhe um ar aristocrático, realçado pela sua barbicha no queixo. O sr. Huber era redator de *O Globo*, responsável pela seção de cartas dos leitores. Mas, juro por Deus, o sr. Huber parecia ter fugido das páginas de *A conquista*, de Coelho Neto, aquele romancista que retratou com tintas melancólicas a vida dos sofridos jornalistas que penavam seus dias nos jornais cariocas em 1897. Renovamos aquela conversa do restaurante em várias oportunidades, quando ele me visitava na Ao Prelo de Ouro, sem motivo, a não ser o da vontade de palestrar ou de atirar um flerte em Maria Elisa. Curiosamente, essa figura muito enigmática aparecia somente quando Maria Elisa ia descerrar as portas, às 18h30. Normalmente eu não estaria lá, mas foi no tempo em que havia aquele meu interesse em galgar a escada do alçapão e eu aparecia para fazer uma hora extra noturna. Embora o sr. Huber tivesse um rosto jovial, uma tez louçã, diria até de traços bonitos, já orçava mais de cinquenta anos. Deu a entender que era solteiro e morava sozinho. Disse-me residir perto da gráfica, que ficava na rua do Senado; perto do Nova Capela, na avenida Mem de Sá; e perto do seu local de trabalho, a rua Irineu Marinho. Mas, com todas essas indicações, nunca me disse exatamente o seu endereço.

Exibia não ter poder aquisitivo, pois o vi sempre vestido ou com o terno de jaquetão marrom-claro quadriculado, surradíssimo, ou com a calça desse combinando com um *blazer* azul, também surrado. Com as duas vestimentas, ataviava-se sempre de gravata-borboleta. Não devia ter mais de duas dessas peças do vestuário masculino, já há muito em desuso no Rio, pelo menos no meio social em que eu vivia. Se eu frequentasse o Itamaraty da rua Larga, talvez avistasse lá o embaixador Guimarães Rosa com sua gravatinha-borboleta.

O sr. João Huber passava brilhantina no cabelo. Aparava bem aparado sua barbicha de Washington Luís.

Contou-me ter tido dois empregos em sua vida: dois anos na Cúria Metropolitana, como redator dos eventos religiosos para divulgação na imprensa, e já quase por trinta anos no jornal da família Marinho.

Na gráfica, o sr. Huber sentava-se na cadeira do visitante do aquário, e, diante de mim, desfiava casos antigos do jornalismo carioca, sobre figuras interessantes de um passado recente. Tive então a oportunidade de conhecer pelas suas palavras as entranhas do ocaso da era romântica da imprensa carioca, iniciado nos anos 1960. Os jornais haviam tomado consciência de que o negócio da informação tinha de ser tratado empresarialmente, assim como se trata o comércio e a indústria. O dono de jornal que não entendesse desse modo sucumbiria. E muitos diários logo se tornaram obituários, como *A Noite*, *Diário de Notícias*, até mesmo o combativo *Correio da Manhã*. O mesmo se dava naquele microcosmo da gráfica Ao Prelo de Ouro. Ainda bem que o Francisco José e eu, alertados pelo Genésio e pelo Geraldo do Prelo, incorporamos a nova tecnologia desprezada pelo antigo dono. Mas o sr. Huber aduziu: também os jornalistas que não se profissionalizassem, no sentido técnico, intelectual e ético, seriam tragados na voragem dessa modernização imprescindível e inevitável. Infelizmente, era o caso do sr. Huber. Ele diagnosticou a doença e não se tratou; discorria sobre essa infelicidade como se não fosse parte do drama. Coitado! Só então percebi que lhe faltavam alguns parafusos.

Contou-me que em anos anteriores (corria o de 1974) soubera de patrões que não pagavam salário, só concediam vales; e estimulavam os jornalistas a procurarem um emprego público a fim de obter do erário aquilo que não teriam de seus jornais. Deu-me notícia de jornalistas que dormiam na própria redação, porque não tinham como pagar moradia. Muitos viraram alcoólatras. Dois deles, na tentativa de uma justificativa para os dias seguidos de faltas por bebedeiras, contaram aos chefes de redação que tinham sido abduzidos por discos voadores.

Nunca atinei o motivo de o sr. Huber haver perdido alguns parafusos. Mas imagino que essa perda tenha relação ao fato de ele estar há anos à frente da seção de cartas, considerada uma tarefa desimportante na hierarquia de valores de uma redação de jornal. Por outro lado, *O Globo* o mantinha com todos os benefícios – e ele era grato ao jornal. A esses fatos e conclusões cheguei após três meses de visitas do sr. Huber à Ao Prelo de Ouro. O sorriso que ele deu no restaurante Nova Capela ao saber que *A infanta capellista* era sobre um tema da monarquia luso-brasileira foi o único que seu rosto estampou diante de mim. Era um ser solidamente triste. Pouco antes de vendermos a gráfica, ele esclareceu indiretamente o motivo de só me aparecer ao cair da noite:

– Tenho pavor da luz do sol.

Então ele vivia somente o mundo noturno. Ninguém jamais soube onde se escondia da infelicidade diurna. Chegava à redação sempre de madrugada para selecionar as cartas e escrever a seção. Deixava o jornal ainda sob a capa da noite e ia vagar pelas ruas antigas e encardidas do Estácio e da Lapa, onde o conheci. Vendida a gráfica, nunca mais vi o sr. João Huber.

Já a segunda figura que o livro de Camilo Castelo Branco me ensejou conhecer naquele tempo foi uma figura solar. Dias após ganhar *A infanta capellista* corri à Livraria Kosmos da rua do Rosário levando o exemplar. Mostrei-o a uma distinta senhora austríaca, presumo ser a gerente ou proprietária. Já a conhecia de vista, do balcão da Casa Piano, não sei se comprando ou vendendo moeda estrangeira. Ela examinou bem o livro, folheando-o, depois pegou um papel, fez anotações, registrou meu nome e telefone, em silêncio. Devolvendo-me o livro, disse que eu tinha um tesouro bibliográfico nas mãos, mesmo tratando-se de uma contrafação.

– Você, tão jovem, não me parece um colecionador – disse a senhora, num sotaque carregado.

– E não sou.

– Então, não venda *A infanta capellista*. Guarde-a consigo para aproveitar melhor sua leitura quando você crescer – aconselhou.

Alegre com a tirada da livreira austríaca sobre a minha juventude, deixei a Kosmos e tomei o rumo da Praça XV. Conservei o sorriso ao me sentar na mesa do Albamar, onde eu e Vitório, mais do que comer o bom camarão com chuchu, apreciávamos o movimento dos aviões da Ponte Aérea. Propus uma aposta para decidir quem pagaria a conta do almoço:

– Eu sou Varig e você é Vasp. Ganha quem tiver mais pousos e decolagens, ok?

– Carlinhos, sinceramente: você tem de crescer mais – comentou o Vitório Magno.

Essa cena no Albamar se passou quando Caetano Veloso ainda não dissera: "De perto ninguém é normal".

XXI

Chico Neto, filho do meu patrão, era diferente de toda a humanidade que até então eu conhecia. E olha que eu já era antigo, tinha uns vinte anos. O Chico era um menino de ouro, e assim foi a vida inteira. Até iniciar a puberdade chamavam-no de Chico Júnior ou simplesmente Júnior.

Aquele "diferente" que escrevi é eufemismo?

De uns tempos para cá, sempre que vejo uma imagem de Freddie Mercury me lembro do querido Chico Neto. Quando era pequeno, o pai às vezes se referia a ele (só comigo, vejam bem), como "o bendito entre as mulheres". Não era uma crítica ao filho, mas uma censura ao modo pelo qual a ex-esposa Vanessa conduzia a educação do seu Júnior, muito mimado por ela.

Nos anos 1970 dizíamos, pedantemente, "pederasta" para tachar os homens que exibiam mesuras femininas. Na fala chula, usávamos o tradicional "24" ou o nome do bicho correspondente no jogo de apostas ilegais, cujos talonários da banca fluminense (A Niterói) foram por um tempo impressos na gráfica Ao Prelo de Ouro e o Geraldo do Prelo deu de veneta de imprimir o veado em cor de rosa, cor diferente da dos demais animais. O dono d'A Niterói não só vetou a iniciativa gráfica como admoestou o Geraldo de que se tratava de uma discriminação e o jogo do bicho, institucionalmente, desaprovava qualquer iniciativa desse teor.

Mas aquele palavrão correspondente ao 24 Chico Neto ouviu só na rua, se é que ouviu; na sua casa, jamais, mesmo quando brigava com as irmãs implicantes com seu modo de ser. No entanto, um dia, quando ele tinha doze anos, foi até engraçado: ouvi da boca dele o xingamento. Estávamos conversando no jardim da quadra de esportes da casa da Gávea, onde ele morava com a mãe e as irmãs, quando apareceu a professora de tênis das mulheres da casa. Eu disse:

– Ué, Chico, por que você não aprende também?

– Tênis é coisa para veadinho – respondeu.

– Não diga isso! Tenista é macho.

O pai e a madrasta Andréia ficaram empolgados no dia em que souberam que o doido do Chico e mais dois comparsas nadaram do Arpoador quase até às ilhas Cagarras. Só não aportaram naquelas solidões por causa das pedras. Uma pequena multidão de garotos e adultos assistiu ao sensacional feito. Ele tinha dezesseis anos. Nada foi contado a dona Vanessa: ela podia recriminar pai e filho.

Francisco José morreu com a suspeita da masculinidade do filho, e por culpa do ambiente exclusivamente feminino em que Chico Neto forjou seu caráter. O menino, quando os pais se separaram, foi morar com a mãe e as três irmãs mais velhas no palacete da floresta da Gávea. Ele já exibia jeitos afeminados no manejo das mãos e sua voz era muito fina. Mas, curiosamente, não tinha alma feminina. Por exemplo: gostava de jogar futebol no colégio, não brincava de boneca com a irmã caçula, Melissa, a que morreu aos vinte anos, das três a mais apegada a ele e vice-versa; apreciava ler livros de aventuras e ver filmes de faroeste e de James Bond. Queria ser piloto da FAB. E tinha como confidente a Bá, empregada da casa que ajudara a mãe na criação dos quatro filhos. De certo modo, quando passei a dar atenção ao Chico Neto, ele me pôs no lugar da Bá. E a Bá, alma boníssima, sentiu-se, eu diria, aliviada daquela responsabilidade para qual não se sentia capacitada a conduzir.

 Quando comecei a frequentar a casa original de Francisco José e Vanessa, no Bairro Peixoto, o Chico Neto tinha oito anos. Eu sempre dava um dedo de prosa com ele nos almoços de domingo: no primeiro ano falávamos do Colégio Santo Inácio, depois sobre o *Sítio do Picapau Amarelo* a que ele assistia na televisão; quando se interessou pelo mundo adulto, já residindo com a mãe e as irmãs na Gávea, falávamos sobre os astronautas americanos.

 Um elo a mais na amizade que me uniu ao Francisco José foi o Botafogo. Como é natural o pai passar para o filho a preferência no futebol, a trindade se formou. Éramos três a torcer. Dei ao garoto de presente uma camisa autografada pelo Paulo César, então a grande glória do nosso clube. Inúmeras vezes passava de carro na mansão da Gávea para pegar o Chico e levá-lo a General Severiano nos sábados em que o Botafogo jogava no seu campo. O menino torcia feito gente grande e falava palavrão. Ensinei-o a xingar o juiz de veado. Íamos também ao Maracanã, pouquíssimas vezes em companhia do Francisco pai, muito preguiçoso para se deslocar da casa refrigerada após o almoço compridíssimo de domingo para enfrentar a alta temperatura do estádio. Melissa às vezes nos acompanhava, ela também vestidinha com a camisa do Botafogo que lhe dei. Meu patrão apreciava a ligação do filho com o seu funcionário de confiança. Dona Vanessa também, embora fosse reservadíssima para me externar um agradecimento. Mas me elogiava por tabela, no ouvido do marido, e o patrão me contava. Bem, um dia era elogio, no outro já metia-me o pau por causa, dizia ela, do sexismo que me unia ao ex-marido.

De modo que firmamos, Chico e eu, uma amizade bastante sólida. Apenas duas vezes Francisco José tocou comigo no tema que a família evitava abordar abertamente. A primeira deu-se assim: muito acanhado, monossilábico, iniciou a conversa, num final de expediente, diante de uma garrafa de Old Parr em sua sala da corretora, evitando cuidadosamente palavras que traduzissem diretamente a sua preocupação. E eu agi da mesma forma.

– Sinceramente: o que você acha da personalidade do Chico?

– Acho um menino como os outros, apenas ele externa seus sentimentos de modo diferente.

– Como assim?

– Quer dizer: ele ainda está buscando a sua personalidade.

– Hum, sei.

– É por aí...

– Você não nota... digamos, alguma coisa afeminada?

– Doutor Francisco: o senhor já viu alguma vez o Chico dar um faniquito? O senhor já o viu brincando de boneca com a Melissa ou desejando uma roupa dela? Não, nunca viu. Uma vez perguntei em segredo à Bá se ela algum dia vira isso. Respondeu-me que não.

Francisco José deu um sorriso, sua face desanuviou. Retomou a iniciativa:

– Sabe? Eu ando preocupado, porque agora, com a separação, ele vai ficar com a mãe e as irmãs. Não tem homem na Gávea. Você acredita? A Vanessa contratou até uma mulher para ser a motorista da casa! A Vanessa parece odiar a masculinidade. Só mulher dentro do casarão. Só falta trocar o jardineiro! Uma alucinada.

Foi nessa ocasião que fiquei sabendo, com surpresa, que o Chico não tinha o sobrenome Júnior, mas o tradicional e lusitano Neto.

– Júnior foi outra invenção da mãe – contou-me Francisco José. – Você acredita nisso? Júnior pra cá, Júnior pra lá, e o apelido pegou. Vê se eu ia botar em filho meu o sobrenome de Júnior?

Dona Vanessa, na verdade, se vitimizou demais com as aventuras amorosas do marido. O Francisco me confidenciou que, quando se separaram, havia mais de cinco meses que não trocavam carinhos de homem e mulher. Era completamente desinteressada da matéria. Ela se transformara num *iceberg*. Ou, como analisou uma psicanalista adondocada da sociedade carioca, Vanessa "foi descobrindo aos poucos o seu verdadeiro destino como mulher: a maternidade". No dia em que Francisco José me contou esse estado da ex-esposa, eu ponderei, para adocicar o coração dele, que não é incomum essa transformação súbita.

– Olha, tem uma personagem clássica de Balzac, a madame...

– Ô Carlinhos, por favor, deixa de lado esse Balzac!

O fato é que só a condição de mãe interessava na vida de dona Vanessa, aliada à gerência das coisas domésticas. Anulou-se completamente também no campo profissional, ela que se diplomara economista com um rol de elogios. Grávida, abandonou no meio a pós-graduação. Nem lia mais, ela que vi trazendo em sua bagagem de mão de Nova York *O complexo de Portnoy* em capa dura e que só muito mais tarde foi traduzido; e a ouvi dizer ao marido para ele ler o romance que explicaria muito a origem dos atos de Francisco. Isto aconteceu logo que passei a frequentar aos domingos a mansão manuelina do Bairro Peixoto. O patrão me mostrou em cima da mesinha da varanda o romance já afamado de Philip Roth e me perguntou se eu já o havia lido.

– Não, nem vou.

– Está mal de inglês, seu literato fajuto?

– Li no *JB* que é a história de um homem que se masturba toda hora.

E ele, rindo:

– Ó! E a Vanessa lendo isso?!

Para felicidade do patrão, eu não tinha, ao analisar as ações da Bolsa, a mesma irresponsabilidade de crítico literário.

Passados os anos, foi piorando o estado de espírito de dona Vanessa. Era com muito custo que se animava a ir a São Paulo para as reuniões do Conselho de Administração da *holding*. Depois da separação, raramente saía para uma festa, assim mesmo só se fosse de alguém da família ou se tivesse motivação edificante, como bodas de casamento de amigos da alta sociedade carioca ou catarinense. Sua foto então era estampada com destaque nas colunas sociais. Os pais estimularam-na a casar-se com um contraparente desimpedido, acionista, mas ela pôs um ponto final na história ao designar as duas filhas, ambas formadas em Administração, como representantes de suas ações nos negócios bilionários da família. Num verão dos anos 1980 falaram até que ela tinha virado lésbica depois que viram numa revista a foto dela com uma amiga na praia de Camboriú, onde estavam também as duas filhas. Ora, infâmia pura. Não disseram que a sucessora Andréia vivera o seu semestre de prostituição? É assim o jogo. Outro dia ouvi na televisão uma dessas celebridades de quinze minutos pronunciar um vocábulo não dicionarizado:

– Como sofrem as mulheres "empoderadas"!

Sou como o tio-padre: tenho enorme antipatia por essas modernidades vocabulares. Tio-padre encrencou com "sociedade civil" no linguajar dos sociólogos e políticos.

Quando Francisco José, naquele fim de tarde regado a Old Parr, mostrou-se preocupado com a convivência do filho no universo feminino da mansão da Gávea, eu disse ao patrão que o futuro iria mostrar que o Chico Neto (passei a chamá-lo assim) era uma criança normal. Os ex-esposos mantinham diálogo civilizado e pai e filho se gostavam, nada impediria que, quando o menino atingisse certa idade, quinze anos, por exemplo, viesse a residir com Francisco José. E foi o que aconteceu, quando meu antigo patrão se recuperou financeiramente e já residia de frente para o mar no Leblon. O próprio filho pediu à mãe. Vanessa aprovou. E eu tive que tirar da cabeça doida do Francisco José a ideia de que tal concordância rápida fosse mais um indício do ódio que Vanessa dedicava à masculinidade. Ora!

Pouquíssimas vezes Chico Neto e eu tocamos no assunto central. Ao se mudar para junto do pai no Leblon, ele fez na praia um comentário sobre a tumultuada vida amorosa do pai nos tempos do Bairro Peixoto, casos que ele soubera pelas irmãs. Como eu ainda não me casara, foi a ocasião perfeita para lhe propor:

– Chico, no dia em que você quiser experimentar uma mulher, como essas aqui da praia, é só você me falar. Vamos juntos. Meninas que saem na televisão...

Ele fez uma cara de safado e me perguntou:

– Tio, é verdade que você e meu pai são devassos?

Sorri à larga. Ele ficou sem graça e justificou:

– Minha mãe falou que você era o pupilo que superou o professor. Mas não falou com raiva, falou rindo, sobre um caso acontecido num restaurante.

– Besteira, Chico, besteira.

O rapaz voltou à carga, para o meu riso mais largo:

– Não vai contar para o velho, ok?

– Claro! O que é?

– A condessa chama você de Rasputin e o papai de Professor Higgins.

– Professor Higgins? – eu disse com espanto, sem entender.

– É, o cara do filme que trouxemos de Nova York, *My fair lady*. Passou a chamar o velho por esse nome no dia em que soube que ele foi o orientador do estágio da Andréia na corretora.

Mudei a direção da conversa:

– Chico, você tem aula de História Sagrada no colégio?

– Tenho, sim.

– Então você sabe que o patriarca do judaísmo, a quem nós católicos também reverenciamos, Abraão, era casado com Sara, teve filho com a escrava dela, a bela egípcia Agar, e teve inúmeras concubinas. Salomão, que escreveu belíssimos salmos devocionais, muitos dos quais ouvimos na missa, tinha no seu palácio de Jerusalém um harém com cerca de mil mulheres. Eles gostavam de fazer sexo. E daí? Nem por isso merecem o nosso desrespeito.

— Esse pedaço da Bíblia não me mostraram — disse ele.

Gargalhamos os dois e firmamos com solidez nossa amizade nesse dia de confidências jamais reveladas para o pai de Chico. Francisco José poderia num dia qualquer mencionar para a ex o apelido que dela ganhara e que ele, vaidoso e chocarreiro, teria reprovado por se achar mais bonitão que o ator Rex Harrison, o Higgins do filme.

Higgins não foi o único apelido do Francisco José aventureiro do amor. Mas este fato não mencionei ao Chico Neto para preservar a imagem do pai. Conto agora: por uns tempos os mais velhos do mercado financeiro, os mesmos que um dia cognominaram de Chico Águia o dono da Corretora Maxim's, galhofaram que ele era o "Profumo da rua Sete de Setembro". O caso é que todos sabiam que ele tinha um "caso esportivo" com a jovem advogada M.L.C., apelidada Christine Keeler, que contava para o seu verdadeiro amor, o Seraphico da Corretora Midwest, apelidado Ivanov, os movimentos estratégicos que conseguia extrair, sob os lençóis, do namorado eventual. Os três cognomes foram extraídos de um escândalo mundial de 1963: o ministro da Guerra britânico era amante da modelo que espionava para o adido naval da embaixada soviética em Londres. Meu patrão, no entanto, assim como Profumo fez no Parlamento inglês, afiançou que tudo era invenção dos invejosos, especialmente do Perdigão e do Caccciola. E o bestalhão do meu amigo Vitório dava curso à chacota.

Aquelas conversas francas com o jovem Chico aproximaram nossos corações. Aos 16 anos, de acordo com o rito católico cumprido rigorosamente por dona Vanessa, mais por tradição do que por religiosidade sincera, Chico devia ser crismado. E, para minha surpresa, o rapaz me escolheu padrinho. Ignoro se houve objeção de dona Vanessa e das irmãs. Do pai, pelo contrário, houve contentamento. Subimos a serra numa verdadeira embaixada para Chico receber o sacramento das mãos e da boca do bispo de Petrópolis. Houve almoço festivo na casa do avô paterno com a presença do tio-padre, o convidado especial, de colegas do Santo Inácio e de pessoas da antiga família imperial brasileira.

O afilhado nunca cobrou aquele oferecimento de luxúria do padrinho devasso. Uma vez tentei-o novamente com o convite para assistir a um famoso *show* de lésbicas numa boate do Posto Dois; ele não se interessou em conhecer a "briga de aranhas" que se tornara uma sensação na madrugada de Copacabana. Mas eu soube, pouco depois, de uma aventura de Chico. O intermediário de uma conhecida fornecedora de "garotas exclusivas" da Zona Sul, o X9, que vivia oferecendo seus catálogos em todas as corretoras do centro da cidade, contou-me: o Chico e um colega do Santo Inácio foram transar com umas meninas num *rendez-vous* do Leme. Essa informação eu era obrigado a repassar ao pai.

– Jura?
– Juro. O X9 me contou.

O patrão, num abraço apertado, beijou-me a testa.

Chico Neto sofreu, como todo adolescente, alteração de voz. Já não era fina como antes. Não tinha mais trejeitos femininos nos movimentos das mãos. Com o corpo, nunca teve. Frequentava a praia com amigos e amigas.

Aos dezessete anos, ao regressar de temporada nos Estados Unidos para aperfeiçoar o idioma inglês, anunciou que desistira de cursar a Academia de Força Aérea em Pirassununga. O pai e eu demos graças a Deus em silêncio, pois pressentíamos perigos no ar. Chico Neto, com consciência, considerou que a rigidez da vida militar não combinava com o seu espírito, embora ressalvasse que apoiava a ordem e a hierarquia como fundamentos da vida militar e também da vida civil. Mas não desistia da aviação. Matriculou-se no Aeroclube de Jacarepaguá. Nos fins de semana, da sacada do apartamento defronte à praia do Leblon, Francisco José, Andréia e eu dávamos adeusinhos para o Chico Neto pilotando um teco-teco puxador de faixas comerciais que sobrevoava as praias cariocas. Tirou brevê de piloto privado aos dezenove anos, ao tempo em que cursava o segundo ano de Engenharia na PUC. Pela conquista, o pai deu-lhe de presente um ultraleve. E no ano seguinte, depois que o Chico fez outro curso no Aeroclube de Nova Iguaçu, Francisco José adquiriu um monomotor Cessna. A motivação foi a de transportá-lo para a fazenda de Itaperuna. Chico empolgou-se. Dona Vanessa achava pouco. Queria ver o filho pilotando o jatinho da *holding* da família dela. Mas o rapaz tinha outro plano no seu horizonte profissional.

Na segunda e derradeira vez que falamos sobre o tema central, ele já não me chamava mais de tio e decidira trancar a matrícula no terceiro ano da PUC para cursar a Escola da Varig em Porto Alegre. Chico decidira: ia ser piloto de linha. Se fosse aprovado, arranjaria um modo de retomar o curso de Engenharia. Nós então saímos num fim de tarde para beber chope e comer empadinhas na avenida Ataulfo de Paiva. Falamos primeiramente dos livros de Exupéry que eu lhe dera no ano anterior, *Correio sul*, *Terra dos homens* e *Voo noturno*, como motivação para a carreira que abraçara. Fiz com o Chico o que o saudoso tio-padre fizera comigo ao saber que eu havia escolhido a carreira de engenheiro: encheu as minhas mãos de biografias de Eifell, Nikola Tesla, André Rebouças, Henry Ford, publicadas em fascículos pela Editora Abril. Nossa mesa, na tarde de sol do Leblon, era pequena para duas pessoas, cara a cara, boa para confidências. Falei:

– Chico, não sei como anda a sua vida, não preciso saber e nem quero que você me conte. Sua vida pertence tão somente a você. Sobre a Escola da Varig: é um lugar exponencialmente masculino, embora você possa até ter como colega uma mocinha bonita. Espero que seus colegas aviadores tenham todos o mesmo caráter que se forjou em você: altivez, hombridade, generosidade. No entanto, você sabe, como leu nos romances, que até mesmo entre colegas há competição que pode degenerar em maldades. Olho vivo, meu amigo, no seu comportamento social.

Seus olhos, que já estavam me encarando, não se perturbaram. Nenhum nervo de sua face jovem e bonita se contraiu. Ele sorriu discretamente, o mesmo sorriso do pai (eu dizia que era o sorriso de Clark Gable)* e disse, batendo com a palma de sua mão, com suavidade, na minha mão, como fazem os amigos:

– Eu sei disso, Carlinhos. Fique tranquilo.

Com a carta de piloto de linha aérea e sendo admitido logo em seguida na Varig, passou os primeiros seis anos voando as linhas nacionais e completando, com muito sacrifício, o curso de Engenharia com especialização em eletrônica. Galgando o posto de segundo oficial de DC-10, foi residir em Frankfurt. Ao completar, no assento da direita daquele avião, as horas de voo necessárias para subir mais alto, passou a ocupar o assento de comandante, o da esquerda. Em seguida, foi comandante de 747-400.

– Um senhor comandante! – festejou o pai feliz.

O comandante Boavista Neto (era este o seu nome de guerra na empresa), integrou a misericordiosa rede de tripulantes da Varig que traziam escondido para o Brasil medicamentos para a cura da aids na época em que o SUS negava aos brasileiros o tratamento por considerá-lo caro demais. Os tripulantes adquiriam na Europa componentes do coquetel AZT e os doavam a doentes no Rio e em São Paulo. Para burlar a alfândega do Galeão e de Guaru-

---

* "*La donna è mobile*" e também o Carlinhos Balzac: ele muda ao seu bel-prazer a aparência física de seu pai moral. Francisco José, no correr dessas memórias, já foi Cary Grant e Jack Nicholson. Agora é Clark Gable! Que diria o Honoré? Ele diria: "Carlinhos é um fraudador da figura humana!". (*Nota do revisor Vitório Magno.*)

lhos, contavam com o apoio decidido de fiscais da Receita Federal.

Observador atento, como o pai, das entranhas infernais do mercado mundial, Chico deixou a Varig antes de a grande empresa brasileira sucumbir, e então foi voar na Iberia.

Viveu sempre com seu salário de comandante. Utilizou-se, com parcimônia e apenas duas vezes, de seu grande cabedal financeiro na *holding* da família. Uma vez para adquirir o apartamento de Madri e em outra oportunidade para comprar um avião de recreio que pilotava em suas folgas prolongadas ou nas férias, gozadas na própria Europa. Quando vinha ao Brasil viajava em avião de carreira, embora a mãe lhe franqueasse a requisição do jato executivo da *holding*.

No linguajar de hoje, Chico Neto seria "o homem bem resolvido", assim como seu pai também foi uma consciência sem remorsos, pois ambos dotados daquela generosidade exaltada pelos filósofos da Antiguidade. Permaneceu solteiro. Melhor assim, pensei. Gostava de cozinhar e de esquiar. Enviava-me postais frequentemente. Tenho uma caixa de charutos cheia dessas lembranças. Num ano em que não veio passar o Natal ou o *réveillon* no Rio, recebi uma foto em que aparece ao lado de várias mulheres, identificadas na mensagem escrita atrás como aeromoças alemãs e suecas na comemoração natalina promovida por ele em seu apartamento, decorado para a ocasião. Respondi com a seguinte mensagem: "A loura (segunda à esquerda) é minha, ouviu? Ao Professor Higgins restará ver o Rasputin brilhar". Uns dias depois ele me telefonou de um pernoite não sei mais onde só para gargalharmos sobre a foto e troçar sobre antigos acontecimentos vividos pelo pai e o padrinho "no campo da devassidão", como dizia imitando a mãe.

Quando Chico Neto mudou-se para Madri, formamos uma embaixada para conhecer o belo apartamento em um bairro elegante. Fomos: Francisco José, Andréia, Beatriz e este que assina o obituário de Francisco José Boavista Resende do Amaral Neto. A mãe o visitava duas vezes ao ano. Francisco José e Andréia inúmeras vezes. As irmãs, estas com os maridos, também algumas vezes foram vê-lo nas duas cidades europeias em que residiu. Com as irmãs convivi muito pouco, sempre me evitaram, emprenhadas que foram pelos adjetivos com os quais a mãe me distinguia: "devasso", "filhote do Professor Higgins", "bobo da corte". Mas soube também que uma delas dissera que Chico Neto e eu "éramos parecidos", e a outra completara:

– São faces da mesma moeda.

Eu e Beatriz, em 2014, gozamos um dia e uma noite com o simpático anfitrião que era o Chico. Levou-nos a assistir a versão espanhola de *Mama Mia!*, cuja plateia, não sei se somente naquela sessão, aplaudiu mais do que aos outros o ator que interpretava o suposto pai que se tornou *gay*. O Chico dizia que adorava as atitudes politicamente incorretas do pai e as minhas, por isso riu quando eu lhe disse, ao andarmos pela Gran Via, na saída do teatro:

– Ô, Chico, Madri me parece a capital mundial da viadagem!

Beatriz espetou-me no braço, Chico percebeu com seus olhos atentos de piloto e censurou minha mulher na galhofa:

– Não implica com esse devasso!

Nessa noite, ao nos despedirmos, ele lamentou que desde a visita de 2009 estava com um livro para me entregar e sempre se esquecia. Não disse qual livro, era surpresa, e que mo enviaria.

Nunca, jamais, houve dentro da Varig qualquer rumor de menosprezo ou maledicência, como era comum acontecer naquela época em ambientes de trabalho. Eu sei disso pois tenho um grande amigo mineiro, que foi comissário das linhas internacionais da Varig, contemporâneo de Chico. Trata-se de tipo bastante falante que não guardaria jamais um segredo desses. Encontrei-me inúmeras vezes com o Reinaldo e sempre perguntava se ele cruzara com o comandante Boavista Neto. E as palavras de Reinaldo foram sempre de apreço pelo comandante. Outro amigo de Reinaldo, que também me contaria algo no caso de o comissário esconder fatos, é o Vitório. Esse até hoje é um *Repórter Esso* para as maledicências do mercado financeiro e, na falta delas, das maledicências em geral, *apud* o caso de Andréia na Hospedaria da rua da Quitanda. Vitório nunca apostrofou o comandante Boavista Neto.

Chico perdeu a vida em 2016, na estação de esqui de Cortina d'Ampezzo. Ele, que sempre zelou, paternal e profissionalmente, pela vida alheia quase todos os dias dos últimos vinte e cinco anos de sua existência, foi vítima da estapafúrdia humanidade. Ele saía de uma lanchonete e ia proteger a cabeça com o capacete do uniforme de esqui quando um menino que corria, sob o olhar alegremente abestado dos pais, o empurrou. O comandante bateu com a cabeça na lâmina da pá de um trator de neve e colapsou com o capacete salvador ainda na mão.

Desde a morte de Francisco pai eu não via dona Vanessa. Já ela carregava para os noventa anos. Pediu-me para ir vê-la no casarão do alto da Gávea logo que soube da morte do filho. Fui imediatamente. Perguntou se eu poderia prestar à família o auxílio da amizade de ir à Itália tratar dos trâmites para o traslado do corpo do "Júnior". Li no gesto um como agradecimento pelo afeto que dediquei ao filho e pelo carinho de um irmão com que ele me tinha. E um pedido de desculpas por todos esses cinquenta anos de desconfiança ou de severo julgamento a que dona Vanessa me condenou. Na mansão da condessa, já eventualmente com tráfego de homens, disse-me em meio às lágrimas:

– Tenho só você para zelar pelo Júnior. Um advogado de Milão o aguardará. Quero deixar de fora do drama as meninas e meus genros.

As meninas já eram avós há anos e os genros são imprestáveis (isso ela não me disse); as netas estavam grávidas e os maridos conheciam o Chico só pelas fotos no aparador do versalhesco salão de jantar do casarão.

Ao me despedir, dona Vanessa deixou escapar outro lamento:

— Ainda da última vez que nos falamos, insisti com o Júnior: "Meu filho, venha para o Brasil, seu lugar é na *holding* da família. Se não quiser ir para o Conselho, que vá pilotar o novo avião que adquirimos".

O jato transcontinental da *holding* voou diretamente a Bolzano, para onde o corpo fora levado à perícia policial. O comandante Rigotto decolou com a cabine de passageiros reconfigurada na parte de trás do Falcon, sem oito assentos de primeira classe, para acomodar o caixão no regresso. Receberam-me na cidade o advogado milanês e o homem que avisou dona Vanessa da morte do filho. Era Ramón, piloto da Iberia. Embora abaladíssimo com a morte do amigo (flagrei-o sempre com uma lágrima escorrendo ao bigode), Ramón é um espírito expedito: já providenciara o principal da burocracia para a liberação do corpo, embalsamamento e a ordem da autoridade da aviação civil para o traslado. Eu não quis ver o corpo, não gosto, mas me disse o Ramón: quem tratou do cadáver o fez com mãos de escultor da Renascença italiana; não havia marca do traumatismo craniano nem do corte da lâmina do trator no rosto bonito de Chico Neto.

Ramón, de uns quarenta anos, bonitão, bigode igual ao de Freddie Mercury, chorou, como eu disse, nas quarenta e oito horas em que passei em Bozano; prolongou seu lamento pelas dez horas a bordo da cabine de voo fúnebre, e os cinco dias em que permaneceu no Rio. Só lhe fiz uma pergunta: como tinha sido o acidente. Ele me dirigiu duas perguntas: uma em Bolzano, se podia acompanhar o corpo do amigo ao Brasil; aqui, Ramón quis saber se eu desejava que ele, no retorno a Madri, providenciasse a remessa de coisas pessoais, como livros e álbuns de fotos, pois detinha uma cópia da chave do apartamento de Chico; e contou-me que seu amigo sempre se referia a mim "como um irmão mais velho". Abracei-o. Instruí-o que tratasse com dona Vanessa sobre os pertences. Dona Vanessa respondeu a Ramón que um advogado da *holding* seria despachado para Madri a fim de cuidar dessas providências legais. Deixei-o no hotel da avenida Atlântica, onde a Iberia pernoita seus tripulantes. No mesmo dia do sepultamento no São João Batista, no mausoléu onde também repousam Melissa e Francisco José, Ramón regressou ao seu país. Fui levá-lo ao Galeão. Raras trocas de palavras, as necessárias ao governo de nossas ações comezinhas; mas não havia ambiente de constrangimento entre nós, era como se estivéssemos cumprindo um luto tão rigoroso que impunha o silêncio. A mudez foi quebrada no embarque. Ramón, desejando enfatizar a amizade que me uniu a Chico, contou novamente o que ouviu o amigo dizer de mim: que éramos "como dois irmãos".

E acrescentou o comentário das duas irmãs de Chico num jantar em Madri, num momento em que ele estava ausente da mesa e meu nome havia sido citado na conversa anterior:

– Eles são muito parecidos – disse uma.

– O Júnior e o Carlinhos são faces da mesma moeda – disse a outra.

No *check-in* da Iberia, no Galeão, eu acompanhando à distância Ramón embarcar, duas aeromoças o pararam e beijaram-no; me pareceu terem se surpreendido ao ver o colega no Brasil. Conversaram por um ou dois minutos, e ambas cobriram o rosto com as mãos, como que espantadas, e depois abraçaram o colega, todos carregados de emoção.

Ramón agiu em Madri mais rapidamente do que o advogado de dona Vanessa. Enviou-me pelo Fedex uma cartinha de agradecimento pela companhia que lhe fiz em momento tão doloroso para todos. Acompanhava a mensagem a foto minha e de Chico, dos tempos de Frankfurt, que ficava exposta no aparador da sala. E um livro da estante de Chico. Ramón escreveu: "Leia a última página". Abri o livro com grande curiosidade. E vi a caligrafia elegante dos alunos do Santo Inácio. Meu saudoso amigo anotara ao final da leitura de *Don Juan*, ensaio dos anos quarenta sobre a origem da lenda popular do célebre amante, de autoria do historiador e médico psiquiatra espanhol Gregorio Marañon: "Belíssima obra! Quanta cultura! O Carlinhos vai gostar. Madri, noite de 18.IX.2004". Numa página em que Marañon discorre sobre os vários tipos donjuanescos, havia outra anotação de Chico: ele sublinhou o parágrafo sobre o Don Juan que não sabe o dia de parar. Esse tipo de conquistador é descrito como "o velho ridículo que pretende esconder a decadência com vistosos atavios e borboleteia por entre as mulheres". E à margem da página, Chico escreveu: "Não é o caso do papai. Ele continua a galantear com dignidade".

Podia não ler muito, o Chico Neto, mas, quando lia, lia do melhor e sabia observar o horizonte com seus olhos de piloto de linha. Fez justiça ao pai, um Don Juan da verdadeira cepa ibérica.

XXII

"Há muitas vantagens em ter um patrão generoso", poderia ter escrito essa platitude o meu Balzac, com seu proverbial senso moralista, numa novela em que contaria a fortuna do jovem que estreia na vida com o suporte paternal de um comerciante bondoso como foi para mim o banqueiro Francisco José Boavista Resende do Amaral Filho. Se não escreveu Balzac nada parecido em *Uma estreia na vida*, com o desastrado protagonista Oscar Husson, escrevo eu aqui nestes obituários. Pois não foi só do auxílio financeiro de que me vali na ligação com Francisco José; foi também do seu espírito aberto, uma ausência completa de mesquinharias no cotidiano do trabalho. O patrão sempre deixou a critério do jovem empregado o usufruto do seu tempo dedicado à corretora, à gráfica, depois ao banco, desde que eu correspondesse diariamente à amizade que me dedicava.

– O Francisco José foi um pai para você – me disse no São João Batista o doutor Lourival, companheiro dele na Associação Nacional dos Bancos, e também nascido em Petrópolis, como meu patrão. Essa mesma frase, aliás, a ouvi não só no cemitério, mas em diversas oportunidades quando vivo era o Francisco.

    Evoco Balzac e a generosidade de meu patrão porque vou derramar nas próximas páginas a descrição de um fato ocorrido com o tio-padre; na verdade, uma pequena felicidade que lhe proporcionei. Preciso dizer que foi o tio-padre que me introduziu na leitura de Balzac, por meio da coleção que havia na casa de meus avós maternos em Campos. Tinha eu dezessete anos; pouco depois viria para o Rio prestar vestibular. Meu tio-avô tinha ido passar o aniversário com a irmã. Vendo-me examinar, na biblioteca do vovô, só por curiosidade, um volume de *A comédia humana*, tio-padre disse-me:

    – Eis aí um escritor que você deve ler para a sua formação. Todos os tipos humanos estão descritos na grande obra deste francês. Uns, para você evitar na vida real; outros, para você ombrear com eles. Os vícios e as virtudes vão passar diante de seus olhos em *cinemascope*.

    – Padre – ponderou minha avó ao irmão –, o Carlinhos é muito novo para conhecer esse mundo.

    Meu avô Carlos repreendeu suavemente a esposa:

    – Ô, Cecília, se o padre está recomendando, resta-nos dizer amém.

    O padre, com brandura, pôs o ponto final na discussão:

    – Tenho planos para o futuro do Carlinhos e ele precisa conhecer o mundo verdadeiro.

    O recém-admitido na confraria de Balzac não imaginava que o futuro seria ao lado de Francisco José, nome que eu já ouvira lá em casa, bem como o do pai dele, que eu conhecia de ser amigo do vovô, de frequentar-lhe a casa quando ia a Campos. Quanto ao "mundo verdadeiro", eu já entrara nele, por artes do Vitório, meu padrinho de desmame no Curral das Éguas, um ou dois anos antes.

À noite daquele dia em que folheei *A comédia humana*, tio-padre ministrou-me a primeira lição de Balzac, retirada d'*Os sofrimentos do inventor*. O protagonista, o jovem Luciano de Rubempré, viajava de carona com um cônego espanhol que tirara da cabeça do rapaz a ideia de suicídio. Luciano contara ao cônego que havia desgraçado a vida do cunhado e da irmã por ser espalhafatoso, ou seja, um *Repórter Esso*, na minha linguagem daqueles anos 1960; além disso, pecava pela vaidade, e esse pecado capital o levou a apoderar-se de dinheiro do cunhado. Então o cônego Carlos Herrera, que se dizia diplomata, ensinou a Luciano "a lei suprema": o segredo. Na disputa pelo êxito, ensinou o espanhol, mantenha o bico calado porque o mundo é mau. Como no jogo de pôquer ou de sete e meio, nunca demonstrar aos competidores ter na mão o trunfo, disse o cônego a Rubempré.

Passei a devorar Balzac a ponto de Vitório fazer chacota na porta da sorveteria do Parque da República:

– Lá vem o Carlinhos Balzac!

Chegamos agora à pequena alegria que proporcionei ao tio-padre pela generosidade do meu patrão.

Como Francisco José jamais me cobrou horários, desde que não fosse o período do pregão, certa tarde fui à Estação das Barcas buscar o meu primeiro mentor (o segundo, sem dúvida, foi Francisco José) para irmos à Academia Brasileira de Letras. O padre lera n'*O Fluminense* a notícia de que Afonso Arinos de Mello Franco faria uma abordagem literária que muito o interessava. Almoçamos no Arco do Teles e fizemos o quilo na caminhada até à avenida Presidente Wilson, eu ouvindo atento as homilias literárias, políticas, sociais e científicas ministradas pelo tio-padre.

Não convivi, em minha vida, com um espírito tão universal como o dele. Seu conhecimento era enciclopédico, ele enfrentava qualquer tema que o interlocutor pusesse em causa. Civilizações pré-colombianas, a conquista do Polo Norte, a ação da Maçonaria na política interna norte-americana no século XIX, minúcias da vida de escritores brasileiros e estrangeiros, armas da guerra moderna, fisiologia, biologia, resistência de materiais – são assuntos tão variados sobre os quais me recordo bem de com ele ter conversado e haurido pelo menos um naco de conhecimento útil. Ele dizia de si mesmo:

– Sou um espírito forjado entre duas épocas, a do gênio realizador do guerreiro Napoleão e o do humanismo do maior brasileiro do século XX, o Marechal Rondon.

A bem da verdade, espírito igual ao do tio-padre conheci apenas um: Afonso Arinos de Mello Franco. Deste fui ouvinte de uma dezena de conferências na Biblioteca Nacional, no Instituto Histórico e Geográfico e na Academia Brasileira de Letras, da qual era a estrela mais radiante naquele tempo. A plateia nem se movia nas cadeiras, como que paralisada irresistivelmente com toda a superlativa inteligência que jorrava da tribuna um dia ocupada por Machado de Assis. Matei aulas noturnas para ouvi-lo. No dia a que me refiro nesta página, Afonso Arinos falaria sobre a figura notável do padre Antônio Vieira, uma das admirações literárias do tio-padre. A conferência a que comparecemos tinha como tema o livro que havia pouco o Mello Franco lançara, *Amor a Roma*, uma belíssima e culta dissertação sobre a cidade da Antiguidade clássica e do Renascimento literário e artístico. O escritor José Cândido de Carvalho (meu conterrâneo de Campos) fez a gentileza de apresentar seu amigo tio-padre e a mim ao ilustre conferencista. Afonso Arinos, expandindo simpatia, indagou do tio-padre se ele porventura conhecia um querido amigo de mocidade, um certo padre Dutra, religioso secular, mineiro, que por aquele tempo residia em Niterói. Meu tio declarou que sim; que às vezes se encontravam nas Barcas e na travessia iam trocando lembranças da Revolução de 30, de que ambos participaram, o mineiro como companheiro de Virgílio de Melo Franco, irmão de Afonso, e meu tio-avô como comparsa do tenente Magalhães Barata no Pará. E riram quando o tio-padre disse ao ouvido do Melo Franco:

– Padre Dutra até hoje anda armado com seu revólver de cano curto...

Respondeu-lhe o interlocutor:

– E tem boa pontaria! Lembro-me de quando ele e Virgílio, ambos de boina à francesa, saíam de manhã para caçar no frio de Barbacena. Antes do almoço voltavam com avoantes nas costas. Pareciam dois campônios de Alphonse Daudet...

A descontração da animada conversa estimulou tio-padre a contar a Afonso Arinos uma das "máximas" desse padre Dutra:

– A vida de padre é boa, exceto pela presença do diabo, da mulher e do arcebispo.

Por acaso, também conheci de passagem esse padre espadachim; mas fiquei de bico calado, talvez me lembrasse do conselho do cônego espanhol do Balzac. Conheci-o numa tarde em que levei uma carta pessoal do meu patrão ao banqueiro José de Magalhães Pinto, dono do hoje falido Banco Nacional. A carta tinha de ser entregue em mão, por motivo de segurança. Padre Dutra se encontrava na antessala do banqueiro, que também era senador e queria ser candidato à Presidência da República. Com ele, uns repórteres de diferentes jornais aguardavam ser recebidos. Padre Dutra, ao falar, parecia estar em palanque; era inflamado. Só muitos meses depois de Magalhães Pinto ser vetado pelos militares para concorrer à Presidência Francisco José me contou o teor de sua mensagem: era de apoio à candidatura. E que assuntos como esse não poderiam ser falados ao telefone, estavam todos grampeados no quarteirão financeiro do Rio.

Voltemos à conferência na Academia.

Afonso Arinos destacaria alguns assuntos levantados em seu *Amor a Roma*, entre os quais o da possível ocorrência de um caso belíssimo, inaudito, cujo protagonista é o padre Antônio Vieira. Expulso do Brasil e perseguido em Portugal, buscou refúgio em Roma. E lá contou com o apoio dos papas Clemente IX e Clemente X e o acolhimento de ilustres moradores da Cidade Eterna. Entre estes se encontrava a intrépida, culta e, segundo o cinema de Hollywood, bela ex-rainha da Suécia, Cristina. Ela promovia em seu palácio romano um salão que reunia inteligências literárias, artísticas, filosóficas, políticas. O padre luso-brasileiro passou a frequentá-lo e até a expor suas ideias. Diz-se que ele se tornou confessor da anfitriã do mais célebre salão romano da época, rival do de Madame de Staël na Suíça. Vieira deixou registros discretos em seus *Sermões* sobre essa figura enigmática que foi Cristina – feche os olhos, leitor desta página, e recorde a belíssima Greta Garbo no filme em que viveu a pele da extravagante rainha que renunciou ao trono para se ver livre das chateações de Estado. E agora ouça o trecho que Afonso Arinos escreveu tão docemente em seu magistral livro e o repetiu da tribuna acadêmica naquela quinta-feira antes do chá das cinco:

– Quando se pensa no que havia sido a vida de Cristina, seus excessos, suas extravagâncias, seus crimes mesmo, as hipérboles verbais de Vieira ficam aquém dos exageros conceituais. Cristina ainda não havia chegado aos cinquenta anos. Era, pois, mulher com plena capacidade amorosa e sexual. Vieira já se aproximava dos setenta; estava no declínio da virilidade. Entre os seus pecados nunca esteve o do sexto mandamento, o que não impede que a atração da rainha por esse fosse de fundo amoroso. Ela era uma amorosa, e há sempre admiração no Amor, frequentemente admiração intelectual – disse amorosamente da tribuna acadêmica o gigante da literatura Afonso Arinos.

E sob uma salva de palmas, da qual sobressaíram as mais vibrantes as das mãos enormes do tio-padre, o conferencista assim concluiu:

– Na ternura de certos velhos intelectuais por mulheres jovens se esgueiram o calor e a luz de antigas flamas!

Terminaria nas palmas entusiásticas este capítulo sob os eflúvios das poéticas e certeiras palavras do erudito e amoroso Afonso Arinos. Porém, sentado no seleto auditório da ABL, meu fugidio pensamento foi parar na Roma do século XVII. Uma doce fantasia abraçou-me. A rainha Cristina havia morrido. Na Legação do Reino da Suécia, um menino risonho e franco ajuda o jardineiro a regar o roseiral. Alguns funcionários antigos atribuem sua origem a uma fidelíssima criada de quarto da rainha amorosa. O menino é feliz na sua orfandade, pois todos o amam.

Em seguida, minha fantasia levou-me à Cúria romana: o papa, talvez Inocêncio XII ou Clemente XI, em suas missas solenes é ajudado por um coroinha bonito e muito devoto, o órfão Olaf. Num dia, um mandrião invejoso das prendas intelectuais e morais que fazem do colega sueco o favorito de Sua Santidade, pergunta ao menino cumpridor dos deveres:

– Como é que o senhor veio parar no Vaticano?

E Olaf responde, contrito:

– Ah, senhor, são antigas ligações de família.

O mandrião era a cara do Vitório Magno.

XXIII

O inverso da verdade contida na história do Melo Franco também prospera neste mundo de Deus: acontece de as mulheres mais anosas amarem os homens mais jovens. Provei. E o sabor desse mistério humano foi doce como um refrigerante Grapete, no momento em que o vivi, e em seguida um pouco amargo, pois a consciência denunciou a infelicidade causada em Dolores após a fugaz alegria dos corpos satisfeitos.

O caso aconteceu num fim de dezembro, na festinha de confraternização natalina promovida por Francisco José para dar graças à recuperação da Bolsa de Valores do Rio, que vivera momentos de incerteza no começo daquele ano. Entretanto, com o trabalho hercúleo de Francisco José, tivemos um balanço positivo na corretora.

Um rico bufê com as iguarias portuguesas mais deliciosas, salgadas e doces, foi instalado na grande sala onde os operadores de pregão e os analistas de mercado tinham as suas baias de trabalho; invadia o corredor das salas individuais dos chefes e diretores, estendia-se pela copa-cozinha, pela sala de espera, sala de reuniões, enfim, por todos os espaços do sétimo andar, todo ele ocupado pela corretora. Dolores foi a organizadora da festa, e as instruções recebidas de nosso patrão eram de adquirir as melhores comidas e as mais finas bebidas, e tudo com fartura. Dolores buscou diretamente no bom gosto do português José Temporão, proprietário do restaurante Mosteiro, na rua de São Bento, o realizador perfeito do objetivo de Francisco José. O Mosteiro era o lugar preferido de meu patrão para almoços pela boa comida, pelo asseio, pela lhaneza de seus garçons e *maîtres*, pelo ar-refrigerado bem calibrado. Às 17 horas, precisamente, Dolores deu o sinal para a festa começar. E reinou durante quatro horas, com a felicidade do dever brilhantemente cumprido, ela que, solteira, não tendo provado a doçura da maternidade nem o descortino que deve ter a dona de casa, deu enfim uma prova cabal de suas altas habilidades femininas. Essa afirmação, creio, merecerá reprovação de Bia se algum dia minha mulher ler esses obituários. Bia irá considerá-la ofensiva às mulheres, pois, se elas não têm essas habilidades de dona de casa, as quais aplaudo, exuberam em qualidades profissionais de que me olvido, quer como cientistas, literatas, jornalistas, policiais, etc. e tal. Temos hoje de domar nossos instintos herdados de Adão para não sermos levados à barra dos tribunais como machistas, politicamente incorretos e outros crimes capitulados na verborragia jurídica feminina dos programas diurnos da televisão. Mas, enfim, Dolores, com sua simpatia, seu companheirismo, sua dedicação ao patrão, seu amor à corretora, acabou sendo a figura central da confraternização, simbolizando também a vitória de todos os funcionários em um ano em que muitas corretoras passaram apertos pelas quedas nos índices da Bolsa do Rio. Francisco José, que não era dado a discursos, muito menos a improvisos, deu à sua dedicada secretária executiva os louros dessa vitória coletiva. Esse elogio público, que fez chorar a heroína da noite, foi o motivo de Dolores acercar-se de mim, já no fim da festa, quando Francisco José tinha ido embora, seguido dos homens e mulheres casados. Só ficamos os solteiros. Dolores anunciou:

– Ou acabamos com todas as bebidas ou o mundo vai acabar!

Aquela quinta-feira, 23 de dezembro, era o último dia útil do mês para a maioria dos funcionários, já que estávamos às vésperas dos festejos de Natal e a próxima semana seria de recesso até o dia 2 de janeiro, exceto para um reduzido número de funcionários que, tirada a sorte, faria um rodízio de plantão, pois só Deus sabe se pode ocorrer um outro 24 de outubro de 1929.

Dolores proclamou sua veemente ordem ficando de pé na minha mesa. Subira primeiro na cadeira, e dali saltou à mesa. Vestia um conjunto amarelo, sua cor predileta, justo, realçando as ancas, e com uma pequena fenda não sei se na perna esquerda ou direita, como era moda. De modo que, ao trepar na cadeira e dali à mesa – eu dei-lhe a mão para tal, sem saber o motivo de sua ação – aquela improvisada dançarina de flamenco já deixou à mostra as pernas morenas. Ao dar-lhe as mãos para descê-la da mesa, ela atirou-se nos meus braços com a naturalidade de quem festeja a si e aos outros, e eu a acolhi no mesmo sentido. Tanto assim que o gesto alegre foi visto sem que ninguém lhe acrescentasse adjetivo, para o bem ou para o mal. Dolores ofegava um pouco, consequência do esforço desordenado na proclamação a Baco; puxei-lhe a cadeira para ela sentar e sentei-me diante dela.

– Obrigada, Carlinhos – fez uma pausa. – Aquilo, eu sei, é coisa sua – disse-me ao ouvido, porque ainda pairava no ar o bruaá da alegria.

– Que é coisa minha?

– As palavras do doutor Francisco.

– Ora, Dolores! O doutor Francisco a ama! Você é realmente o apoio dele aqui, deixa disso.

Em silêncio, ela juntou minhas mãos nas suas e as beijou. Eu retribuí o gesto, mas em seguida puxei-a para beijar-lhe a testa. Aí alguém interrompeu nosso enleio, o qual certamente o exagerado Balzac consideraria o desabrochar de um amor na face da Terra. Não era nada disso, eram gestos, de parte a parte, carinhosos em meio à alegria de uma comemoração em que a bebida estimula todos os centros nervosos irradiadores de todos os sentimentos, incluindo o amor físico. Uns dois meses depois, diria a Delormes, aquela que nos interrompeu:

– Era só o que faltava! Dolores, de trinta e nove anos, ter um caso com o Carlinhos, de apenas vinte e três!

Vinte e quatro! Corrigiria eu, se a invejosa falasse o que falou na minha frente.

— Pode ser a mãe dele! – voltou a dizer a invejosa Delormes, para uma muda dona Maria do cafezinho. Dona Maria, soube eu depois, não queria polemizar, para resguardar os dois envolvidos, sobretudo Dolores. Foi esse o sabor meio amargo que provei por algum tempo no correr do ano seguinte.

Pois bem. A grande patronesse da festa natalina só deixou a corretora naquela noite quando todos os colegas já tinham ido embora, menos dona Maria do cafezinho e eu. Passava das 21 horas. No elevador, descendo para a garagem, percebemos, dona Maria e eu, que Dolores bebera mais do que o conveniente para dirigir o seu Gordini. Não apresentava sinais explícitos de embriaguez, como voz engrolada ou passos incertos, só aquela euforia causada pelas doses acima do normal.

— Mamãe Dolores – disse dona Maria –, deixe o Carlinhos levar você.

— Não precisa, estou bem.

Propus:

— Eu deixo o meu carro aqui na garagem e levo você no seu. Não preciso de carro neste fim de semana, é Natal, vou ficar em casa, mesmo.

Se essa frase foi dita realmente, é prova de que eu já estava de caso pensado.

A minha proposta foi aceita. Deixamos dona Maria do cafezinho em frente ao Ministério da Guerra, onde o filho a aguardava no ponto do ônibus para embarcarem num Estrada de Ferro-Muda.

E seguimos para Laranjeiras. Comentei para Dolores que o carro dela era da mesma marca do meu, do mesmo ano, 1968, mas aquele que eu estava dirigindo era bem conservado, parecia novinho em folha, uma prova do zelo da proprietária. Ela então me surpreendeu:

– Esse meu carro é gêmeo do seu...

– Como assim?

– O doutor Francisco comprou dois Renault Gordini. Um, ele levou para a fazenda de Itaperuna; foi o carro que ele lhe deu. O outro é este, presente do meu vigésimo aniversário de trabalho como secretária do nosso patrão.

Ela riu, eu também, e nossos olhares se encontraram pela primeira vez de modo diferente. Dolores deixara o braço esquerdo estendido no espaldar do meu assento. Eu engrenei uma quarta na entrada do Túnel Santa Bárbara e pousei minha mão direita no joelho dela. Aí foi de propósito, e com imediato consentimento, pois já não havia no ambiente, desde que deixamos dona Maria do cafezinho, a inocência da conversa havida na corretora. Na rua Paissandu demos o primeiro beijo, rápido. Ao dobrar à direita para entrar na rua Ipiranga, desacelerei para beijá-la e ser beijado com ardor.

Dolores morava num prédio verde de três andares, dos anos quarenta ou começo dos cinquenta, exemplar arquitetônico típico da classe média da Zona Sul, três quartos com varandinha e pé-direito alto. Contou-me, naquela noite, mais uma surpresa: o apartamento fora oferecido pelo pai do doutor Francisco à sua mãe, que trabalhou com o velho Francisco "por uma eternidade" no armazém da firma exportadora no Caju. Antes, ela, a mãe e o pai residiam numa casinha de propriedade da Central do Brasil à beira da ferrovia em Nova Iguaçu. O pai, guarda-freios, morreu do coração, a Central pediu o imóvel de volta e o destino sorriu para a mãe e para a filha na ação generosa do comerciante milionário. Dolores tirou o diploma do ginásio e em seguida entrou num curso para contabilista – num daqueles institutos muito populares, mas valorizados pela seriedade pedagógica, que existiram até à década de 1960, principalmente nas grandes capitais ao entrarem na era da industrialização de Getúlio Vargas, consolidada por Juscelino Kubitschek. As moças aprendiam coisas úteis para trabalhar num escritório comercial, como técnicas primárias de contabilidade e datilografia; e caso se tornassem exímias em estenografia, eram disputadas até pelos serviços secretos de inteligência militar e civil recém-criados. Dolores era estenógrafa, mas jamais atuou em espionagem*. Era uma jovem comum que ia à praia no Flamengo, aprendeu rudimentos de inglês e

---

* Perdoe o leitor o aborrecimento deste rodapé. Dolores teve uma colega (cujo nome preservou de inconfidência) que, sendo exímia estenógrafa e taquígrafa, foi trabalhar no Serviço Federal de Informações e Contrainformações, mais tarde transformado no SNI, Serviço Nacional de Informações. Dolores recordou que muitas vezes descia do ônibus com essa colega na Candelária, ia para o escritório de Francisco José na Sete de Setembro e a estenógrafa rumava para um edifício da avenida Presidente Vargas, onde, no térreo, funcionava uma loja da cadeia Casa da Borracha, e, nos altos, o órgão de espionagem. Mas o fato não causava estranheza a Dolores, pois ela e a amiga viviam num Brasil ainda ameno. Bizarro mesmo era o fato de os espiões não comprarem um gravador de rolo e preferirem contratar uma estenógrafa/taquígrafa.

foi trabalhar para o filho do patrão de sua mãe. Não casou, para tomar conta da mãe, mas é claro que conheceu o amor sincero – ela me disse quando nossa amizade já permitia essas revelações íntimas.

Então, naquela noite de dezembro, desembarcamos na garagem térrea do prédio da rua Ipiranga. Em silêncio, de mãos dadas, a cabeça dela no meu ombro, caminhamos para fechar o portão. Pude então verificar que ela era mais alta do que eu: 1,74 m. O porte avantajado seria uma exaltação à sua morenice amulatada. Era uma *miss* Renascença, uma mulata do Sargentelli, se quiserem duas manifestações de beleza e volúpia da época. Seus cabelos pretos cortados à Chanel, levemente bispados de tintura ruiva, perfumaram o meu peito, e a fragrância francesa comprada na Sloper dominou o ar noturno de Laranjeiras. Paramos na calçada, de frente para a rua. Apreciei aquele quarteirão da Ipiranga, olhando curiosamente para os dois lados. Hoje sei que a Ipiranga é a rua onde nasceu Villa-Lobos, mas já naquela época eu a sabia como importante na vida do escritor Raul Pompeia, que ali estudou no antigo Colégio Abílio, inspiração para escrever em 1888 seu famoso romance memorialista *O ateneu*, leitura obrigatória para os ginasianos do meu tempo.

Dolores saiu de meus ombros e apontou mais à direita o prédio vetusto:

– Veja, ali está o colégio, uma beleza, como se fosse um palácio. Aqui na rua, quando nos mudamos na década de 1950, não havia um menino que desconhecesse quem foi Raul Pompeia. Hoje não sei mais...

Subimos dois lances de escada. Paramos diante do 301. Pelo que me lembro, lá dentro não ocorreram diálogos de romance de amor. Só frases curtas e diretas, "aceita água?", "está tonta?", "vou tomar um banho". O resto da noite e a madrugada foram de um frescor sem igual.

Estou compondo o obituário de uma inocência. Viu o leitor, logo na abertura deste capítulo, a doçura que foi o caso amoroso com Dolores. A garrafinha de Grapete era o inocente fetiche dela. No chuveiro, derramava o líquido na altura dos seios, e seu par, agachado, aparava com a língua o sabor de uva na doce gruta semiencoberta pelo monte de vênus. O exercício desse "amor francês" na prelibação amorosa inexiste em qualquer um dos 17 tomos da obra de Balzac anotados pelo erudito Paulo Rónai. E Balzac, até hoje, é tido como licencioso pelos néscios e por educadores religiosos, exceção ao saudoso tio-padre.

A propósito, Dolores contou-me, com riso malicioso, que aprendera a técnica do Grapete ao ler um dos livros da romancista paulista Cassandra Rios, autora de enorme sucesso popular nos anos 1950-60. Cassandra Rios (tão apreciada pelo Viriato do capítulo I), ensinou às mulheres os meios mais perfeitos de alcançar a desejada meta do amor carnal, e aos homens pregou o evangelho da submissão, mas sempre com vigor físico, aos anseios legítimos de suas parceiras.

– Veja só a minha ingenuidade – eu disse a Dolores, na cama. – Dei-lhe de presente no seu aniversário de 1968 uma água com açúcar de Madame Delly!

Ela riu, mas jurou ter lido o Madame Delly.

– Devo ter aprendido alguma coisa nele. Todo livro é útil, e quem disse essa frase foi o padre Guanabarino, na aula de abertura do ano letivo do colégio estadual, não sei mais em que ano – contou.

– Ué, naquela época você já conhecia o tio-padre?

– Sim. O pai do doutor Francisco levou o padre no meu colégio do Caju, ao lado do armazém de produtos de exportação e importação, onde minha mãe trabalhava.

– Mais um elo a nos unir, Dolores. Tio-padre é um pai para mim.

– E era amigo de quem foi um pai para mim e para minha mãe – completou Dolores.

Às seis horas da manhã eu disse a Dolores que ia embora do apartamento da rua Ipiranga, mobiliado com aquele capricho muito próprio das mulheres solteiras, pobres ou de classe média, que não despendem energias com as ingratidões que muitas vezes as casadas recebem no cotidiano do lar. E então podem se dedicar com afinco a essas pequenas alegrias, como ter sempre a casa arrumada e ataviada de peças limpas e cheirosas, mesmo que sejam de gosto duvidoso. Era assim o apartamento da rua Ipiranga, cuja sala exalava o perfume de óleo de peroba que lustrava os móveis.

Para justificar a minha retirada de cena, falei assim:

– Hoje tem o Natal lá em casa.

Vi no rosto de Dolores, até então sereno de contentamento, uma expressão de desapontamento.

Ao me levantar, notei que, na mesinha da minha cabeceira, haviam sido colocados uma escova de dentes no invólucro, um tubo de pasta dental (dizíamos dentifrício), sabonete Phebo fechado, toalha de banho, tudo bem arrumado, até mesmo o abajur havia sido retirado para abrir espaço para acomodar os utensílios.

Tomei banho com o Phebo, vesti-me, tudo em silêncio. Ela não se mexeu na cama, mas assistia a tudo. Beijei-lhe a testa, dei-lhe bom-dia, abri a porta e ganhei a rua. Apreciei o antigo Colégio Abílio. Pompeia ficcionou *O ateneu* dando-lhe por endereço o bairro do Rio Comprido, não tão distante dali, do outro lado do morro.

Vou fantasiar como Raul Pompeia: imaginei-me o rapazola Sérgio recebendo uma reprimenda do desumano diretor Aristarco de *O ateneu*. Mas Dolores não era severa como Aristarco. Puxa, já estou metendo no meio dessa história um indevido Freud. Ora, certamente ela ficou decepcionada comigo, mas seria incapaz de uma reação bruta de diretor de colégio tirânico, tampouco passava por sua mente sadia um corisco freudiano de complexidade maternal na prática do sexo. Não tivemos uma relação freudiana, embora a tenha apelidado de Mamãe Dolores tempos antes.

Pensativo, olhos no chão, caminhei em busca de um táxi. Revivi a biografia de Raul Pompeia, o suicídio, tão novo, aos trinta e dois anos, por motivos banais como são as desilusões políticas. Dolores não merecia o abandono.

Quando encontrei o táxi, já na Praça São Salvador, disse ao motorista:

– Por favor, vamos retornar à rua Ipiranga.

Subi a escada do prédio verde, vi-me diante do 301. Pus a mão na fechadura e girei, a porta se abriu, Dolores não a fechara. Até hoje cogito se ela acreditava que eu iria voltar mesmo.

Fui ao quarto, ela estava desperta. Abraçamo-nos.

Às nove da manhã telefonei para casa. Até então nunca havia dormido fora, nem em Campos nem no Rio. E olha que já fizera vinte e quatro anos de idade! Mesmo farreando, regressava à Hans Staden. Só voltei a passar a noite fora de casa quando o Professor Higgins passou a convocar Rasputin para as noitadas com suas amigas de teatro e televisão.

O velho Marcial atendeu o telefone, deu um suspiro e falou um "graças a Deus". E como se eu tivesse dormido em casa, disse-me:

– Sua mãe e eu fomos assistir ontem ao novo 007 em *Os diamantes são eternos*. Ela acha que o Sean Connery está a cara do Francisco José.

Não era, era a cara do Jack Nicholson, acreditem em mim.

Às duas da tarde levei Dolores para almoçar numa churrascaria ali perto. Bebemos caipirinha e chope. Ela se disse feliz com a minha amizade. Disse-me mais: que em "seu currículo" (*sic*) jamais um namorado fora mais cavalheiro do que eu, que ela jamais esqueceria que voltei no meio da madrugada para não deixá-la abandonada. Respondi-lhe com palavras do mesmo idioma amoroso. Nunca mais nos vimos biblicamente. E isso ocorreu sem combinarmos, foi com naturalidade. E nos víamos todos os dias durante anos.

Vi Dolores pela última vez quando fez oitenta anos e reuniu os colegas de corretora e de banco no mesmo apartamento da rua Ipiranga onde acolhera uma amiga de juventude, pouco mais nova, que ficou sendo sua cuidadora. Levei um livro de presente. Quase adquiri *Cinquenta tons de cinza*, o mais vendido daquele ano. Mas considerei uma provocação em face do passado, antes de julgar o mérito do romance. Na dúvida, lembrei-me que Dolores falava com alegria de seus tempos de menina filha de ferroviário em Nova Iguaçu. O vendedor olhou no computador e trouxe-me *Trem da vida*, romance memorialista de Helena Guimarães Campos. Dei-lhe este. Ela gostou.

XXIV

– **"Busquemos para o rei uma donzela virgem que o sirva e durma com ele para que se aqueça"**. (I Reis 1. 1-2)

O aprisionamento caseiro causado pela pandemia acaba tornando importante todo tipo de acontecimento doméstico, e a inclinação por novidades dos Meirelles de Figueiredo acaba por se misturar com o sangue femeeiro dos Boavista Resende do Amaral, entrelaçamento que pretendo desenvolver no projetado obituário de meu avô materno, cunhado do tio-padre.

A museóloga Bia, já vestida do uniforme completo anti-Covid igual ao dos médicos de UTI, cumprimentou-me pelo dia de hoje – meu aniversário – e saiu cedo para cuidar das múmias chamuscadas no incêndio do Museu Nacional em 2018. Ao se despedir, deu-me um conselho:

– Carlinhos, pare de fumar. Em plena pandemia e você abusando do seu pulmão. O doutor Vicente já lhe avisou!

— Não tenho tragado mais. Só puxado a fumaça — menti um pouco.

Bia pediu-me:

— Vá acudir lá na cozinha a Rosália, pois a Lili Carol aprontou uma choradeira desde as primeiras horas da manhã e atormenta a mãe, coitada.

— Que foi?

— Coisa de menina boba. Mas vá lá acalmar a Rosália.

Encontrei Lili Carol sentada, de *short*, com os pernões cruzados, a cabeça pousada sobre o joelho, mãos no rosto, os cabelos compridos caídos para o chão. A imagem de quem está vencida. Rosália, ao lado, a consolava e tinha os olhos úmidos de lágrimas vertidas pela filha.

— Que foi, Rosália?

— Doutor Carlos, a Li..., aliás, a Carol explica ao senhor.

— Fala, Lili Carol!

Ela não se mexeu da posição. Sua voz saiu cavernosa:

— Não sou mais Lili Carol.

A mãe interveio:

— Doutor, ela fica lendo besteira na internet e dá nisso...

Lili Carol levantou a cabeça do joelho, passou as mãos nos cabelos, descruzou as pernas carnudas, me fitou com seus olhos marejados, pôs as mãos na cintura e disse com firmeza:

— Meu nome é só Carol Santos. Vou mudar no cartório hoje mesmo!

– Que aconteceu com a Lili?

– Não existe mais nenhuma Lili! É Carol e pronto!

Sentei-me na cadeira antes ocupada pela garota e ela ficou de pé na minha frente. Apreciei-a de baixo para cima, isto é, das coxas grossas até os cabelos de cantora pop de videoclipe, e depois pedi-lhe que, sem ira, me contasse o fato.

– Apenas o fato, jornalisticamente, ok, Carol?

– Jornalisticamente, doutor Carlos, é que meu pai estava enfeitiçado quando me registrou com o nome de Lili Carol.

– Enfeitiçado? Como assim?

– Minha mãe conta que quando eu nasci meu pai já estava de caso com uma DJ chamada Lili do Beco, que o enfeitiçou. O Talmude diz que Lili é a representação do Mal.

– Talmude?

Enquanto Lili Carol e eu falávamos, a mãe Rosália foi ao quarto e voltou com a certidão de nascimento da filha, cuja fotocópia autenticada fora apresentada ao Educandário Robespierre quando eu mandei matriculá-la no cursinho para vestibular de Comunicação.

– É a internet, doutor, é essa mania de internet que está acabando com a minha vida! – disse Rosália ao dar-me a certidão de Lili Carol.

Passei os olhos.

– Ué, é Karol com k. E Lili com th: Lilith.

– Pois então, está vendo, doutor Carlos? Meu pai estava enfeitiçado! Vou mudar para Carol com c Santos. E sumir com esse Lili com th.

– Ainda não entendi a sua idiossincrasia com a – aí soletrei – Li-li-th.

A jovem, já acalmada, contou seus motivos, enquanto a mãe, com as mãos de espanto no rosto, prestava atenção à filha como se já não tivesse escutado inúmeras vezes a história nas últimas horas. E repetia:

– É a internet, doutor Carlos. O tal de Google. É um inferno.

– Conte, Karol – pedi.

– Estava pesquisando para um trabalho sobre a história da emancipação feminina e li no Google que a primeira mulher não foi Eva, mas Lili com th, que era uma bruxa, enfeitiçava os homens para o mal. É a tradição judaica do Talmude, que a Bíblia cristã esconde.

– É a internet, doutor Carlos! É uma praga! – acusou novamente a Rosália.

Espantei-me com a erudição de Karol. Nunca ouvira falar nessa história. E por que a saberia? Fico só nos romances, às vezes na História, e me esqueço de outros nichos de sabedoria. Um corisco de pensamento percorreu-me os neurônios: "Essa o tio-padre não me contou".

– Puxa, Karol! Mas você não é judia, você é católica, como eu, sua mãe, possivelmente seu pai. Tem muita mulher bonita chamada Lili, tem até a Lili Marlene...

– E daí? Não quero carregar um nome de feiticeira pela vida. E "Lili Marlene" não é ninguém, é o título de uma canção da Primeira Guerra Mundial.

– Está bem, Karol. Vou pedir ao jurídico do colégio para consertar isso no cartório.

— Hoje?

— Agora! Mas vamos passar a régua geral no registro civil, ok?

— Como assim? – perguntou Karol.

— Vamos também tirar o k e escrever Carol com c. É culturalmente mais ocidental. Karol com k parece masculino.

— Tem razão, doutor Carlos. Meu pai é um bobo – concordou.

— Então, pare de chorar, dê um abraço em sua mãe e deixe-a trabalhar com serenidade. Eu também preciso de serenidade, hoje é meu aniversário.

As duas se abraçaram. Aí me apresentei para ganhar um abraço da futura Carol Santos.

— Gosto demais do senhor, doutor Carlos. Se o senhor não fosse casado eu me apresentava – disse ela com doçura.

Rosália fingiu esbravejar:

— Karol com k ou Carol com c, ouça: respeite dona Beatriz e respeite o doutor Carlos, que pode ser seu pai!

A filha respondeu:

— Pode ser meu avô, mãe. Mas é fofo.

E me abraçou de novo, me beijou no rosto, me apertou contra o seu frondoso peito.

Notei no semblante de Rosália um... – como direi? – um olhar de enlevo nos afagos deliciosos de Carol. Meu amigo Vitório Magno, em cujo coração palpita a malícia, se presenciasse a cena diria que no olhar de Rosália habitava a aprovação dos servos do rei Davi ao providenciarem a donzela Abisag para esquentar o corpo cansado do patrão, conforme a passagem bíblica que abre este capítulo.

Deixei Carol e Rosália na cozinha e vim, em reflexão, para o escritório, de onde telefonei para o Vitório. É dia, também, do aniversário dele. Mas o diálogo com meu fraterno amigo de infância não foi para cumprimentá-lo. Há muitos anos ele é o chefe do meu Jurídico no Educandário Robespierre. Pedi-lhe para tomar as providências a fim de retificar o nome da ainda Karol no Registro Civil. Ele vai realizar de pronto a tarefa, mas só Deus tomará conhecimento da dedução maldosa de Vitório acerca desse meu pedido. Para alfinetá-lo, já de antemão, do mau juízo que fará de mim, retive-o ao telefone para ler o obituário do tio-padre repleto de citações literárias.

Preciso registrar que não concretizei a ideia, referida no capítulo VI, de entregar aos cuidados de minha secretária no Educandário Robespierre a revisão gráfica e ortográfica desses obituários, por temer que a então Lillith Karol ficasse contrariada e passasse adiante, qual *Repórter Esso*, o que leu aqui. Além do mais, não fazia sentido a troca de revisora, era trocar seis por meia dúzia. Entretanto, o incidente na cozinha me fez mudar de ideia.

Ofereci à renascida Carol Santos retomar o trabalho de revisão. Vou largar o charuto de lado (exigência dela); instalarei a revisora na bancada da estante, a três metros de distância, para onde levarei o segundo computador e poderei admirá-la na tarefa. Trabalharmos lado a lado seria penoso para mim, pois a indumentária cotidiana de Carol é o shortinho usual na paisagem humana do Vidigal.

Um novo estímulo, fantasiado de Carol, toma conta do meu ser. Escreverei novos capítulos emoldurados de erudição retirada da internet e flagrada por Carol; de Vitório direi alguma coisa, mas não sei ainda se falarei bem totalmente, já que ele foi egoísta comigo, impediu-me de beliscar uns tostões furados no tempo em que foi interventor na caderneta de poupança falida fraudulentamente. Reescreverei o perfil de Andréia, para ornamentar sua figura com fatos sobre sua integridade pessoal e profissional. Preciso falar mais da escritora preferida de Dolores, a notável Cassandra Rios. À doce Maria Elisa do alçapão ataviarei a sua perspicácia sexual, mas não evocarei Nabokov, que meus saudosos pais liam com gosto nas férias de dezembro de 1959 na praia de Atafona, em Campos. Para que lembrar o célebre romancista se terei atrás de mim a minha própria Lolita? E com vantagens jurídicas e morais sobre o professor Humbert: Carol não será menor de idade no mês que vem; além disso ela não é êmula da Abisag da Bíblia: suas coxas carnudas já conheceram *Bandeirantes e pioneiros* dos Vianna Moog do Vidigal. Eta livro que me persegue há anos! Responsável pela nota baixa na prova final do último ano do ginásio, enquanto o Vitório saiu-se bem na questão, porque o havia devorado. Sujeito desvairado! Vou sugerir ao gerente de conteúdo do Educandário Robespierre incluir a obra clássica no currículo, para os alunos sentirem o que é bom para tosse.

E daqui mais alguns anos, quando eu já estiver no modo obituário, Carol Santos talvez responda ao lhe ser perguntado como foi parar na gerência do Educandário Robespierre:

— Ah, são antigas ligações de família.

Voltei a conversar com ela sobre o trabalho de revisão. Ela aceitou o convite.

Falou-me ao ouvido, quase em segredo:

— O Google me ensinou quem é Lilith, mas também tem ensinado muita coisa ao senhor para escrever suas memórias. Aí estão, esparramadas, muitas páginas do Google impressas na sua mesa.

— Que tem isso?

— O senhor não sabia como descrever ao leitor a identidade física do seu antigo patrão Francisco no capítulo I: imprimiu as fotos de Cary Grant e de Jack Nicholson, fisionomias muito distintas, e acabou optando pelo primeiro.

— O Google é uma mãe! Uma mãe! — disse-lhe.

Ela retrucou com doçura:

— Olha o cacófato, doutor Carlos, se diz e se escreve u'a mãe.

Ajuntou, com mais doçura:

— Hoje em dia, com o Google ao lado, qualquer um se torna escritor. O senhor não é o primeiro e não será o último.

Não levei a conversa adiante. Um tema como esse seria desagradável no meu aniversário de mais de setenta anos.

XXV

– Doutor Carlinhos, espalhe um pouco nas minhas costas? – pediu Lili Carol, entregando-me o tubo de protetor solar e oferecendo-me os ombros, o dorso, as espáduas. E com ambas as mãos, fui descendo até chegar ao *erector spinae*, ponto final antes da peça do biquíni. A operação deliciosa durou o tempo de contar uma história.

Estávamos na beira da piscina. Deixei escapar o lamento:

– Não é a mesma coisa da minha infância.

Carol, sempre de costas, perguntou:

– O que não é a mesma coisa, posso saber?

– O perfume. Quando eu era menino e adolescente, não falávamos protetor solar, era bronzeador, e exalava um perfume magnífico quando se misturava ao cheiro da maresia e do olor do corpo molhado de água salgada.

– O senhor está nostálgico – ela disse.

E estava mesmo.

Momentos antes, ao chegar à copinha para o café da manhã, avistei Carol passando o creme nas coxas grossas, e lembrei-me da prima Aparecida, a primeira visão que tive do fruto proibido. Fiquei paralisado por instantes, sendo despertado pela Rosália cozinheira:

– Bom dia, doutor Carlos. Dona Bia, antes de sair, deixou a Carol usar a piscina. Essa minha filha é muito espaçosa!

– Bia fez bem, dona Rosália. Deixa a menina aproveitar.

Enquanto passava o creme nas costas de Carol, eu lhe contei: nas férias de verão, quando vinha de Campos para a casa da rua Hans Staden, costumava ir à praia do Leme, em frente ao forte e ao lado da pedra, com o velho Marcial e minha mãe, ou então ela e eu íamos nos encontrar com a tia Glorinha, mãe de Vitório Magno, em Ipanema. E de lá íamos a pé para o areal em frente ao Country Clube.

– Você sabe quem foi o presidente Dutra? – perguntei a Carol.

– Claro, foi o presidente que fechou os cassinos no Brasil.

– Pois então. O Vitório já gostava de se mostrar: numa manhã de 1959, fez mesuras para o general Dutra que passeava de boné na rua Redentor, em companhia de um amigo. "Bom dia, presidente!" – gritou Vitório, triunfante. "O seu governo foi excelente, repete sempre o meu pai", disse a besta do Vitório. Mas ele levou um fora, pois o ex-presidente respondeu: "Ah, meu filho! Seu pai é benevolente demais".

O amigo dele, bonachão, arrematou: "Ou então seu pai é um getulista arrependido! Ah! Ah! Ah!".

Carol me interrompeu:

– O doutor Vitório foi sempre assim, entrão?

– Tanto era entrão que tia Glorinha, a mãe dele, puxou-lhe as orelhas moralmente. Ela disse: "Bem feito, Vitório! Quem mandou tomar liberdades com as pessoas? Ainda mais com esse Dutra, fechador de cassinos, usurpador de alegrias!".

Carol riu da história. Voltei à nostalgia:

– Eu preferia o Leme, com suas águas calmas. Mas paramos de ir lá por implicância de meu pai. Ou exagerado cuidado conosco. O velho Marcial, num domingo, vindo da água para a barraca, disse assim: "Vamos embora daqui! Senti cheiro de melancia no mar. É tubarão!".

– Jura? Tubarão tem cheiro de melancia? – perguntou Carol, enquanto eu continuava a esparramar o protetor naquele bronze largo, moreno, quente. E o fazia com as duas mãos, para sentir na totalidade o poder miraculoso do tato.

Respondi:

– Dizia o meu pai que tubarão tinha cheiro de melancia. O velho Marcial explicou: quando esteve em Nova York, depois da guerra, ouviu o depoimento de um jovem aviador naval abatido pelos japoneses sobre o Pacífico. Ele aguentou dezoito horas num bote inflável, sentindo cheiro de melancia: era o cheiro dos tubarões que o cercavam.

– Sério? Essa o Spielberg perdeu! – disse Carol rindo.

— Não houve quem dissuadisse meu pai daquele pensamento. Nem a Aparecida, professora de Ciências Naturais do Pedro II do Humaitá. Era nossa vizinha em Botafogo, parente distante do velho Marcial, solteira e bonitona. Quando minha mãe não podia, era a Aparecida que me levava à praia nas férias de dezembro e janeiro – espichei a conversa, a fim de demorar-me mais um pouco com as mãos meladas nas costas de Carol. Mais de uma vez levantei a tira do sutiã, para não deixar sem creme um tiquinho sequer daquelas costas amplas. Quando passei as mãos na nuca e pescoço, senti uma tremedinha e um eriçado, mas isso é de lei.

Minhas recordações continuaram ternas:

— E o bronzeador, Carol, que eu passava no corpo todo da Aparecida, a pedido dela, tinha um perfume delicioso, em contato com a pele salpicada de sal e a maresia.

— Ah, agora entendi, doutor Carlinhos. Qual o motivo de perfume tão marcante?

— Naquele tempo a maresia era muito forte. Lá da rua Hans Staden a gente sentia o cheiro no quintal. O vento sueste empurrava a maresia pela rua Figueiredo Magalhães e pela Siqueira Campos, o odor entrava pelo Túnel Velho ou passava por cima do morro e chegava à nossa casa.

— Também não tinha tantos carros poluindo o ar, né doutor Carlos?

— Pode me chamar só de Carlinhos.

— Minha mãe me mata! E dona Bia não vai gostar.

— Então, só quando estivermos nós dois.

– Vou ver... O senhor passava óleo nas coxas da sua prima?

– Passava. E era delicioso passar, assim como estou fazendo agora com você.

– Mas na minha coxa não pode passar – e riu, um risinho de desenho animado.

Virou-se e me encarou com seus olhos negros:

– *C'est fini*! Obrigada.

Vi de esguelha dona Rosália, lá da copinha, observando a cena.

Pareceu-me um olhar cordato. Ou estou sob os eflúvios de Cassandra Rios?

Posfácio

Como o leitor soube no prefácio, Carlos Antônio Meirelles de Figueiredo Rocha partiu para a eternidade. Foi no final de 2020, ceifado pela pandemia. Faltou-lhe fôlego literário para terminar o livro e, nos pulmões, fôlego para enfrentar a Covid-19. A viúva, Beatriz, sabendo que sou o mais antigo amigo de seu marido, resolveu entregar-me os originais para a composição de um obituário do marido, a fim de ser publicado na revista do mercado financeiro do Rio de Janeiro, conforme pedido do dr. Daniel D'Arthez. Dona Beatriz, todavia, desconhecia o conteúdo romanesco dos escritos. Não o leu, porque – disse-me – a tarefa lhe traria emoções violentas de saudade do seu querido Carlinhos Balzac. Ela imaginava que as páginas que o leitor acabou de desfolhar contivessem memórias exclusivamente profissionais e anedotas de família. Ainda bem que as não leu.

Conheci dona Beatriz de solteira, por ser ela amiga de Naná, irmã de Carlinhos; ambas trabalhavam na recuperação de sambaquis na ilha do Marajó e eu as encontrava, quando vinham ao Rio, na casa da rua Hans Staden, onde meu amigo residia. A verdade é que Carlinhos estimulava Beatriz a prosseguir nas lonjuras do Norte, pois precisava adiar o casamento para atender os desejos inconfessáveis de seu mestre Francisco José. Mas isso "são outros obituários", conforme dizia Carlinhos sobre os casos que não vêm ao caso.

Três meses após a morte do marido, a competente museóloga, a meiga e bonita Beatriz, também foi levada para o São João Batista, igualmente vítima da maldita pandemia ceifadora da figura notável que agitou o centro velho do Rio de Janeiro. Naquelas ruas e becos encardidos de história, Carlinhos Balzac fez o seu *trottoir* financeiro e livresco no final do século passado. Deus o tenha!

Redigi o perfil solicitado pela revista do Círculo Literário do Mercado Financeiro e resolvi dar à publicação as confissões de meu amigo de infância, pois Carlinhos, vaidoso, assim o desejaria, mesmo arrostando as implicações de ordem moral na vida íntima das pessoas citadas e até mesmo as implicações capituladas nas leis que tratam de injúria, calúnia e difamação. Cumpro a vontade dele, a mim transmitida por Beatriz. E, como que homenageando o autor, dei os originais à impressão pela Gráfica Novo Progresso, cuja história está intimamente associada a Carlinhos, sucessora que é da tipografia Ao Prelo de Ouro.

Permiti à gráfica edulcorar a capa de *Memórias secretas* com a ilustração do autor, relíquia daquele tempo conservada pelo Geraldo do Prelo e resgatada pelo neto Geraldinho que lá trabalha. Carlinhos Balzac era garboso, mas não tanto como traçou a pena fantasiosa de Amadeu S. Pinto, morador nos altos da gráfica Ao Prelo de Ouro. "Menos, Carlinhos", diria o Honoré ao seu admirador; "menos". Ainda mais porque guardo a vaga lembrança de que o original entregue ao pintor não seria uma foto do memorialista, mas uma peça publicitária estampada no pacote da loja Macy's, trazida por Carlinhos de uma viagem "à América" (para copiar o passadista Francisco José, o filho espiritual assim se referiria a Nova York). Continha o pacote uns tubos de tinta para o artista, que retribuiu o agrado traçando um Carlinhos bonitão. U'a mão lava a outra, como dizia o pragmatista Carlinhos copidescado pela culta Carol Santos.

Entretanto, o fiz com as restrições que passo a enumerar.

A Carlinhos Balzac assenta bem o que disseram os contemporâneos do memorialista e historiador português Fernão Mendes Pinto (1510-1583). Ele era tão mentiroso que ficou célebre o dito em Lisboa: "Fernão, Mentes? Minto!".

Como não sou irresponsável nem leviano, e não tendo Carlinhos deixado herdeiros para arcar com eventuais demandas jurídicas, deliberei mudar os nomes dos personagens reais de suas memórias, não todos, somente aqueles sobre os quais o memorialista não sopesou o que escrevia sobre eles. Mudei até mesmo o nome e os apelidos de família de seus progenitores, do seu tio-padre (apesar de não me ser simpático), do seu amado patrão e protetor material e das duas famílias deste. Deixei intactos o prenome e o apodo do autor, porque Carlinhos Balzac merece o pelourinho da opinião pública. Escusado dizer que figuro também sob pseudônimo, já que fui um dos atingidos pela poluída escrita do memorialista.

Não posso negar: Carlinhos Balzac era audacioso até à exageração do seu lado livresco. Ele mesmo concordava que sabia mais pela orelha dos livros do que pelo miolo, e recorria ao Google para as suas citações, como Carol flagrou. Carlinhos era um ledor compulsivo, é verdade, mas passadista em seu gosto literário tanto quanto reacionário em política e conservador em finanças. Para ele, era Deus no céu e os caciques do antigo PSD fluminense e os economistas dos governos militares na terra. Não leu um só livro de Sartre. Em 1963, em Campos, desprezou a última exibição do filme que revolucionou a linguagem cinematográfica, *O ano passado em Marienbad*, para não perder o espetáculo bestialógico dos motociclistas que desafiavam a lei da gravidade no interior do globo da morte do Circo Garcia, que montara lona na Praça de São Benedito.

Sua apregoada devoção à cultura era da boca para fora. Seu amor aos livros, pura mistificação. Se o tivesse, teria levado adiante o presente que ganhou de mão beijada de seu protetor Francisco José: a gráfica Ao Prelo de Ouro. Uma prova da obtusidade de Carlinhos Balzac fica patente quando ele narra o almoço que reuniu o patrão e dois editores no Cedro do Líbano: ele censura Francisco José por conduzir a conversa para os incentivos que o BNDE concedia à indústria cultural. O interesse de Carlinhos naquele ágape árabe se concentrava em se deliciar com a *petite histoire* do restaurante frequentado pelo barão do Rio Branco. Ora, o patrão procurava, no fundo, lançar um desafio ao suposto empreendedorismo de Carlinhos Balzac, para fazê-lo um impressor de livros, um bem-sucedido editor, pois isto o agradaria na sua vaidade de financista exitoso. Que fez o beneficiário do regalo? Não atinou para o gesto edificante de seu pai postiço, pois as prioridades do protegido eram satisfazer o bizarro capricho do tio-avô com a edição d'*O livro de São Cipriano* e em seguida extenuar seus instintos sexistas no sofá da sua funcionária Maria Elisa.

Esse desprezo pela cultura fazia *pendant* com o seu desprezo pela terra natal. A chocante constatação ficou patente quando ocorreu a cerimônia de doação de um bem cultural e histórico de Campos dos Goytacazes, de valor inestimável, à Academia Brasileira de Letras. Trata-se do vetusto solar que pertenceu aos barões de Muriaé, conhecido como Solar da Baronesa (na verdade, Dona Raquel de Castro Netto da Cruz morreu viscondessa). Francisco José, como descendente de uma das ilustres famílias açucareiras de Campos, era convidado para a cerimônia a que esteve presente o *grand monde* da cultura e das finanças do Estado. Mas o financista petropolitano não foi, achava-se quites por haver pingado um cheque no chapéu passado entre o empresariado para restaurar o solar e, acima disso, considerava tedioso o evento. Escalou o pupilo. Ora, Carlinhos Balzac fora bem lembrado pelo omisso financista: era filho do lugar; seu tio-padre, metido a genealogista, vivia alardeando parentesco com a baronesa Dona Raquel; o sobrinho-neto se gabava de frequentar as conferências da Academia Brasileira de Letras. Pois bem. Foi o Carlinhos para Campos, de automóvel, com a capota abaixada e um chapéu de marinheiro do carnaval de 1976. Jamais chegou ao destino. Vejam só como era dado a malbaratar o tempo. Era um fim de semana, sol esplendoroso de Van Gogh. Parou em Armação de Búzios atacado de tédio, igualzinho ao patrão; contratou hospedagem e foi tomar banho de mar, num menosprezo obsceno aos ilustres membros da Academia que enobreciam com suas presenças o Solar da Baronesa. Se eu não tivesse conhecido o doutor Marcial e duvidasse da ética dos oficiais do registro civil de Campos, diria que Carlinhos Balzac herdou o sangue hedonista do doutor Francisco José. Mas, se até o nosso Machado legou-nos a dúvida sobre a paternidade do filho de Capitu, não serei eu o juiz de uma demanda tão miúda.

De volta ao Rio, Carlinhos me contou que em Búzios confraternizara com aquele cafajeste do mercado financeiro, Doca Street, que pouco depois mataria a namorada numa praia daquela cidade, a dos Ossos, a mesma em que o autor destas *Memórias secretas* esteve palestrando fiado com o assassino da infeliz e bela Ângela Diniz em vez de estar cumprindo o compromisso com a cultura de sua cidade natal. Justificou que tentava um negócio na Bolsa de São Paulo, onde o futuro assassino militava. Duvide-ó-dó! Carlinhos tinha o olfato dos quadrúpedes, oxalá herdado também de seu patrão: sentiu na praia o odor feminil que adocicava a maresia de Búzios e vislumbrou a possibilidade de lhe sobrar um bocadinho, assim como agia com as atrizes do segundo time das emissoras de TV frequentadas por Francisco José.

Apenas ricocheteio por essa inclinação ao sexismo de fundamento epicurista. Não devo adentrar no mérito, pois foi um traço comum na geração que cultuou Hollywood no altar-mor de nossas predileções estéticas e estimulou por igual nossos vasos sanguíneos. Mas Carlinhos, copiando seu mestre-escola Francisco José, às vezes beirava a cafajestice nessa matéria, embora, sendo um mistificador, doirava a pílula com seu modo livresco de descrever suas ações. Enfim, supunha ter a arte de despistar a humanidade, como um Houdini. Nos meses de distanciamento social causado pela pandemia, o louvaminheiro de Francisco José e do tio padre mergulhou na mediocridade, a despeito de rabiscar o livro de contabilidade da sua vida e da vida alheia. Malbaratava o tempo, isto sim, apreciando filmetes pornográficos no WhatsApp, enviados por três professores de Matemática I e Matemática II do Educandário Robespierre. Via e revia as imagens, entusiasmado, como se fosse o menino de Campos que vibrava com os motociclistas alucinados do Circo Garcia. O declínio intelectual de Carlinhos ocorreu no mesmo passo do número de contaminados pela Covid. O seu medicamento eram as cenas capazes de fazer as pensionistas da Hospedaria da rua da Quitanda cerrar os olhos. Quando, finalmente, Carlinhos cerrou os seus em definitivo e foi dormir no São João Batista, tendo eu assumido a direção do colégio, demiti os professores da cloroquina pornográfica. Motivo: vadiagem em serviço. Bem, alguns filmes, admito, até que eram passáveis.

Aborreci-me com a forma anedótica com a qual Carlinhos relata a prisão violenta de sua colega Anette na ditadura (capítulo I). Ainda mais tendo sido escrita num período em que a valorização da força bruta policial, há tanto extinta, foi reanimada por um presidente da República insensível. O inolvidável Francisco José reprovaria, como faço em seu nome, a leviandade de seu amado pupilo.

O doutor Daniel D'Arthez, nosso digno presidente do Círculo Literário do Mercado Financeiro, prefaciador deste livro, foi buscar num conto de Maupassant, *As sepulcrais*, características que se ajustassem ao espírito de Carlinhos Balzac. Acertou na escolha do conto fúnebre, pois Carlinhos Balzac cogitou de dar às suas memórias o título de *Obituários fluminenses*. Mas errou no personagem, Bardon, o narrador do conto. Carlinhos, em sua vida folgazã de mistificador, imitou a antagonista daquele conto: a figura inominada da mulher fatal que derrama lágrimas sobre túmulos de homens que nunca conheceu no Cemitério de Montmartre. A sepulcral, falsa viúva, enganava os trouxas, como o tal Bardon; mirava neles apenas a proteção material e o sexo, assim como Carlinhos, nas páginas que acabamos de ler, chora farisaicamente nos obituários daqueles que lhe proporcionaram dinheiro e sexo, como seu patrão Francisco José e a doce Dolores.

A despeito de este pós-prefaciador não haver merecido do autor as boas considerações que fazem um do outro os verdadeiros amigos de infância, não alterei sequer uma linha de seus juízos equivocados sobre a minha pessoa. No entanto, não posso deixar ao deus-dará um ou outro mau passo de Carlinhos Balzac na redação de suas *Memórias secretas*. Primeiro: se não atendi a seus insistentes pedidos quando fui interventor na caderneta de poupança, não foi por egoísmo, foi por princípios de moralidade. Ele e seu amigo Zé Minhoca, gerente do Banco Mineiro do Oeste da avenida Rio Branco, me apresentavam somente projetos de retorno duvidoso para a massa falida e plenos de benefícios para a dupla. Segundo: compreendo a predileção dele pela figura de Francisco José em detrimento de quem foi seu amigo de berço, pois nascemos na mesma maternidade de Campos com diferença de apenas algumas horas. Seus avós maternos me chamavam de gêmeo do Carlinhos, tal a irmandade que nos unia. Situo essa predileção pelo seu antigo patrão no campo epigramático das "antigas ligações de família", conforme o próprio autor ressalta bem em suas memórias, se é que me entendem.

Por falar nisso, Carlinhos Balzac, no auge de sua submissão a Francisco José, vivia me falando da forte impressão que lhe causara a leitura de *Servidão humana*, volume retirado da biblioteca de padre Guanabarino. Essa admiração pelo teor do romance de Somerset Maugham até que ameniza a situação do meu falecido amigo em face de acontecimentos que contra ele restaram na superfície da Terra. Os fatos às vezes se explicam pelo avesso. Ou como teria dito Borges (*apud* Carlinhos Balzac), "o mundo é um jogo de símbolos e cada coisa significa outra coisa". Não sou freudista, mas em espírito cogito haver uma parecença entre o submisso Carlinhos e o infeliz protagonista Philip, sobrinho de um vigário desprezível do interior da Inglaterra descrito por Maugham. Padre Guanabarino, com seus livros e sua bondade decantadas por Carlinhos Balzac, seria um disfarce do impiedoso vigário William Carey, dono de uma boa biblioteca no romance do inglês, tal como Carlinhos descreve a do sacerdote fluminense. A verdade é que padre Guanabarino integrava o mandonismo dos burgos distantes, situação bem descrita pelo notável romancista conterrâneo José Cândido de Carvalho em *O coronel e o lobisomem*. O vigário reservava para si a última palavra em tudo: era o árbitro da política, das letras e da ciência no norte fluminense de seu tempo – é o que eu ouvia em minha família e creio mais nela do que na palavra do sobrinho-neto que quis apelar a um Musset para descrever o arrebol niteroiense visto da casa de seu tio-avô. Confesso que me deu ganas de enfiar no texto um Júlio Verne para edulcorar o Nautilus brasileiro avistado pelo tio-padre e o Carlinhos, a dupla das vinte mil léguas submarinas da praia de Boa Viagem.

Ainda sobre padre Guanabarino: ele, que foi tão judicioso em buscar na Bíblia personagens e situações para julgar atos de terceiros, como no caso abominável de Esmeralda, desafeto de Francisco José, poderia ter feito o mesmo para julgar o notável empreendedor Francisco José Boavista Resende do Amaral, o seu Boavista, pai do adorado patrão de Carlinhos Balzac. O crime do pai está capitulado em Gênesis 35, versículo 22: Rubem subiu à cama de seu pai Jacó para deitar-se com a concubina Bila. O Boavista filho fez o mesmo com o velho Boavista, quando o pai viúvo, já anoso mas não totalmente cego, engraçou-se com uma jovem empregada de um trapiche no Caju. Uma verdadeira Zezé

Leone! – esse era o nome da primeira *miss* Brasil escolhida pelo jornal *A Noite* em 1923. O velho Boavista adorava Elvirinha, pois este era o nome da princesa nagô. O negociante milionário era o feliz proprietário de um lindo vagão ferroviário "importado da América" (gostava da vanglória), da fábrica Pullman, com dois dormitórios, sala de estar, cozinha, banheiro, escritório, tudo maravilhosamente decorado. Era o jatinho da época, porém muito mais elegante. Engatava-o no trem de carreira da Leopoldina e ia a Campos dos Goytacazes para tratar de negócios. Romântico, com a namorada a bordo, ligava-o ao Noturno da Central para alegrar-se em São Paulo e, enveredando pelos trilhos da Mogiana e pelos da Estrada de Ferro Paulista, alcançava as esplêndidas estâncias hidrominerais do Sul de Minas. Chegou a estacionar o seu carro-dormitório na plataforma da estação de Montevidéu. Pois o filho, o jovem femeeiro Boavista, não se envergonhou em passar o coitado do pai para trás, subindo ao leito da Elvirinha. Todos os comissários de café e de açúcar do porto do Rio souberam da história tida como escandalosa, que ganhou o mundo pelos trilhos ferroviários e pelos fios do telégrafo. Meu avô soube-a em Campos e tornou-se anedota de família até hoje. Agora vejam: o Rubem da Bíblia pagou caro por haver decorado a testa de Jacó: perdeu a primogenitura e seus descendentes foram punidos por Moisés na divisão das terras de Canaã. O "rubenita" luso-fluminense nada perdeu e ainda ganhou um apelido famoso. No tempo em que não existia o que hoje chamamos "politicamente correto", Boavista era conhecido por "navio negreiro", numa homenagem dos comerciantes portugueses do cais do porto sem que o epitetado nunca houvesse lido o poema dramático de Castro Alves. O comendador Boavista (ganhou o título em Lisboa) gostava de citar o cientista norueguês que em 1876, na campanha das nações avançadas da Europa pela erradicação da escravidão negra no mundo, recomendava a prática do sexo inter-racial para o aperfeiçoamento moral e físico da raça humana. Movido pela ideia do cientista, sem dúvida sadia e democrática, Boavista foi amealhando conquistas entre a negritude feminina de toda a geografia da Praça Mauá, desde quando esta se chamava Prainha, ao Caju, conforme o próprio Carlinhos Balzac sugere ao mencionar a ascendência de Dolores. O epíteto do seu Boavista era tão aceite pela comunidade que foi adotado pelo próprio epitetado: o endereço telegráfico de sua firma importadora e exportadora era "navio negreiro", e não Boavista Comercial, como era de se esperar de uma empresa conceituada nas grandes praças do comércio internacional. E era mesmo conceituada, disso não há dúvida. O negociante dizia que era homenagem ao poeta Castro Alves, de sua dileta leitura nas noites insones do luxuoso *wagon-lit*.

Para não ter que adicionar um antipático rodapé nesta página, prática usual do falecido Carlinhos Balzac para exibir a falsa erudição do seu cabotinismo livresco, esclareço ao jovem leitor: endereço telegráfico era o *e-mail* da época. Bastava escrever no telegrama ou na carta "navio negreiro" que a mensagem chegava na praia do Caju número tal. E como o correio cobrava por palavra escrita, o remetente economizava.

Quanto à história de Andréia na Hospedaria, esclareço que não fui o único *Repórter Esso* a espalhar aos quatro ventos a desdita dessa mulher extraordinária. O próprio Carlinhos, que tanto execrou num capítulo a curiosidade feminina, exercitou-a plenamente naquele episódio, chegando ao extremo de ir à Livraria São José para sabatinar o vendedor que presenciou Andréia destruir as fotos de suas poses eróticas. Qual um detetive mequetrefe que perseguia mulheres casadas infelizes, como um tal Policarpo, que atendia numa saleta encardida do prédio famoso da rua da Quitanda, Carlinhos buscou recompor na Livraria São José o que chamava de "clímax de novela de Balzac". Pior fez depois: nas conversas de corriola com dona Maria do café e a esbelta Dolores, Carlinhos sempre procurava lambuzar o nome de Andréia naquele merengue da fuzarca cantado por Carlos Gardel em "Cambalache" e trauteada pelo seu ídolo de barro Francisco José. Desse crime de caráter, o falso cristão Carlinhos Balzac, nem mesmo indo a Canossa e ficando três dias e três noites de joelho, sentindo frio às portas do castelo para merecer o perdão do papa, conseguiria limpar a alma.

Por fim, no texto deixado por Carlinhos Balzac fui obrigado a fazer uma ilustrativa correção gramatical em quem se dizia balzaquiano nas letras. No capítulo sobre o hotel de encontros amorosos da rua da Quitanda, o autor, ao descrever os prédios que compunham aquele lupanar famoso, escrevera que eles eram "interligados por uma porta interna"; cortei o prefixo "inter" do vocábulo da ação, assim como salvei Carlinhos em muitas provas finais de Língua

Pátria no Colégio Estadual de Campos. Carol Santos, essa capacitada moça, agora tornada minha secretária, faria o mesmo, presumo.

O pretensioso Carlinhos Balzac imaginava, ao que vimos no derradeiro capítulo de suas memórias, ganhar de mão beijada o que o rei Davi teve por merecimento na sua velhice. Vê-se que era um mau leitor, o saudoso amigo de Campos, pois passou-lhe despercebido o versículo que segue ao aparecimento da formosa donzela Abisag: *"Ela cuidava do rei, mas o rei não a possuiu"*.

Divorciado desde o tempo da Hospedaria, em que a Loura do Fusca Azul alterou o rumo de minha vida, e tendo-me conservado solteiro, nutro grande esperança de que Carol, no futuro, possa dizer a quem lhe perguntar por que o filho dela me sucedeu à frente do educandário que o destino me atirou ao colo:

– Ah, são antigas relações de família.

Vitório Magno, bacharel em Direito
e em Ciências Econômicas;
diretor-geral do Educandário Robespierre

O livro de Carlinhos Balzac foi diagramado em tipologia Minion Pro, corpo 12 no formato 14x21. Impresso na Edigráfica Gráfica e Editora Ltda, Rua Nova Jerusalém, 345, Bonsucesso, para Topbooks Editora e Distribuidora de Livros Ltda, em junho de 2021.